数字で救う！弱小国家

Survival Strategy Thinking
with Game Theory
for Save the Weak

電卓で戦争する方法を求めよ。
ただし敵は剣と火薬で
武装しているものとする。

長田信織

Illustration
紅緒

Design
BEE-PEE

○序章　願いの数式

「数学を愛してくれる人は、少ない……」

数学者のお祖父《じい》ちゃんが、ある日、そんなことをつぶやいた。そのあまりにも無念そうな背中に、僕《ぼく》は奇妙《きみょう》なほど苛立《いらだ》ちを覚えた。

お祖父《じい》ちゃんは数学博士だ。大学では教授を務め、海外の科学誌に論文が掲載《けいさい》されたことだってある。

そんなお祖父《じい》ちゃんが現状を嘆《なげ》くだけとは、その行為《こうい》こそ嘆《なげ》かわしい。

数学とは科学であり、つまり技術なのだ。

目的さえ定まっているなら、数学という技術はそこにたどり着く道を、きちんと導いてくれる。〝数学を愛してもらう〟という明確な目標がそこにあるなら、そのための式を作ればいい。簡単なことだ。

あと、そんな寂《さび》しげな姿を見るのはちょっと悲しい。ちょっとだけ。

だから僕《ぼく》は、お祖父《じい》ちゃんに提案した。

「だったら僕《ぼく》が数学のための式を作ろうか、お祖父《じい》ちゃん」

少し驚《おどろ》いた顔でお祖父《じい》ちゃんは振《ふ》り返《かえ》った。

「おお、数学のための数学、か……なかなか面白《おもしろ》いことを言うな、ナオキは。やってみせてくれるか？」

「もちろんだよ。中学の教科書は退屈《たいくつ》だったんだ」

僕《ぼく》は自信を持って引き受け、さっそくとりかかる。

もちろん、楽なことではなかった。

当然だ。博士号を持つ祖父ですら懊悩《おうのう》するほどの難題である。しかし、僕《ぼく》は諦《あきら》めなかった。

徹夜《てつや》で考《かん》え抜《ぬ》き、何日もかけて取り組み、お祖父《じい》ちゃんの書斎《しょさい》にあった本を紐解《ひもと》いて、やがて、ある方程式にたどり着く。

$$\sqrt{1-(x\pm1)^2}$$
$$\sqrt{0.01-(x\pm1)^2}+1$$

それを作り上げた時、僕《ぼく》は自分の才能が空恐《おそ》ろしくなった。この方程式さえあれば、少なく見積もっても地球人口の半分、35億人くらいは数学を愛する者を生みだせる自信がある。

我ながら素晴《すば》らしく斬新《ざんしん》で画期的なその数式を、自然と頰《ほお》に浮《う》かぶ笑《え》みとともにお祖父《じい》ちゃんに見せた。

「できたよ！　この数式が答えだ！」

意気揚々《いきようよう》とそう告げる。

しかし――喜びの声を上げてくれるはずという僕《ぼく》の予想に反して、お祖父《じい》ちゃんはなんと、静かに首を横に振《ふ》った。

「これでも、数学は愛されないよ」

僕《ぼく》は我《わ》が耳を疑った。

「なっ、そんな馬鹿《ばか》な⁉　この方程式が受《う》け容《い》れられないなんて、ありえないはずだろ？　だって、この方程式さえあれば――おっぱいが描けるんだぞ⁉」

この方程式をもとに二次関数グラフの線を引けば、そこに丸いおっぱいが現れる。なのに、なぜそれが愛されないだなんて⁉

慌《あわ》てふためく僕《ぼく》の肩《かた》に、しわだらけの温かい手が置かれた。

はたと気づけば、お祖父《じい》ちゃんが齢《よわい》を重ねた風格と威厳《いげん》を備えた目で、僕《ぼく》を見据《みす》えていた。

「きちんと理由があるんだ、ナオキ。反論された時に、お前は理由を問うべきだ。そんな風に駄々《だだ》をこねるのは、数学者としての態度ではない」

ナオキの考えた関数グラフ

$\sqrt{1-(x\pm1)^2}$ = 大きい円弧A・Bの曲線

$\sqrt{0.01-(x\pm1)^2}+1$ = 小さい円弧C・Dの曲線

結　果

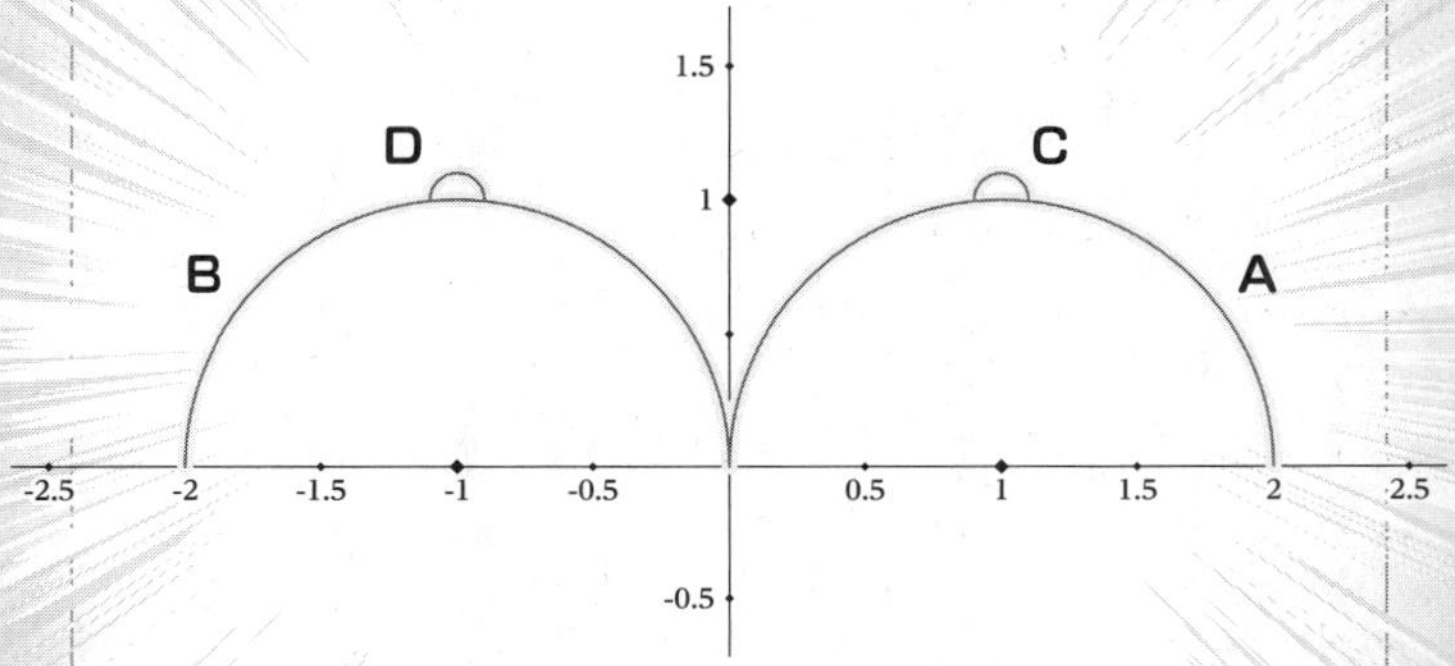

そう諭《さと》されてしまった。たしかに、いまの態度は理性的ではない。ぐっと腹に力を入れて、問題に向き合うべく、訊《たず》ねる。

「……な、なぜなんだ、お祖父《じい》ちゃん。どうして僕《ぼく》の『おっぱいの方程式』では、数学を愛する人が増えないんだ？」

うろたえる僕《ぼく》をじっと見るお祖父《じい》ちゃん。深淵《しんえん》を見透《みす》かすような理知的な眼差《まなざ》しは、ぴくりとも揺《ゆ》るがない。動じることのない信念に支えられたその瞳《ひとみ》のまま、こう言った。

「本物のほうがいい」

「っ——‼　なん、て、ことだ……！」

反論の余地は一分も無い、完璧《かんぺき》な論理だった。

僕《ぼく》が何日もかけて作り上げた方程式は、たったひとつの反例で脆《もろ》くも瓦解《がかい》した。

悔《くや》しくも理解する。これが、博士号を持つ数学者の実力なんだ。たとえ頭脳明晰《めいせき》であるとはいえ、中学生の僕《ぼく》ではいまだ及《およ》ばぬ領域……！　たとえ僕《ぼく》が頭脳明晰《めいせき》であるとはいえ！

「くっ……！」

歯噛《はが》みする僕《ぼく》に、お祖父《じい》ちゃんが微笑《ほほえ》みを浮《う》かべて言う。

「数学を愛してもらうということはな、私のような数学者と、同じ気持ちになってもらうということだ。それは、私と同じ景色を感じ取って、美しいと思ってもらうこと。

——たくさんの人に愛されようとするよりも、まず、たったひとりでいい。同じ景色、同じ世界を分かち合いたいと心から願う数式を、導き出さないとならなかったんだ」

「同じ世界を、美しいと思ってもらう……」

「そうだ。……この数式が失敗作になった理由の本質が、わかったか？」

「……おっぱいはひとりでこっそり見るほうが嬉《うれ》しい」

「そういうことだな」

「数式の完成度じゃない。アプローチがまず間違《まちが》ってたのか……。僕《ぼく》は、人のためじゃなく、自分のための数式を作っていた……」

スタート地点から間違《まちが》えていたのだ、僕《ぼく》は。なんたることだ。

完全に失敗だ！　恥《は》ずかしい！

「ナオキ、お前はまだ若い。失敗することだって、当然ある。しかし、大事なのは諦《あきら》めないことだ。一度や二度の失敗は、科学者なら必ず経験する。成功するまで諦《あきら》めずに挑戦《ちょうせん》し続けることが、私たちの使命なんだよ」

慰《なぐさ》められてしまった。

「お祖父《じい》ちゃん……でも……」

必ず失敗する。その言葉が、ひどく耳に残った。

昼も夜もこれを作っていた。睡眠《すいみん》時間を削《けず》り、必死で考え尽《つ》くしてようやく手にしたもの。いつしか自分の一部とすら思えていたものが否定され、無価値と断じられてしまう。これほどの苦渋《くじゅう》に、僕《ぼく》はこれから何度も浸《ひた》らなければいけないのか。

その弱気を察したのか、お祖父《じい》ちゃんは肩《かた》をすくめて苦笑いした。

「ナオキ、無理をしなくてもいい。お前には、他にもたくさんの道があるんだ」

「――こ、このくらいなんでもない！　いつか絶対に、お祖父《じい》ちゃんが這《は》いつくばって痙攣《けいれん》するくらいすごい数式を見せてやる‼　見せた時に立てなかったら僕《ぼく》の勝ちでいいよな⁉」

「認知症《にんちしょう》になるのを待つつもりか⁉　負《ま》けず嫌《ぎら》いにもほどがあるなこの孫‼」

時間を味方につける戦略だった。

「ま、まあ落《お》ち込《こ》んでいるよりはいいか。頑張《がんば》るといい、ナオキ。何度失敗してもいいし、成功しなくてもいい。ただ……諦《あきら》めない男になってくれ」

「わかった」

僕《ぼく》がうなずいて答えると、お祖父《じい》ちゃんはそっと僕《ぼく》の肩《かた》に手を置いて、こう言ってくれた。

「これは失敗したかもしれない。だが――よく頑張《がんば》ったな、ナオキ」

数式を見せた時に期待していた嬉《うれ》しそうな顔は、そこでようやく見ることができた。僕《ぼく》が諦《あきら》めないことの大切さを知ったのは、きっと、その時だったのだろう。

「ああ？　そんなもの無理に決まってるだろ」

「やる前から諦《あきら》めるようなこと言わないでくれよぉ！」

「失礼なやつだな。僕《ぼく》は諦《あきら》めない男だよ」

昔お祖父《じい》ちゃんと約束したとおり、僕《ぼく》は諦《あきら》めない男を自称《じしょう》することにしていた。

「じゃあなんで無理なんて言うんだよ！　今回のガチャなら絶対ＳＳＲもらえるって！　見ろよこれ、出現率５％！　単純計算で20回で１枚当たるんだから、確実だって。だからちょっとでいいから金貸してくれよ！」

引《ひ》っ越《こ》し屋の制服を着た筋肉モリモリの同い年くらいの男が、血管をびくびく浮《う》かせながら喚《わめ》いていた。彼《かれ》は見ての通り引越《ひっこ》し屋のベテランアルバイトである。臨時バイトの僕《ぼく》は制服が足りなくて、制帽《せいぼう》だけ同じものを身に着けていた。つまり、彼《かれ》と同じく貧困《ひんこん》にあえぐ下《した》っ端《ぱ》である。

「10連ガチャ１回目は出なかったけどさ、あと１回だけ挑戦《ちょうせん》する金があればＳＳＲ引けるんだよ！　今日の仕事が終わったら給料入るじゃん。それで返すからさあ」

なのでそんなことを頼《たの》まれて気軽に「いいよ」と言えるわけがない。

イヤだ、の一言だけで無下に断ってしまっても良かったが、臨時とはいえ僕《ぼく》は仕事に来たわけで。

説明する５分間をコストとして支払《しはら》って成功すれば、今日このあとの８時間は平穏《へいおん》が得られる。つまりコストに対して利得は96倍。期待値としてはじゅうぶんだ。

「言わせてもらうと、出現率5%のガチャを20回やった時に目的のランクカードを引き当てる確率は、100%にはならない」

「えっ、なに言ってるんだ。5×20で100%だろ?」

「それはクジの総量が限定されている場合だ。全部で20個しかないクジに1つの当たりなら、20回引けば必ず当たりを摑《つか》む。そこまではわかるだろ? わかるよな?」

「えーっと……そうだな」

彼《かれ》がうなずいたので、僕《ぼく》はポケットからペンとメモ帳を取り出した。

「だけどガチャの確率は不変でハズレも当たりも無限だ。5%のまま20回クジを引いていく。ハズレを引く確率が95%。パーセンテージから実数に直すと0.95」

メモにわかりやすい表記を書いて見せる。

ハズレ
↓
95%
↓
0.95

「ここから20回ガチャを引く時、全部がハズレの確率を考える。95%を20回くり返すから、20

乗だ。１００％からハズレの確率を引けば、当たりの確率がわかる」

（当たりの確率）＝$1-0.95^{20}$

「ほー」

「ここまでできたら、あとは簡単。電卓《でんたく》にそのとおり打《う》ち込《こ》めばいい」

言いつつ、僕《ぼく》はいつも持ち歩いている関数電卓《でんたく》を取り出して、その計算を打《う》ち込《こ》んだ。


$1-0.95^{20}=0.6415140$・・・

と結果が返ってくる。

「つまり、当たりの確率はおよそ64％だ」

「64％……高いのか低いのかよくわかんねえな」

鼻にしわを浮《う》かべて悩《なや》みだしたので、僕《ぼく》はぽんと肩《かた》を叩《たた》いて説得の詰めにかかる。

「お金を貸していいのは貸した人が幸せになると確信した時だけだって、お祖父《じい》ちゃんが言ってたんだ。きみが36％もの確率でがっかりする未来のために、お金は貸せないよ」

「あれ、お前いいやつなのか……？」

わかってくれたみたいだ。良かった。

「がっかりしたらどうせ働かないだろ。だれがあの重い冷蔵庫を運ぶんだ。僕《ぼく》の細腕《ほそうで》じゃ1センチだって浮《う》かせられないぞ」

「そんなに堂々と情けないことを言われたのは初めてだよこの貧弱野郎《やろう》！」

「人は己《おのれ》の弱さを知って初めて強くなれる。きみの経験が貧弱《ひんじゃく》でも、いまから経験豊かにすればいい」

「お前のことだよ！　なんでこっちを貧弱《ひんじゃく》にしようとしてるんだよ！　あーわかった。もういいわ。そこのダンボール持って下に行ってさ、冷蔵庫運ぶ応援《おうえん》呼んできてくれよ」

「はいはい了解《りょうかい》」

僕《ぼく》はダンボールを抱《かか》えて、いまいるボロアパートと同じくらい老朽化《ろうきゅう》したボロエレベーターのスイッチを押《お》した。ベテランくんがタバコに火を点《つ》けて、煙《けむり》を吐《は》き出《だ》しながら聞いてくる。

「なあ、お前って頭良さそうなのに、なんで就職しなかったんだ？」

「しなかったんじゃなくてできなかったんだ。いろいろ事情があって」

「事情って？」

「……人に言いたくないくらい複雑な事情」

卒業研究に夢中になって、それがようやく終わって遅《おそ》まきながら就活を始めようとしたら、父親代わりだった祖父がちょうど逝《い》った。その後、親戚《しんせき》と遺産のことで争って、心身ともに疲《つか》れ果《は》てていたら、いつの間にか卒業していて無職になった。……なんて、今日初めて会った人間に話すことじゃあない。

苦い顔で渋《しぶ》ると、ベテランくんは大して興味無かったらしく「ふーん」だけで追及《ついきゅう》する気は見せなかった。

こっちもそのほうが助かるので、特に追加ではなにも言わない。が、

「じゃあ事情は聞かないから金貸してくれよ」

またもそんなことを言い出す。

「おいおい。さっきの説明をもう忘れたのか？」

「やっぱりやりたくなったんだよ」

やれやれ、と首を振《ふ》って。僕《ぼく》は先ほどの5分間がただの浪費《ろうひ》で終わったことを認めることにした。

「今度は説明しないけど僕《ぼく》の結論を言おう。――イヤだね」

「このケチ野郎《やろう》が！」

投げられた文句を背中に浴びつつ、ポーン、とちょうど開いた扉《とびら》の向こうへ足を進めて、窮屈《きゅうくつ》だがだれもいない箱の中に自ら収まった。

抱《かか》えたダンボールを狭《せま》い床《ゆか》の上に置いて、湧《わ》き上《あ》がってきたため息を盛大《せいだい》に吐《は》き散らす。

臨時バイトも明日から別のところを探そう。

「まったく、ツイてない時はとことん悪いことばっかり起きる。いまの僕《ぼく》なら、このエレベーターが壊《こわ》れても驚《おどろ》かないぞ」

ついそんなことを吐き捨てながら一階のスイッチを押《お》す。

「……あれ？」

押《お》されたのにスイッチが光らない。エレベーターも動かない。

もう一度押《お》す。

反応しない。

連打する。

反応無し。——マジで壊《こわ》れている。

「このポンコツめ！」

ガン、と拳《こぶし》を叩《たた》きつけた。——その瞬間《しゅんかん》、エレベーター全体が揺《ゆ》れた。

「あだッ!?　いっ痛《つ》あァ——!?」

ゴガガギャゴン！　と、耳をつんざく衝突《しょうとつ》音。突発《とっぱつ》的な大きい揺《ゆ》れに足を取られて壁《かべ》にぶつかって頭をぶつける。

めっちゃ痛い。というかなんだこの揺《ゆ》れ⁉

「おいおいおいおい……！」

慌《あわ》てて『開く』のスイッチを連打するが、反応しない。他のどのスイッチを押《お》しても無反応。

ギィギギギ……と、金属の軋《きし》む不穏《ふおん》な音が、エレベーターの壁《かべ》の向こうから聞こえてきた。

壁《かべ》というかむしろ天井《てんじょう》のほうか？　そっちにあるのはエレベータを吊ってるワイヤーさん。もしかして落ちるのか？　落ちる？　——冗談《じょうだん》じゃないぞ⁉

次の瞬間《しゅんかん》、絶望的な破断音が轟《とどろ》いた。金属部品が壊《こわ》れるその音が鼓膜《こまく》を突《つ》き刺《さ》すと同時、浮《ふ》遊《ゆう》感が内臓を包む。——落ちてる‼

「ああ諦《あきら》めない諦《あきら》めないぞ僕《ぼく》は‼」

高さ20mの場合『V−V0＋gs』で『g＝9.8』だから2秒後に時速70kmでジャンプすれば助かる！　無理だろ！　時速70kmで地面に⁉　死ぬ‼　これ走馬《そうま》灯《とう》か⁉

超《ちょう》高速で流れる思考が終端《しゅうたん》を迎《むか》えた時、全感覚が失われた。

ポーン、と間抜《まぬ》けな電子音が聞こえる。

「えっ……た、助かったのか？」

ありえない。だが、体のどこも痛くないし、足の裏には床《ゆか》の感触《かんしょく》。自由落下の無重力状態ではなく、いつの間にか正常な重力の世界に戻《もど》っていた。ただし、目を開いても世界が真っ白すぎる。まぶしくて何も見えない。

恐怖《きょうふ》の余韻《よいん》であまり力が入らない足を叱咤《しった》して動かし、手探《てさぐ》りながら外へ出る。

「死ぬかと思っ…………………………………」

思わず黙《だま》る。

もしかして本当に死んでしまっていて、ここは死後の世界、とかなのだろうか。

なぜなら、外に出て、ようやく見えるようになった僕《ぼく》の目の前には、

「……ここ、どこだよ？」

まったく見覚えのない、広大な河と森に囲まれた大自然が広がっていた。

◯第一章　ゲーム理論で分かる！　男装王女の救いかた

「やつらの狙《ねら》いはアルマ要塞《ようさい》だろう？　海峡《かいきょう》の出口を封鎖《ふうさ》するしかない」「船の数が足りないぞ」「地の利はこちらにあるんだ。いけるとも」「陸の守りはどうするんだ。ここの街道《かいどう》を封鎖《ふうさ》しておくか」「街道《かいどう》なぞどうでもいい。要塞《ようさい》さえ守りきれば」「どうでもいいわけはないだろう」「船をもっと集めるべきだ。うちは海に囲まれているんだぞ。やつらの背後に海から回ることもできる」「向こうは司教猊下《げいか》の呼びかけですでに3000は兵を集めてるそうだ」「戦《いくさ》の経験なら我らのほうが多い。なにを恐《おそ》れる必要がある」「この谷あいに来たら奇襲《きしゅう》をしてやるというのはどうだ」「それよりこの岬《みさき》に船を隠《かく》すのは」

その部屋は、とても賑《にぎ》わっていました。30人ほどの貴族のお歴々が騒《さわ》がしく話し合っていたからです。

肩《かた》を寄せ合い、顔を突《つ》き合《あ》わせて意見を述べています。その中に若い顔は——いわば半人前と呼ばれるような年齢《ねんれい》の者は、ひとりもいませんでした。

わたしを除いては。

それは当然のことでもありました。ここは国家の運営について話し合う評議会です。彼《かれ》ら全員が立場のある貴族や身分であり、有力者だからです。ひと目見て、四十より下と思うような人はいません。一七歳《さい》のわたしより倍以上は生きている者たちばかり、ということになります。

人が3人は縦に並んで寝《ね》そべられそうな大きさの長机に、ずらりと並ぶ大人の男性がた。しかし、その机でもっとも位の高い上座、全員の顔を見渡《みわた》せる場所にいるのは、半人前の年齢《ねんれい》であるわたしでした。

そして、そのわたしには——その話し合いに参加しようという意欲が、まるで湧《わ》いてくれませんでした。

やがて言いたいことを言い尽《つ》くした大人たちが、ひとり、またひとりと口を閉ざしていきます。意見を言って満足した老臣たちは、自然と上座に顔を向けて、待ちの姿勢をとりました。

そうして全員が黙《だま》って上座——つまり、こちらを見るようになった頃合《ころあ》いで、わたしにもっとも近い席に座《すわ》る白ひげの老爺《ろうや》、ウィスカー侯爵《こうしゃく》が身を乗り出します。

いわば最長老とでも言うべきかたで、こういった議事では彼《かれ》が家臣団のまとめ役のような立ち位置に収まるのが通例でした。

「あー……ごほん、王女殿下《でんか》、いかがですかな？」

王女殿下《でんか》。それがわたしを呼ぶ言葉です。

彼《かれ》の3分の1ていどしか生きていないのに、彼《かれ》より上の席で座《すわ》っている、その理由です。

わたしには軍権があり、いまの会議で出尽《でつ》くした意見に耳を傾《かたむ》けたうえで方針を決めるべき立場である、ということでもありました。

その呼び名のとおり、わたしは王の息女であるから。ここに座《すわ》っている以上、わたしはこの国の展望について考えねばなりません。──あるいは、この国の末路についてを。

いずれにせよ、いまより先のことを見通すべき立場にあります。ここで話し合われることは、これより先の、この国の未来を左右するということです。それは、この部屋に集まる大人たちも同じなのです。

……同じ、であるはずなのに。

「〝いかが〟？　いま、〝いかが〟と聞かれましたか？」

「そ、そのとおりですが」

「いまの話し合いで、意見は全てなのですね？　あそこで守ろう奇襲《きしゅう》をしよう待ち伏《まぶ》せしてやろう戦意を高めよう。そういうお話ばかり聞こえていましたが、それを聞いてわたしがどう思ったのか、ということですね？」

「それは……まあ……」

老臣たちは、お互《たが》いに顔を見合わせてざわつきます。まるで、理不尽《りふじん》な試練を投げかけられた、とでもいうような態度でした。

その鈍《にぶ》い反応に、わたしは机を指で叩《たた》いて、集中をうながして言葉を尽《つ》くします。

「……かつて平和同盟という名目で結ばれた、不平等な条約によって我々の国を縛《しば》っていた隣《りん》国《ごく》、オルデンボー王国。条約を破棄《はき》してからいままでも小競《こぜ》り合《あ》いを繰《く》り返《かえ》し、海上では私《し》掠船《りゃくせん》で貿易を妨害《ぼうがい》し続ける敵国が、ついに戦端《せんたん》を開く準備をしている。そのことについて話し合うために、あなたたちはここへ来た。……そういう認識《にんしき》で、間違《まちが》いありませんね？」

「はあ……もちろんですとも」「当然だ」「そうしてる」「知ってるとも」

いまさらなにを当たり前のことを言っているんだ、という顔をされてしまいました。居並ぶ臣下たちからは、まばらな返事しかありません。

わたしは彼《かれ》らの顔を見渡《みわた》して、ゆっくりと問いかけます。

「では、いつになったら、〝問題〟について話し合うのですか？」

その言葉に、ウィスカー候は片眉《かたまゆ》を上げて疑問符《ぎもんふ》を浮《う》かべました。

「…………はい？」

「聞こえませんでしたか？　あなたたちは、〝問題〟の解決策をいつになったら口にするのか。そう聞いているのです」

「あ、ああ……ええと……」

ひそひそと、彼《かれ》らは明らかに困惑《こんわく》してささやきを交《か》わしていました。「姫《ひめ》はなにを言い出してるんだ？」「いまの我々の話し合いを聞いていなかったのか？」――だいたい、そんなささやきです。

ひとしきりざわめいてから、ようやくまとめ役のウィスカー候が、鷹揚《おうよう》な仕草でうなずいてくれます。

「殿下《でんか》、我々一同、もちろん、問題のことはわかっています」

その言葉に安堵《あんど》して、わたしはにっこりと微笑《ほほえ》みを返しました。

「それは良かったです。それでは、言ってください。――〝問題〟は？」

「ですから、その話し合いをしていたのです。問題などわかりきっています」

「具体的に、言ってください」

「いま話していたではありませんか。……問題のことはわかっています」

「ええ、頼《たよ》りにしています。ですから、言ってください。問題は？」

「問題は……その……」

ウィスカー侯爵《こうしゃく》の返答は、わたしの期待に反して尻《しり》すぼみになっていきました。彼《かれ》はチラチラと居並ぶ貴族たちに目配せしますが、だれもが目を合わさないように俯《うつむ》いたり、あらぬほうを見ていたりしています。だれひとりとして、助け舟《たすぶね》を出すために正しい答えを口にする、という行為《こうい》を試みるつもりは無いようでした。

できれば、家臣団のだれかから、わたしと同じ懸念《けねん》を口にしてほしかった。そんな落胆《らくたん》をひっそりと受け止めて、わたしは言うべきことを口にすることにします。

「問題は」

わたしが声を発すると、全員の目が集まりました。その視線を見返して息を吸《す》い込《こ》み、声を大きく通します。

「問題は――この世界が、弱肉強食というルールに支配されていることです」

老臣たちが再びざわめき始めました。わたしは立ち上がり、部屋の壁《かべ》に貼《は》ってある周辺の地図へと歩み寄り、それぞれの国を手で示します。

「かの有名な血船王エイベル四世のオルデンボー王国。海向こうの騎士《きし》団と深いつながりのある海運交易商人ギルド連合。大洋で最強の海軍を持つエイルンラント王国。最精鋭《せいえい》の陸軍を持つベネルクス連合王国。広大な領土を有するモスコヴィヤ帝国《ていこく》。不敗の常勝将軍と重装騎兵《きへい》軍団に支えられるピエルフシュ共和国。長い歴史を誇《ほこ》り物と人が集まるマイセンブルク帝国《ていこく》。莫《ばく》大《だい》な財産を持つ南部通商金融《きんゆう》会」

各勢力の拠点《きょてん》を手で叩《たた》くたびに、部屋の中に乾《かわ》いた音が響《ひび》いていました。

「そして、わが国。ファヴェール王国」

最後に、こんこん、と地図の上のほうにある国を小さくノックします。領土は決して小さくない。むしろ大きいとすら言えるでしょう。しかし、広くはあってもしょせんは北の大地です。雪と氷に閉ざされていて、人が快適に過ごせる領土はその半分以下でしかありません。

そこが、わたしの生まれた国。周辺の全てを、口にして語られるほどの強国に囲まれた、北の大地。ファヴェールという国でした。

「いまわたしが口にした全ての勢力が、過去十数年のうちに必ず戦争をしています。そこらじゅうで兵隊がはびこり、国が領土を奪《うば》い合《あ》っています。動乱の時代と言っていいでしょう。ファヴェールもつい六年前に戦争をしました。そしていま、もう次の戦争が待っています。……わかりますか？」

「殿下《でんか》、我々一同、そんなことは重々承知。いまは力が物を言う時代だ。我々はその中を戦《たたか》い抜《ぬ》いてきた猛者《もさ》ばかりでありましてな。この中に、それを怖《おそ》れている者などおりませぬ」

「おう！」「そうだ！」

うなずき合う彼《かれ》らに対して、わたしの失望感はいっそう大きく募《つの》ります。

どうしてそんな話にしてしまうのでしょうか。

「ちがいます。わたしはむしろ、それを怖《おそ》れてほしいのです」

「は？」

間の抜《ぬ》けた声が上がります。わたしはさらに言葉を重ることにしました。

「わかりませんか？　強い国が弱い国を飲《の》み込《こ》んでより強くなる。その繰《く》り返《かえ》しが動乱のルールです。そのルールの中で、兵力、あるいは財力で、我らファヴェールはどの勢力よりも劣っている。——どうあがいても弱い、飲み込まれる側にいる。

……だというのに、その時代を認めて、どうして怖《おそ》れていないと言うのですか？」

老臣たちはわたしから目を逸《そ》らして、顔を見合わせていました。その彼《かれ》らの中に、嫌《いや》なことを言い出すわたしに対する嫌悪《けんお》感は浮《う》かんでいても、危機感を抱《いだ》いているような顔はだれひとりとして持ち合わせていないようです。

「わたしたちは条約を破棄《はき》して独立してからも、オルデンボーとの対立によって経済的な難題を抱《かか》え続けています。

当初はこの国にある鉄や銅の鉱物資源を輸出して、経済に役立てるつもりでした。しかし、海の向こうにある他国と貿易をするには、オルデンボーの私掠船《しりゃくせん》に対抗《たいこう》しなければなりません。ファヴェールの船は、数はあっても旧型ばかりで、私掠船《しりゃくせん》に対抗《たいこう》するには莫大《ばくだい》な費用がかかります。かといって商人たちに輸送を頼《たの》めば、多大な輸送費を請求《せいきゅう》されます。いまや我々は、戦争で直接略奪《りゃくだつ》されるか、商業で間接的に略奪《りゃくだつ》されるか、そんな選択肢《せんたくし》しか持っていません。――それを、自覚してほしいと言っているのです」

男たちから重々しい吐息《といき》が次々に吐《は》き出《だ》されます。その中には、わたしが悲観的な物言いをすることへの呆《あき》れも含《ふく》まれているようです。

ウィスカー候がわたしを落ち着かせようとするかのように両手を見せる仕草をしながら、立ち上がりました。

「殿下《でんか》、ですから、我々もどうにかこの戦《いくさ》を勝つために、こうして話し合いを……」

「ただ話し合っているだけで強くなるなら、市場の女たちがこの世界で最も強くなれます。わたしたちには兵が無く、船が足りず、金も乏《とぼ》しい。それを認めたうえで、動乱を生《い》き抜《ぬ》かなければならないのです。

ただ自分の望みを口にするのではなく、〝問題〟をはっきりと自覚して、それから話し合いをしてください。でなければ、この国に求められるような知恵《ちえ》は出てきません」

「ならば、姫《ひめ》はいったいどんな知恵《ちえ》を求めているというのですかな？」

かすかにわずらわしそうな響《ひび》きを含《ふく》んだ声で、そう問われます。

わたしは全員によく聞こえるように、しっかりとした声を心がけました。

「ル、ー、ル、を、変、え、る、ことです」

「は……？」

心して言ったつもりのわたしに対する家臣団の反応は、だいたい、ウィスカー侯爵《こうしゃく》の間の抜《ぬ》けた吐息《といき》が象徴《しょうちょう》していました。

「……殿下《でんか》、それは……どういった意味でしょうか？」

「言葉どおりの意味です。わたしたちは、いまが弱肉強食という時代であるなら、時、代、そ、の、も、の、を否定せねばならない、と、い、う意味です。

弱きが滅《ほろ》び、強きが栄《さか》える。そのルールに則《のっと》っていては、わたしたちは生き残ることすらできません。こんな机上《きじょう》で名将軍の真似事《まねごと》をしたところで、なんの意味も無いのです」

困惑《こんわく》にざわめく大人たちの姿が、そこにありました。中には、わたしへの嘲笑《ちょうしょう》を漏《も》らす者さえいます。

こう攻《せ》められたらこう戦う。そんな勇ましい話をしている時にはよく回る舌も、いまはまるで意味のない雑音しか発してくれません。

その猥雑《わいざつ》などよめきをさっと手を振《ふ》って落ち着かせて、ウィスカー侯爵《こうしゃく》は重々しく咳払《せきばら》いをしました。

「僭越《せんえつ》ながら諫言《かんげん》いたしますが……殿下《でんか》、それは不可能でございます。国々が争うことは、いにしえより決まりきった――」

「できなければわたしたちは消えます」

侯爵《こうしゃく》の話を遮《さえぎ》って、わたしは告げます。

白い髭《ひげ》をたくわえた顎《あご》を中途半端《ちゅうとはんぱ》な位置で止められたウィスカー侯爵《こうしゃく》は、あっけにとられたような顔をされました。

「そ――」

「次の戦《いくさ》で領土を削《けず》られ、戦《いくさ》のあとも戦時賠償《ばいしょう》金のために借金をさせられ、返済のためには国民を苦しめるほどの重税を課すことになります。民《たみ》が困窮《こんきゅう》すれば民心が乱れ、やがて反乱が起きて、その反乱でわたしたちは首を落とされます」

再び遮《さえぎ》ります。そして、続けます。

「……そんなことは、短くても十数年ほど先の話ですから、この部屋の半分くらいのかたはそれでもいいかもしれません。ですが、わたしと、そして多くの民《たみ》にとっては、まったく納得《なっとく》のいくことではありません」

わたしの語る未来の話に、家臣たちは不満そうなうなり声を上げて目を見交《みか》わしました。

「そんなつもりは……」

「弱きは滅《ほろ》び強きが栄《さか》える。そのルール上での戦いを論議することは、本当に意味のないことです。わたしたちは兵力で、国力で、すでに劣《おと》っているのです。——であるなら、いまわたしたちが滅《ほろ》びの運命を変えるには、まったく新しい、別のルールを見つけ出すしかないのです」

「……それは……どのような……？」

そこまで言われてようやく、わたしの意見を否定する言葉ではなく、探《さぐ》る言葉が出てくれました。

まったく聞いてもらえもしなかった状態から一歩前進です。

しかし、

「わかりません」

「え？」

答えがわかっているなら、わたしは最初からそれを口にしています。

「ですから、探しています。そして、あなたたちにも探してほしいと求めています」

わたしにとってそれは当然の意見だと思ったのですが、

「「「…………」」」

評議会を覆《おお》う沈黙《ちんもく》は、より一層重くなりました。

ついにウィスカー侯爵《こうしゃく》ですら困り果てた様子で、口を閉ざしてしまいます。

全員が無言です。

まるで主君が失態を犯《おか》したのを見てみぬふりをしてやり過ごしているような、そんな居心地《いごこち》の悪さを溜《た》め込《こ》んだ静けさでした。

わたしはいったん目を閉じて間を置いてみます。少し時間を置いたのです。

それでもけっきょく、部屋の中のだれひとりとして、わたしに肯定《こうてい》も否定もしてくれないのだと確信するだけに終わりました。

しかたなく、わたしは今日の会議を無駄と認めることにします。

「……敵国が進軍してくるまでには、まだ少し月日があるはずです。また会議をします。それまでに、わたしの言ったことをよく考えてみてください。それでは」

鉛《なまり》のように淀《よど》んだ空気が蔓延《まんえん》する議会にそう告げて、一方的に解散させました。

毛足の長い絨毯《じゅうたん》を踏《ふ》み進んだ部屋の奥《おく》に、羊毛をたっぷりと詰《つ》め込《こ》んだ大きな寝台《しんだい》があります。

壁際《かべぎわ》で控《ひか》える使用人たちに礼をされながら、わたしは寝台《しんだい》の前まで歩み寄りました。ていねいに金糸の刺繍《ししゅう》が施《ほどこ》された羽織り着を肩《かた》にかけ、上半身だけを起こした父上が、細く息を吸って、わたしをぎょろりと見据《みす》えて迎《むか》えます。

ああ、これは良くない話のようです。眉《まゆ》の間に深いしわがあります。

「来たか、ソアラ」

「父上に呼ばれれば、わたしはすぐに参ります。お加減はいかがですか？」

「ふん。いまさら変わらん。今日は悪くない。だが、どのみち長くもない」

自らの寿命《じゅみょう》を短く見積もる父上の言葉は、嗄《か》れた声でありながらも、焦《あせ》りや悲観はまるで感じられません。暖かく調《ととの》えられた部屋の空気に、鼻にまとわりつくような薬湯の匂《にお》いが混じっていました。

老いと病に侵《おか》された父上は、日に日に、ご自分の体調にあまり興味を持たなくなっていくようです。その口から病状を詳《くわ》しく言わなくなったのは、いつからだったでしょうか。

「また、やったそうだな、ソアラ。評議会を困惑《こんわく》させているというではないか」

自らのことを口にする時よりも、わたしのことを話す時のほうが、父の感情はわかりやすくなっています。

いまは……怒《おこ》っていました。わたしの動向は父上に筒抜《つつぬ》けです。貴族のだれかから聞いたのか、それとも使用人に監視《かんし》役がいるのか、どちらでもあまり不思議ではありません。

「困らせているのではありません。わたしは、有益な話をしたいだけです」

「つまりお前は、わが国の重臣全員を侮辱《ぶじょく》したいわけだな？　経験豊かな男たちが戦《いくさ》に備えようとしているのに、無益な雑談に興じているようにしか見えないと、そう言いたいのだな？　戦をしたこともない、女子供の身でありながら、剣《けん》を手に取る男たちの気概《きがい》を無駄《むだ》だと切って捨てている。そう思っていいのか？」

父上はだんだんと眉《まゆ》をつり上げていきます。その視線から逃《に》げず、わたしは精一杯《せいいっぱい》の気づかいを発揮して、穏便《おんびん》な言葉を慎重《しんちょう》に選びました。

「気持ちだけで勝てるほど、敵は弱くありません」

「利《き》いたふうなことを言うな！　この馬鹿《ばか》者めが！」

ピシャリと雷《かみなり》が落ちました！

だめでした。わたしはまた間違《まちが》ってしまったようです。

なぜでしょうか。こういう場面で正解の言葉を選べた記憶《きおく》がありません。連敗記録更新《こうしん》です。

「私ももう長くない。だからこそ、実の子であるお前にいまから経験を積ませてやろうと、努力してきた。だが政務を任せてから半年足らずで、この部屋を訪《おとず》れる者はお前への不満しか言わなくなっておる！

娘《むすめ》ひとりまともに育てられなかったと思われておるのだ!!　しかもお前は幾度《いくど》となく父の言葉を聞きながら、一日たりとも態度を改めん。どれほど私の面目《めんぼく》を潰せば、お前は満足するのだ!?」

「落ち着いてください、父上。わたしは、わたしなりに――」

「わたしなりにだと!? お前の考えなど、どうでもよい！ まだ玉座に座《すわ》らせた覚えはないぞこの馬鹿者《ばか》!! いまからもう王としての気構えを説くつもりか!? 王として長くこの国に尽《つ》くしてきた、この父に！」

「…………いいえ、父上」

わたしは喉《のど》にせり上がる言葉をすべて飲み下して、黙《だま》っていることにしました。そのほうが、父が穏《おだ》やかになるまでの時間は短いのです。いままでも、ずっとそうでした。

「こうなるとわかっておれば、さっさと結婚《けつこん》相手を見繕《みつくろ》って無理やりにでも摂政《せつしよう》を置いたものを。ウィスカーが耐《た》えてくれているうちに、その態度を改めよ！ でなくば、いずれ諸侯《しよこう》らの心が離《はな》れるぞ。わかっておるのか!?」

「父上の言葉が正しいことは、よくわかっています」

「ふん、どうせまた口だけであろう。お前は聞く耳を持っておらん！ 教師をつけたときも同じだった！ 熱心に聖書と律法書を読《よ》み込《こ》んでいた。それで油断させた。それからたいした時間も経《た》たずに講師を怒《おこ》らせて、見放されたではないか。

どうしたことかと思えば、お前は書を読んで学んでいたのではなく、書の中にある矛盾を探していておった！ 同じことをせぬよう注意したのに、お前はそれから何度も何度も、教会や大学の講師を馬鹿《ばか》にした！」

「あれは馬鹿《ばか》にしたわけではありません。ただ、気になってしまったのです」

「うるさい！　私がやることにいちいち反抗《はんこう》しおってこの馬鹿娘《ばかむすめ》が！　礼儀《れいぎ》作法を覚えたのは唯一《ゆいいつ》の救いであったが、いまとなっては上辺だけ殊勝《しゅしょう》な顔をすることも腹立たしくなってくる！　ファヴェールに光もたらす賢王《けんおう》を求めるべきときに、かような半人前しか育てられなかったのでは、民《たみ》にも父祖にも顔向けできぬというものだ‼

この──グ、ゴホッ、ガッ、クゥ……！」

ずっとまくし立てていた父上が、胸を押《お》さえて苦しげにうめきます。

「父上！」

「寄るな！」

「っ──────」

わたしは思わず駆《か》け寄《よ》ろうとしましたが、父上に苦しげなうめき声の合間にも拒絶《きょぜつ》され、びくりと身を竦《すく》めてしまいます。

「……グゥッ、ウウ、ヌ……‼」

「陛下！」「侍医《じい》を呼べ！」

使用人たちが駆《か》け寄《よ》っていきます。

たくさんの手に身体を支えられて、ゆっくりと身体を横たえる父上。実の娘《むすめ》の手は、そこに加わることすらできません。

前のめりになっていた姿勢を正して、わたしは一歩下がって一礼しました。

「わたしは失礼します。興奮されてはお身体に障《さわ》りますから。……どうかご自愛ください、父上」

父上からの返事は、ありませんでした。

部屋を辞した私の背後で重々しい扉《とびら》が閉じられてから、奥歯《おくば》を噛《か》み締《し》めて気持ちを落ち着かせます。――王女はため息など吐《つ》いてはいけません。

「これはこれは、ソアラ王女殿下《でんか》」

横合いからそう声をかけられました。見れば、聖職者の貫頭衣《かんとうい》と球帽子《ぼうし》を身に着けたデュケナン大司教がおられました。鷲鼻《わしばな》の鼻梁《びりょう》にかけた眼鏡の奥《おく》にある目が、いつものように穏《おだ》やかな微笑《ほほえ》みの形でわたしを見ています。

「ご機嫌《きげん》うるわしゅうございます、王女殿下《でんか》」

「おかげさまで息災に存じます、デュケナン大司教。ご機嫌《きげん》うるわしゅうございます」

「こちらこそ、おかげさまで老健でおります、殿下《でんか》。ありがとうございます」

ご挨拶《あいさつ》を交《か》わしたのち、大司教はしわ深い目尻《めじり》に憂慮《ゆうりよう》を浮かべました。

「お話し合いに参上したのですが……陛下のお具合は、いかがですかな？」

「ご心配には及《およ》びません。恙《つつが》ないようです。ただ、差し出がましいようですが、なるべく静穏《せいおん》にお話しくださると幸いに存じます」

これは嘘《うそ》です。いましがた発作《ほっさ》を起こしたばかりの父上の体調が、良《い》いはずもありません。

しかし、王ともなれば体調の良《よ》し悪《あ》しを気軽に言いふらしていいものではありません。

もっとも、こうして直接見舞《みま》いに来《こ》れるほどの彼《かれ》に対して、隠《かく》しおおせるものでもありません。それに、長く姿を見せない国王が病に臥《ふ》せっているというのは、想像するのに容易《たやす》いことです。民《たみ》ですら知っていることでしょう。

「ご助言感謝します。これはかたじけないことです」

大司教は深く頷《うなず》いて、わたしをじっと見つめています。

「いやあそれにしても、殿下《でんか》も立派になられましたなぁ。私めの教会に初めていらっしゃった時などは、とても可愛《かわい》らしく緊張《きんちょう》していらしたものですが……」

「わたしには過ぎたお言葉です。わたしなど、いまだ未熟な身です。——お会いできて嬉《うれ》しゅうございました」

わたしは一礼して、一歩身を引きます。あからさまな話の切り上げかたに、老僧《ろうそう》は残念そうに目を細めていました。

「おや、お忙《いそが》しいのですかな？」

「父上とのお約束の邪魔《じゃま》になってはいけませんので。失礼いたします」

「これはお心遣《こころづか》いをさせてしまいましたな。申し訳ない。教会などに御用《ごよう》があれば、またいつでも気軽にお声をおかけください」

「ええ、ありがとう存じます」

にこりと笑って、わたしはその場を去りました。

少し、不自然で強引《ごういん》な話の打ち切りかたになってしまった自覚はあります。

とはいえ、それはしかたがありませんでした。

なぜなら、わたしがこのあとに予定しているのは——だれにも、たとえどのような人であっても、話し聞かせていいことではないのですから。


「王女殿下《でんか》、またですかい？」

軍馬が並ぶ厩《うまや》に行くと、そこにいた兵士にそんなことを言われてしまいました。

彼《かれ》とは何度か顔を合わせているものですから、ひと目見てわたしの目的は伝わってしまったようです。とはいえ、それも当然でした。わたしも普段《ふだん》はこのような恰好《かっこう》をすることはありませんから。

まとめ上げた髪《かみ》をつば広の帽子《ぼうし》で覆《おお》い隠《かく》し、刺繍《ししゅう》も無い丈夫《じょうぶ》な革《かわ》でできた手袋《てぶくろ》に、分厚いシャツと上着。腰《こし》には長剣《ちょうけん》と護身銃《じゅう》を吊《つ》るして、ドレスでもスカートでもなく下穿き《ズボン》と長靴《ながぐつ》を履《は》いています。

貴族の子弟《してい》か従者が、狩《か》りにでも向かうような恰好《かっこう》でした。――もちろん、男性が。

「馬の数には余裕《よゆう》がありますし、馬も休んでばかりより走らせてあげるほうが喜ぶでしょう？　銀貨を受け取るあなたも、何度もあるほうが喜ばしいのではないですか？」

わたしは銀貨を入れた小袋《こぶくろ》を作業台に置きました。

「いつものようにお願いしますね」

わたしの手の下にある袋《ふくろ》に目を落として、厩番《うまや》はもごもご口を動かします。

「……馬具をつけて、門番には素通《すどお》りさせて、このことはだれにも喋《しゃべ》らない、ですかい」

「そのとおりです」

兵士はのっそりと立ち上がり、わたしの希望どおりにすることを選んでくれたようです。毛並みの良《い》い軍馬に装具を取り付け始めます。

「……ところで、今日の会議から帰る偉《えら》い人らもここを使っていやしてね、王女殿下《でんか》。聞き耳立ててたわけじゃねえですが、貴族ってのは声を潜《ひそ》めるのに慣れてねえかたが多くて、いやその、自然と耳に入ってきたんでやすがね」

「なんですか？」

「……戦争が近いってえのに、殿下《でんか》は、その――戦う気が無い、とかいう話だそうですが、本当ですかい？」

ため息を吐《つ》きたいのを気配ごと抑えました。

わたしの話のどこを聞いていたら、そのようなことを思われるのでしょうか。その評議会のだれかは。

「そのようなことはありません。戦《いくさ》の準備は着々と進めています」

「兵隊の間じゃ良くない噂《うわさ》もあるんですがね……なんでも、こっちにいる兵隊の数は敵に筒抜《つつぬ》けだとか……」

「お互《たが》いの兵隊の規模は、お互《たが》いに大まかには把握《はあく》しているものです。こちらもオルデンボーの兵力がどの程度なのかはわかっています。心配することではありません」

むしろ、兵の間に弱気が広まっていることのほうが気になります。

「そうですかい……それで、殿下《でんか》は今日もひとりで行くんですかい？　いったい、いつもどこに行ってるんで？　なんなら、護衛役になりそうなやつを呼びますぜ」

馬具を取り付け終えた軍馬をこちらへと渡《わた》しながら、兵士がそう提案してきます。

わたしは鞍《くら》に跨《またが》って手綱《たづな》を取り、問題無いことを確認《かくにん》してから、丁重《ていちょう》にお断りしました。

「ありがとうございます。ですが、不要です。そう遠くに行っているわけではありません。それに、武器もきちんと扱《あつか》えますから」

「でも――」

「わたしが襲《おそ》われたりしないように、兵隊たちには、街道《かいどう》や周辺の見廻《まわ》りをしっかりと頼《たの》んでありません。治安悪化の報告はありません。それでは」

無作法かとも思いましたが、わたしは会話を打ち切って馬を進め、宮殿《きゅうでん》をあとにします。

ふと気になってこっそりと後ろを見ると、厩《うまや》番の兵士は、いつまでもこちらを見ていました。

……今日の用事を済ませたら、しばらく間を空けたほうがいいかもしれません。戦争が近い時期に王族が不審《ふしん》なことをするのは、あまり好ましくないことですから。

小さいころから、わたしが喋《しゃべ》るとみんなが黙《だま》ってしまいました。

わたしはどうしても、『当たり前のこと』が当たり前にできないからです。

聖書をもとに書かれた法はこの世でもっとも尊いもので、貴族の子女は詩歌《しいか》と社交を極《きわ》めるべきで、敬虔《けいけん》で熱意と信念を持って戦う人間がこの世の中でもっとも強い。

この世を回すそれら大きな歯車と、わたしの自分勝手な歯車では、まったく歯が噛《か》み合《あ》わないのです。

気にしなくていいことばかり気にかけてしまい、人を褒《ほ》めるのもあまり得意でなくて、大勢の盛り上がりに水を差してしまう。

扱《あつか》いにくい次期国王。

それがわたしという、不出来な王女の評価でした。

馬に乗って宮殿《きゅうでん》から街へ、街から街道《かいどう》へ、そして森の中まで、どんどん分け入っていきます。

家臣団も使用人たちも、兵士や市民たちも、やがてはだれひとりとして、わたしを見て噂《うわさ》することは無くなります。

小さな獣《けもの》の気配や木々の葉擦《はず》れ以外には、わたしの乗る馬が歩くのんびりとした歩調だけが耳に届くだけの空間になりました。

細く長く、息を吐《は》き出《だ》します。

澱《おり》のようにお腹《なか》の内側にこびりついていたため息のすべてを、こっそりと捨て去りました。少しだけ、気分が楽になります。とはいえ、こんなことをするために、ここまで来たのではありません。

改めて前を向き、馬の足を少しだけ速めます。

わたしは人嫌《ひとぎら》いではありません。ですが――いいえ、だからこそ、でしょう。たくさんの教師や聖職者に見放され、父から何度もお叱《しか》りを受けて、こう考えました。

物事を考えるときは、だれにも見つからないようにしましょう、と。

城内では無理なことです。使用人に見つからず歩き回ることなどできるはずもありませんし、どこかの部屋を立ち入り禁止にしてしまえば、必ずその〝秘密〟を探《さぐ》らずにいられない人がいるでしょう。

わたしは思索《しさく》の場所を外に求めることにしました。

もちろん、簡単には見つかりませんでした。何度かの失敗を経て、やがてわたしがたどり着いたのは、地元の民《たみ》も興味を示さない林の奥《おく》です。

そこには、小さな遺跡《いせき》がありました。

話によれば、この国を作った父祖より先にこの地に住んでいた人々が作った遺跡《いせき》で、神の秘《ひ》蹟《せき》がもっとずっと身近にあった時代のものだそうです。

昔は怪《あや》しげな力を持つ魔導士《まどうし》結社が出入りしていたという噂《うわさ》もあり、その周辺は耕作などに適していないのもあって、だれも見向きもしない土地になっていました。

わたしは手を尽《つ》くして遺跡《いせき》近くに小屋を作り、そして表向きには放置させました。そうして、王家の管理する土地ではあるものの、だれもいない空白地帯を作り上げることに成功します。

その小屋が、わたしの秘密のお勉強部屋になりました。

あまり良くないことだと、わかっていました。ですが、たくさんの人と軋轢《あつれき》を生んでしまうよりは、隠《かく》れてしまうほうが良《い》いことであると思ったのです。

そんな隠《かく》れ家《が》には、王宮から馬に乗って一時間ほどかかります。街道《かいどう》から外れて森の奥《おく》へと進み、ようやく見慣れた丸木小屋に到着《とうちゃく》しました。馬からすとんと降り立ちます。

「？」

わたしはその時、違和感《いわかん》を覚えました。足を下ろした地面が、へこんでいるような気がしたのです。

地面をよく見てみると、とんでもないことに気づきました。

馬上からはわからなかったのですが――小屋のまわりには、わたしのものよりも大きな足跡《あしあと》が、いくつもあるのです。

つまり、わたし以外のだれかが、小屋に近づいたのです。いままでに無かったことでした。一大事です。どうしましょう。

盗賊《とうぞく》などの良からぬ輩《やから》が中にいたりすると、大変です。そういうことが無いように、近くの村や街道《かいどう》の巡察《じゅんさつ》や治安には、じゅうぶん注意していたはずなのですが……

小屋には金品などは置いていません。ただ、ここはわたしにとっては大事な物と場所なのです。荒《あ》らされたりしたら、とても困ってしまいます。

かといって、すぐに助けを呼びに行くのも考えものです。苦労して作り上げたわたしの秘密のお勉強部屋が、また一から作り直しになってしまいます。

「ど、どうしましょうか……？」

困り果てたわたしは決めあぐねてそう口にしますが、ここまで連れてきてくれた頼《たの》もしい軍馬も、こういったことには頼《たよ》れませんでした。つぶらな瞳《ひとみ》でわたしを見つめて、ふるりと頭を揺《ゆ》らしただけです。……可愛《かわい》いですね。

……はっ、現実逃避《とうひ》していてはいけません。

あらためて小屋に向き直ります。それで気づきました。正面の扉《とびら》にかけた鍵《かぎ》は、そのままになっています。小屋の窓が壊《こわ》されているので、どうやらそこから出入りしたみたいです。

たくさんの人間が出入りするなら、鍵《かぎ》を壊《こわ》して扉《とびら》を開けてしまうでしょう。窓をこじ開けて入る、というのは、少人数で、荒《あら》っぽくない人のやりかたです。

わたしは自分の居場所を守るために、強く決意しました。

……いったん中を覗《のぞ》いてから、助けを呼ぶか決めましょう。

もしかすれば、ここが王家の土地と知らずに雨宿りや一晩の夜露《よつゆ》をしのぎに入った、だれかの痕跡《こんせき》だけなのかもしれません。

いまはもうだれもいない、ということもじゅうぶんにありえます。

行動を決めれば、必要なことがわかりました。

腰《こし》から護身用の銃《じゅう》を抜《ぬ》きます。

普通の銃とはちがって、大人の男性なら片手で持てるほど短い銃《じゅう》です。火縄《ひなわ》を使わないとても珍《めずら》しい仕掛《しか》けで、専用の道具でばねを巻いて、撃鉄《げきてつ》の鉱石を削《けず》る火花で点火します。たったひとつで甲冑《かっちゅう》一式ぶんもの金額になる高価な武器ですが、大きな獣《けもの》に出くわしたりしたときのために、いつも忘れずに持って来ていました。

練習以外できちんと使うのは、これが初めてです。

銃《じゅう》を持って小屋に行きます。窓には少し隙間《すきま》が空いているので、横から近づいていって、そっと手を伸《の》ばしました。

「――――」

ギイィイ、と軋《きし》む木枠《わく》の音が、やけに大きく耳に残ります。

窓を開けてから、息を殺してしばらく待ちます。中にだれかがいれば、気づいてこちらに来るかもしれません。手の中の短銃《たんじゅう》を握《にぎ》りしめて、耳を澄《す》まします。

「…………」

ですが、中からは足音ひとつ聞こえませんでした。

やっぱり、もういないのでしょうか？

開いた窓から、こっそり中を覗《のぞ》いてみます。そこには……人の姿は、ありませんでした。

詰《つ》めていた息をほっと吐《は》き出《だ》します。良かったです。わたしは銃《じゅう》をしまいました。

それでは、次に気になるのは、なにかが盗《ぬす》まれたりしていないか、です。

他のだれかが見ても価値の無い物ばかりですが、わたしにとっては大事なものがたくさんありました。

ですから、まずもっとも大事にしている壁を見ます。

「えっ――」

わたしの喉《のど》から、驚《おどろ》きの声がこぼれました。

ありえないことが、起きていました。

そこにあるのは、大きな地図と拡大した地図を貼《は》り合《あ》わせて作った、周辺世界の地図です。海路を書き込《こ》み、各国で雇《やと》われた兵の数、あるいは船の数を書き留めて、知り得た情報を書き加えた紙をピンで刺《さ》し、関連があるものは黒い糸で結び、敵対しているものは赤の糸で結び、他にもたくさんの書き込《こ》みと、覚書を貼《は》り付《つ》けていったものです。

そうしてできあがった地図は、わたしが見れば周辺世界の勢力を一望できる便利な世界図です。ただし——わたし以外の人間にとっては、薄気味悪《うすきみわる》い壁《かべ》一面の覚書でしかありません。

同じものを使用人に見られた時には、わたしが呪術《じゅじゅつ》に興味を持ち始めた、などという根も葉もない話が事実のように広まり、父上にきつく叱責《しっせき》されたことすらあります。

だれにも理解されることのない、わたしだけの大きな覚え書きなのです。だからこそ、苦労してだれにも見られずに考え事をする場所を求めて、作り上げました。

——そのはずでした。

「そんな……!?」

地図には、見たこともない白い紙がたくさん増えていました。その紙には数字が書かれていました。そのうち数枚を見た瞬間《しゅんかん》、わたしを天地が逆さまになったかのような衝撃《しょうげき》が襲《おそ》いました。

慌《あわ》てて馬に駆《か》け戻《もど》り、鞍《くら》につけていた鞄《かばん》から紙の束を取り出して、窓のところにまたも駆《か》け戻《もど》ります。

そして、手もとの資料と、地図に貼《は》られた紙の数字を見比べました。

「……合っています。これも、これも……同じ……！」

資料が足りず、あるいは、わたしには読み解けず、『?』を置いておいた空白地帯。今日、手に入れたばかりの資料で、そこを埋《う》めるはずでした。ですが——だれかが貼《は》り付《つ》けた、雪のように白い紙に書かれた数字で、すでに答えは埋《う》められていました。

わたしにしか価値の無いはずのものが、わたしの手によらず書き換えられたばかりか、その価値をより高めていたのです！

「そ、そんなことが……？　いったい、どうして……」

もっと、きちんと見なければいけません。

窓枠《まどわく》に手をかけて登り、中に足を下ろします。

ぐに。と、そんな感触《かんしょく》がしました。

「うおおっ!?」

「きゃああっ!?」

叫《さけ》び声《ごえ》がしました。叫《さけ》び返してしまいました。驚《おどろ》いて、転んでしまって、そして——

「あ痛ア——っ!?」

わたしは、出会いました。

○

僕《ぼく》がエレベーターの扉《とびら》から転げ出て二日目。

「異世界って、つらいな……」

結論から言うと、僕《ぼく》は異世界にいる。もしかしたらタイムスリップかもしれないが。

機械がひとつも無いような大自然の中で人類が暮らしてる時代というのは、僕《ぼく》からすれば異世界とほぼ同義語だ。

大自然の中に放り出された僕《ぼく》がすぐに背後を振《ふ》り返《かえ》ったのに、エレベーターは消えていた。なんか怪《あや》しげな小さい遺跡《いせき》があっただけだった。

しかたないので、とりあえず人の姿を探した。近くの村に行ってみて不思議なことに言葉が通じたまではいいんだが、悲しいことに、行商人ではないこの国の名前も知らないなにもわからないお金持ってない、とかのたまう怪《あや》しい来訪者に優《やさ》しくしてくれる人はいなかった。

途方《とほう》に暮れたまま村の隅《すみ》に座《すわ》り込《こ》んで。

そのうち腹が空いてしかたなくなったので、思いっきり頭を下げて食べ物を恵《めぐ》んでもらった。それをやるからどこかへ行け、と追《お》い払《はら》われたが。

どこかへ行くからもっとくれとせびって食料を手に村を出て、行くあても無いので最初にエレベーターから吐《は》き出《だ》された地点へ戻《もど》ることにした。

その途中《とちゅう》で運良く見つけた人のいない小屋で、雨風をしのぐことに。飢《う》えたり追《お》い払《はら》われたりしてすっかり荒《すさ》んだ僕《ぼく》は、窓をこじ開けるのに躊躇《ちゅうちょ》しなかった。

そうして中に入ると、面白《おもしろ》いものがあった。『ウェビング』と呼ばれる思考ツールである。映画をよく見る人なら、「地図に写真とか貼《は》りまくるあの壁《かべ》」と言えば通じるかもしれない。

簡単に言えば、連想ゲームみたいなものだ。たとえば『壁《かべ》』という言葉を置いて、次に『試練』と連想したらその横にキーワードをメモした紙を置いて、線でつなぐ。そうやって関連するものを書き出していくのだ。

繰《く》り返《かえ》していくうちにくもの巣《ウェブ》のようなキーワード群ができあがる、すなわちくもの巣張り《ウェビング》、である。

しかし、いま目の前にあるものは、そういうアイデア発見とは用途《ようと》がちがうらしい。だいたい地域ごとにまとめて貼《は》り付《つ》けられた覚え書きに、短い語句と数字が書《か》き込《こ》まれていた。

ざっと見た限りだと、勢力図のようなものだろうか？　首をひねる。近くにあった木箱の中を漁《あさ》ると、この勢力図の根拠《こんきょ》となったらしい書類がたくさん詰《つ》め込《こ》まれていた。目を通してみると、月ごとに行き来する船の数、移動する傭兵《ようへい》たちの数、それらをまとめた書類らしいことがわかった。

生データがこれで、整理したものが地図に貼《は》られている。突《つ》き合《あ》わせればなんとなくどこがどう関連しているのかは当たりがつく。

と、そこまで気づけば、あとは覚え書きの中にある『?』が気になる。

過去のデータのうち、1月と3月はあるけど2月は空白、という具合に抜《ぬ》けがあったりするのだ。

数字を見れば放っておけないのが、数学者のさがというやつで。小屋を無断使用したお礼がわりに、僕《ぼく》はその『?』を埋《う》めてみることにした。

箱の中の紙を借りて数字を書き出し、グラフを作り、導き出した数字を自分のメモ帳をちぎった紙に書いて壁《かべ》のメモに挟《はさ》んでいく。

パソコンがあればこの程度はエクセルに打《う》ち込《こ》んでもっと短い時間で終わるのだが、こればかりはしかたない。電卓《でんたく》があるだけましだ。

計算式はもう分かっているので、ひたすら手を動かす。数学者的に言うところの「手の運動《ハンドエクササイズ》」である。そんな単純作業でも、やるべきことがわかっていて、しかも考えたとおりの結果が出るので楽しい。

「異世界はつらいけど、やっぱり数学はいいなぁ」

まったく、こればっかりはこの世界でも変わらない。

数時間歩けば翌日には筋肉痛になる足では行けない、遠くの国を見ることができる。誰《だれ》も知らない世界で世渡《よわた》りできる口のうまさがなくとも、数字は僕《ぼく》を追《お》い払《はら》わない。

数学は現実世界のあらゆる制約を持たない。

そこにあるのは時間も距離《きより》も越《こ》えたところに存在する、もうひとつの自由な世界だ。

最後の『?』が埋《う》め終わって。

満足したし、これで独断でもらった一宿の恩も独断で返し終えたというわけだ。

よし、寝《ね》よう。

そうして僕《ぼく》は、小屋の中にあった大きめの布に包《くる》まって、久しぶりの満足感を味わいながら目を閉じた。

明日の目覚めは気持ちの良《い》いものになりそうだ。


激痛。

「ぁ痛ァ――っ!?」

なにかに腹を踏《ふ》まれて、飛び起きようとしたら腰《こし》に重いものが落ちてくるという最悪の目覚めである。

もういい加減にしてくれよ！　僕《ぼく》がなにしたっていうんだ!?

激痛をこらえて首を持ち上げる。――が、目を開けても真っ暗だ。

そのとき、柔《やわ》らかい香《かお》りが僕《ぼく》の鼻腔《びこう》を撫《な》でた。

腹に生じた鈍《にぶ》い痛みを溶《と》かすように感覚器を快く撫《な》でるその芳香《ほうこう》は、どうやら顔に覆《おお》いかぶさったなにかから漂《ただよ》っているらしい。

持ち上げてみると、それは帽子《ぼうし》だった。

「い、いたた……」

小さなその声の主を見るために目の前から帽子《ぼうし》をどかす。開けた僕《ぼく》の視界に現れたのは——すらりと伸《の》びる長い足で僕《ぼく》の上にまたがった、美少女だった。

「……えっ？」

光を透かす色素の薄いロングヘアに、妖精《ようせい》のように小さく白い輪郭《りんかく》を描《えが》く頬《ほお》から顎《あご》のライン。紫色《むらさきいろ》の大きな瞳《ひとみ》と、小さくも高い鼻筋に薄《うす》い唇《くちびる》。分厚い上着を押《お》し上《あ》げる豊かな胸の膨《ふく》らみに、密着した下半身から伝わる柔《やわ》らかさ。

そんな幻想妖精《げんそうようせい》トートロジー美少女が、自分の上に乗っていたのである。

「夢かなこれ」

ついつい、手近にあった足を撫《な》で上《あ》げてしまう。

温かいし柔《やわ》らかい。夢のような手触《てざわ》り。

夢だけど、夢じゃなかった。夢だけど、夢じゃない。

「はうっ……!?」

「おっとごめん、つい」

謝《あやま》ると、美少女がはっとした顔で僕《ぼく》を見下ろした。

「う、動かないでください！」

「……僕《ぼく》はいいけど」

少女の太ももに手を置いたまま、僕《ぼく》は動きを止めた。これは災難続きの埋《う》め合《あ》わせにちがいない。

彼女《かのじょ》は手を自分の腰《こし》の後ろで動かしている。

「あっ、え、えっと、硬《かた》いのが……あっ、お尻《しり》に当たって……」

「……硬《かた》いのって、僕《ぼく》のアレ？」

柔《やわ》らかいところで圧迫《あっぱく》されているので、こう、寝起《ねお》き特有の硬《かた》さからのさらに覚醒《かくせい》が。

「ありました！　動くと撃《う》ちますよ！」

うわおちがった！

少女が後ろ腰《こし》から取り出したのは、木と鉄でできた無骨な銃《じゅう》だった。

これゲームで使ったことがある。中世ファンタジーものの洋ゲーのピストルだ。顔面につけられたそれは油臭《くさ》い匂《にお》いを発していて、とても実用的な雰囲気《ふんいき》。

本物なのかどうか、自分の顔面に銃口《じゅうこう》が向いてる状況《じょうきょう》で試す勇気《ため》はとても起きない。

「オケー。お互《たが》い落ち着こう。な？」

ぽふぽふ、と手で柔《やわ》らかく叩《たた》いてそう主張する。しかし、ぴくりと肩《かた》を震《ふる》わせた少女は、顔を赤くして視線をきつくした。

「……ど、どこを叩《たた》きながら言っているのですか？」

言われて気づく。

「あー……足、だな、きみの。どうりで手触《てざわ》りが良《い》いと思った」

褒《ほ》めそやして態度の軟化《なんか》を図《はか》ってみる。

「手を離《はな》してくださらないと、撃《う》ちます」

無理だったらしい。

両手を降参《ホールドアップ》の形に構えた。どうにか命を取られる展開から逃《に》げないとならない。

「聞いてくれ。僕《ぼく》は腹が空いてたし行くあても無いしで困ってて、屋根を借りたかっただけなんだ。なにも盗《ぬす》んでない。これから盗《ぬす》むつもりも無い。許してくれ」

「……では、あれをやったのもあなたではないのですか？」

「あれって？」

「わたしの大事な地図に、手を加えた人です」

「あー……」

まちがったかもしれない。

よく考えてみれば、自分の研究ノートに勝手にいろいろ書き加えられていたら、気分が悪くなってもおかしくない。

だけど嘘《うそ》を言ってもたぶんダメだろう。だから正直に言うことにした。

「そのとおりだ」

銃《じゅう》を握《にぎ》る少女の手に、力がこもった。

「……あれがなにか、知っていたのですか？　読み書きができるのですか？」

なぜだかとても慎重《しんちょう》な口ぶりで、そう訊《たず》ねられる。

「頼《たの》む。頼《たの》むから聞いてくれ。僕《ぼく》は遠いところから来た。たぶん想像以上にね。文字や数字は
なぜか読める。だけど、あれがなにかは知らない。でも、ざっと見たところは、勢力図かと」

そう言った瞬間《しゅんかん》、銃口《じゅうこう》が目の前から消えた。

「わかるんですか⁉」

ドン！　と頭の両脇《りょうわき》に手が落ちて端正《たんせい》な顔が迫力《はくりょく》の近さに‼

まさかの床《ゆか》ドンである。

間近に迫《せま》った紫色《むらさきいろ》の大きな瞳《ひとみ》が、僕《ぼく》の目をがっちり捕《と》らえて離《はな》さない真剣《しんけん》さと熱意で串刺《くしざ》
しにしてくる。

「わ、わかるよそりゃ」

「では、あの数字はどうやって、なぜ書いたんですか？」

「計算しただけだ」

「ホルト・ウィンタース法だよ！　需要《じゅよう》予測の計算式だ！　グラフを作るのは手間だったけど、データの抜《ぬ》けを埋《う》めるくらいなら電卓《でんたく》でもできる！」

「計算式で予測なんて……そんなことが……!!」

まばたきしてないんだがこの子。

そんなにあれに入《い》れ込《こ》んでたのか。悪いことしたかもしれない。

僕《ぼく》が初めて数式を作っていた時の苦悩《くのう》や、完成した時の興奮。ひょっとしたら、そういうものを奪《うば》ってしまったのかもしれない。

——あるいは、彼女《かのじょ》もだれかのために、あれを作っていたのかもしれない、のか。

急にバツの悪い思いが湧《わ》いてきた。

「悪かったよ勝手に書き込《こ》んで。パソコンも無い世界で情報分析《ぶんせき》用の数字を集めてるんだから、よっぽど苦労して集めてたんだよな。それをわかっておくべきだった。反省してる。きみのまとめたデータがあまりに整然としてて綺麗《きれい》だったから、僕《ぼく》もつい夢中になったんだよ。すごくよく考えられてて、感心したんだ。だから——………？」

「計算した、だけ……!?」

ぽたり、と頬《ほお》が濡《ぬ》れる。

僕《ぼく》の頬《ほお》を濡《ぬ》らしたのは、上から降ってきた水滴《すいてき》——その少女の、涙《なみだ》だった。

泣くほどダメだったのか!?

「えっ……⁉」

彼女《かのじょ》は目もとに手を当てて、濡《ぬ》れている指先を見て声を上げる。自分が泣いていることにびっくりしたようだ。

息を呑《の》んで目を見開き、頬《ほお》を朱《しゅ》に染めておろおろ目を泳がせたあげく、

「あっ——み、見ないでください！」

「お、おおお⁉」

ばふっ！　と勢いよく僕《ぼく》の胸元《むなもと》に顔を押《お》しつけて隠《かく》した。

柔《やわ》らかい身体が密着してきて、でもこの子は泣いててこれどうすればいいんだ⁉

「ごめんなさい……その、わたし、そんなこと言われたの、初めてで……」

困惑《こんわく》する僕《ぼく》の胸の上で顔を隠《かく》しながら、その子は肩《かた》を震《ふる》わせながらそう言った。

「〝そんなこと〟ってのは？」

「き、綺麗《きれい》、って、言ってもらえたのが……」

「……そんなこと言ったっけ？」

たしかに綺麗《きれい》な子だが、口にした覚えはない。

「言いました！」

がばっと身を起こして、眼《め》を涙《なみだ》で潤《うる》ませながら、一生懸命《いっしょうけんめい》にそう訴《うった》えてくる。

「わたしの、書いたものを見て、綺麗《きれい》に整えられてるって、感心したって、言ってくださいま

したっ」

「それのことか」

たしかに言った。よくできてる。

「わ、わたしは……あれは……わたしなりに、必死で考えたんです。長い間、たくさんの記録を集めて、頑張《がんば》って、作って……。でも」

ぎゅう、と僕《ぼく》の胸を掴《つか》む少女の手が握《にぎ》りしめられて、震《ふる》えていた。

「人に見せたら、気味悪がられて……変だって思われて……理解、してくれなくて……!」

苦しげに息をして、彼女《かのじょ》は僕《ぼく》を見た。

「だ、だから、び、びっくり、したんです。わたしの、作ったものを見て……褒《ほ》めてくれる人が、いるなんて、思わなかったんです……」

ああ、それは。

僕《ぼく》にも覚えがある。

数学的な考えは、時として直感を裏切る。5%のクジを20回引いても100%にはならない、というように。

直感を裏切る数学を信じることより、そんなことを言い出す僕《ぼく》を疑うほうが、ずっと簡単だ。

そして、人は簡単なほうを選ぶことのほうが多い。

彼女《かのじょ》はきっと、僕《ぼく》が味わったものを、何度も何度も、呑《の》み込《こ》んできたんだろう。呑《の》み込《こ》んで、そのうえで、こんな森の中でたったひとり、データを築いていたのか。

——それは、どんなに孤独《こどく》なことだったんだろう。

祖父に認められたい一心で徹夜《てつや》で数式を作った日のことを思い出す。あれは失敗だった。

このデータが正しいかどうかは、僕《ぼく》にはわからない。だが、あの日の僕《ぼく》は、こう言われただけで、報《むく》われた気持ちになれたのだ。

「きみは——」

肩《かた》に手を置いて、うなずく。

「——よく頑張《がんば》ったな」

細い指先が、僕《ぼく》の手にそっと触《ふ》れる。まるでそこに置かれた手が嘘《うそ》ではないと、確かめるかのように。

「…………はい」

少女は重ねた手に頬《ほお》を寄せて、熱い涙《なみだ》を零《こぼ》した。じわりとその熱が広がり、そして溶《と》けてしまうまで、彼女《かのじょ》はまぶたを伏《ふ》せて動かなかった。

やがて、ゆっくりとその目を開く。

「そういえば、お名前をまだ聞いてませんでしたね」

目から涙《なみだ》を指で拭《ぬぐ》い取《と》って、少女が顔を上げる。どうやったのかするりと身を下げて立ち上がった。

たおやかなその手を差し出してくる。その小さな手を握《にぎ》り返して、細腕《ほそうで》に助けられながら身を起こした。

僕《ぼく》が立ち上がってもしっかりとつないだ手を放《はな》さず、もうひとつの手を上に重ねて、少女は潤《うる》んだままの目で微笑《ほほえ》んだ。

「わたしは、ファヴェール王国第一王女、ソアラ・エステル・ロートリンデと申します。ソアラ、とお呼びくださいね」

「僕《ぼく》は迷子の芹沢直希《せりざわなおき》。ちなみに〝芹沢《せりざわ》〟のほうが姓《せい》だから、ナオキでいい」

「よろしくお願いしますね、ナオキさん」

「よろしく、ソアラ」

握《にぎ》った手にもう一度力を込《こ》めてから、僕《ぼく》は聞き返した。

「……ところで王女ってジョークだよな？」

「いいえ。わたし、あまり嘘《うそ》は言いません」

嬉《うれ》しげに微笑《びしょう》したまま、こともなげに返される。マジですか。

「……僕《ぼく》は王女殿下《でんか》に押《お》し倒《たお》されたのか」

「お、押《お》し倒《たお》してなんかいませんっ」

「異世界、というのは……神話のようなお話ですね。海のかなたにあるという、妖精国《ようせい》のようです」

「妖精《ようせい》は電卓《でんたく》使わないだろ」

「わたし、これ好きです。なんて便利なんでしょう、デンタ・クー」

ア・バオア・クーみたいに呼ばないでほしい。

僕《ぼく》たちはお互《たが》いの警戒《けいかい》が解けてから、お互《たが》いに身の上を話し合った。

ファヴェール王国の王女ソアラ・エステル・ロートリンデが男装し銃《じゅう》と剣《けん》を持ち出してひとりでこんな勉強部屋に通いつめている、という信じられない話を聞いて——エレベーターから出てきたら異世界に落ちてたという自分の話と、同じくらいうさんくさいと思った。

お互《たが》い苦笑いするしかなかった。

怪《あや》しげな身の上話なのはお互《たが》い自覚があったので、それぞれ持ち物を見せ合ってみた。

幸い、僕《ぼく》の持ち物には電卓《でんたく》メモ帳ボールペンと、わかりやすく異世界らしい持ち物がいくつかある。

渡《わた》された電卓《でんたく》でソアラは喜々として遊んだ。ぽちぽちと計算しては液晶《えきしょう》に表示された答えを自分で手計算して合っているかたしかめる、という検証作業を嬉《うれ》しそうに行っていた。

僕《ぼく》はその間に、電卓《でんたく》を借りるかわりにと王女がくれた白いパンと水を味わった。腐《くさ》りかけのすっぱい干物《ひもの》をかじったあとなら、小麦の甘《あま》い味わいだけで王族だって信じてもいい気分だ。

「このパンはすごく美味《うま》い。迷子になってからつらいことしかなくて、死にそうだったところだ。会えて幸運だよ」

「ふふ、この国が嫌《きら》われる前に会えて良かったです」

くすくすと笑って、ソアラは関数電卓《でんたく》を返してくれる。

返してくれる、が……僕《ぼく》が受け取ったパンは、味を噛《か》み締《し》めたあとでは返せない。そして思う。僕《ぼく》が次にこういうものを味わえるのは、いつになるんだ？

「どうしました？」

首を傾《かし》げるソアラに、提案をしてみる。

「……これを売るって言ったら、いくらくれる？」

電卓《でんたく》を指先で振《ふ》りながら言うと、王女の大きな瞳《ひとみ》がぱちくりとまたたいて丸くなった。

「売っていいのですか？　貴重な物ではないのですか？」

「本当は良くない。そろばんや筆算じゃ、あれを導き出したようなホルト・ウィンタース法のグラフは作るのにもっと時間がかかるようになるだろうし。

だけど、これを僕《ぼく》がこのまま持ち続けた場合の利得は、正直に言うとそんなに期待できない。

ぎりぎりになってから売るなら、きっと買い叩《かたた》かれる。だけどいまこの瞬間《しゅんかん》なら、買い手は王女で、しかも価値を認めてる。期待値はじゅうぶんだ。——もちろん、人間として信頼《しんらい》できる相手だしね」

「信頼《しんらい》……」

　ソアラは噛《か》みしめるようにそれをつぶやき、胸に手を置いて震《ふる》えている。

「どうした？」

「信頼《しんらい》できる、なんて、言われたのも——」

「初めてだってことか。本当に苦労してるな」

　どうにもいちいち不憫《ふびん》な過去が見える。

　微苦笑《びくしょう》して、ソアラが咳払《せきばら》いした。

「こほん、すみません。ええと、そうですね、デンタ・クーを買うなら……フィセター銀貨で100枚。それでどうですか？」

「なるほど。それっていくらくらい？」

「？　ですから、大銀貨が100枚です」

　まあそうなるか。

「貨幣《かへい》価値も覚えないとなぁ……ううむ……」

「なにか、お困りですか？」

「なにもかもさ。でもまあ、とにかく当面暮らしていけるくらいのお金になってくれればいいよ。それと、村じゃなくて街があるなら、そこに連れて行ってほしい。そこなら、数学的トリックを使ったイカサマでなんとか食いつなげるかもしれないし」

「保証人のいない外国人が犯罪なんてしたら、すぐに絞首刑《こうしゅけい》になってしまいますよ」

心配そうに言ってくれるソアラに、肩《かた》をすくめて答える。

「正当な方法だ。犯罪じゃない。僕《ぼく》が必ず勝つってだけ。もとの世界に戻《もど》るまでの間でいい。まずは生き延びないとな」

いまだ不安げな顔の王女に、電卓《でんたく》を差し出す。

「その値段でいい。市場価格はぼちぼち覚えるよ」

しかし、ソアラは電卓《でんたく》をじっと見つめて、何か考《かんが》え込《こ》んでいる。

「どうした？　もっと高く買ってくれる気になったのか？」

僕《ぼく》がそう訊《たず》ねると、王女はその大きな瞳《ひとみ》をこちらに向けて、うなずいた。

「……ある意味では、そのとおりです」

「うん？」

「ナオキさん！」

「うおっ」

ソアラがお互《たが》いの鼻が当たりそうになるくらい身を乗り出す。思わずのけぞる。

「ナオキさんは――」

彼女《かのじょ》の言葉は乱暴な音で遮《さえぎ》られた。

パガァン!!　空気を打ち震《ふる》わせる銃声《じゅうせい》と、なにかが壊《こわ》れる粉砕《ふんさい》音。間髪《かんはつ》を容《い》れず、木の扉《とびら》が凄《すさ》まじい勢いで蹴《け》破《やぶ》られる。金具ごと壊《こわ》されて外れた錠前《じょうまえ》が、ゴトンと床《ゆか》に転がった。

つまり、小屋の扉《とびら》から何者かが突入《とつにゅう》してきていた。最初の銃声《じゅうせい》で撃《う》って壊《こわ》したらしい錠前《じょうまえ》の破《は》片《へん》を踏《ふ》みつつ現れたのは、煙《けむり》を吹《ふ》き上《あ》げるマスケット銃《じゅう》を持った、兵士風の男である。

「あなたは、厩番《うまや》の……？」

ソアラが訝《いぶか》しげに言うのと、その男がこちらを見て忌々《いまいま》しげに舌打ちするのは、同時だった。

「やっぱりな。若い女がこそこそ出かける理由なんざ、男しかねえって思ったぜ」

僕《ぼく》は王女と顔を見合わせる。たしかにこの体勢は誤解されそうだ。

「ち、ちがいます！　これは――」

「いいわけはいらねえですぜ姫《ひめ》様。どうせ次の戦争にゃ勝てねえ。その前に、おれも一発楽しませてもらいに来ただけなんでね。終わったらおれぁこの国とおさらばだ」

それを聞いた瞬間《しゅんかん》、慌《あわ》てふためいていた王女の顔つきが変わった。

口を引き結び、理性的な目の中に鋭《するど》い光が差す。見る間に鷹《たか》のような気高さと気迫《きはく》を持つ眼《ま》差《ざ》しになり、表情筋はすべて引《ひ》き締《し》まって揺《ゆ》るがない。それはまるで、彼女《かのじょ》という存在が人格ごと変化してしまったようにすら見えた。

とにかく――先ほどまでの未熟な〝少女〟の顔ではない。

「それは、わたしが逢《あ》い引《び》きをしているからですか？」

「へっ、あんたみたいな小娘《こむすめ》になにができるってんだ。最初から期待しちゃいねえ。勝てねえってのは、みんながそう言ってるからに決まってるだろ。厩番《うまや》ってのは特別な噂話《うわさばなし》も聞けるんだからなぁ」

それを聞いた瞬間《しゅんかん》、姫《ひめ》の瞳孔《どうこう》が小さくなった。

「では、わたしの不徳ではなく――あなたが故国を裏切る卑劣《ひれつ》漢だから、ですね。遠慮《えんりょ》なく撃《う》てます！」

「おおっとォ！」

ソアラが立ち上がって銃《じゅう》を構えたとたん、男は身を翻《ひるがえ》して戸口の外に出て、身を隠《かく》した。

引き金を引かずに、彼女《かのじょ》が声を潜《ひそ》めて言う。

「逃《に》げましょう、立って」

「お、おう、わかった」

事情はわからないけどピンチだ。そして僕《ぼく》は荒事《あらごと》に向いてない。戦うなら力になれないが逃《に》げるのは大賛成だ。ソアラとふたり、急いで立ち上がって窓から飛び出る。

しかし、小屋の陰《かげ》に隠《かく》れたままの男の声が追ってきた。

「逃《に》げ場《ば》はねェぞ姫《ひめ》様よお！　馬の鞍《くら》は外しておいたからなぁ！　すぐ追いつくぜ！」

その言葉どおり、外にいる馬には鞍《くら》がついてなかった。

ソアラは男が隠《かく》れる小屋の角に銃口《じゅうこう》を向けながら、横目で僕《ぼく》を見る。

「——裸《はだか》の馬でも、いないよりいいですよね？」

「それ僕《ぼく》に言ってるのか？　馬に乗ったことなんてないんだが」

「では、いまから挑戦《ちょうせん》して成功してください」

ピィッ！　と彼女《かのじょ》が甲高《かんだか》い指笛を鳴らし、反応した馬が寄ってくる。

おおかっこいい。

しかし乗馬経験ゼロの僕《ぼく》が、鞍《くら》が取り外された裸《はだか》の馬に乗って逃《に》げる？　成功するとは思えないけど、死にたくないならやってみるしかない。

——銃声《じゅうせい》が、その考えを脳髄《のうずい》ごと打《う》ち砕《くだ》いた。

「うおおっ!?」「えっ——!?」

手綱《たづな》を取る直前で轟音《ごうおん》が炸裂《さくれつ》。馬の頭が血しぶきを噴《ふ》いた。

馬がどうっと横に倒《たお》れる。

「王女殿下《でんか》」

その声にはっと振《ふ》り向《む》くと、小屋の角ではなく、森の中から黒いローブを着た男が歩み出てきた。しかも、ソアラのものと似たような短銃《たんじゅう》を手にして。

男は身体の周りに漂《ただよ》う白い煙《けむり》を手で払《はら》いつつ短銃《たんじゅう》を腰《こし》にしまって、もう一挺《いっちょう》、おそらく装填《そうてん》済みの新しい銃《じゅう》を取り出した。

「お覚悟《かくご》を」

先ほどの男とはまるでちがう雰囲気《ふんいき》だった。氷のような殺意を持つその視線と声だけで、背筋につららを刺《さ》されたような寒気さえ感じる。

動く馬の頭を精確に撃《う》ち貫《つらぬ》いた腕《うで》といい、この男はやばい。

「仲間がいたのかよ！　あの兵士、見た目に反して用意周到《しゅうとう》なのか⁉」

「なんだてめェ⁉　その女はおれのエモノだぞ！」

小屋の角から出てきた兵士のひと言で、状況《じょうきょう》がさらに変わった。黒衣の男がそちらに銃口《じゅうこう》を向けて、眉《まゆ》をひそめる。

「邪魔《じゃま》するな」

「うるせェ！　てめえこそ邪魔《じゃま》だ‼」

仲間割れ——という雰囲気《ふんいき》でもないなこれ。

「まさかこいつらふたりは関係無い？　三《み》つ巴《どもえ》かこれ？」

「そのようですね……」

ややこしいことになったようだ。

3人がお互《たが》いに銃《じゅう》を向けあって牽制《けんせい》しているが、だれも引き金を引かない。この時代の銃《じゅう》は1発ずつしか撃《う》てないからだろう。全員が敵対者のどちらを先に撃《う》つべきか悩《なや》んでいるのだ。

その状況《じょうきょう》で、ソアラが僕《ぼく》にぎりぎり聞こえる大きさの声で言った。

「……撃《う》ち合《あ》いになったあと、生きていたら、わたしが剣《けん》で戦って足止めします。逃《に》げてくださいね」

「当てる自信はあるのか？　剣《けん》で勝てる自信は？」

そう訊《き》いてみると、少女は目を細めて言った。

「どちらも、無いです。……弱肉強食の縮図ですね。銃《じゅう》も剣《けん》も、わたしだけが、あのふたりともに勝てる見込《みこ》みがありません」

つまり、勝つのを諦《あきら》めて、僕《ぼく》を逃《に》がそうとしているのか。

年下の女の子を置いて、自分ひとりだけ命惜《お》しさに逃《に》げろ、とそういうわけだ。

——震《ふる》える声で、そう言うのだ。

たったひと言、褒《ほ》められたことに感動してしまうような少女が、恐怖《きょうふ》で震《ふる》えているのを見捨てて、逃《に》げる？

「……そんなこと、できるか」

「わたしが隠《かく》れ家《が》なんて作らなければ、こんなことになりませんでした。これはわたしの招いた状況《じょうきょう》で——選択肢《せんたくし》が無いのは、この世が暴力で支配されるという変えられない〝ルール〟のせいです。わたしのわがままが原因でナオキさんを死なせるのは……つらいです」

「ふむ……ルールか……」

いいことを言う。

つまりこれは、ルールに則《のっと》った駆《か》け引《ひ》きの状態にある。

見たところいちばん強い——すなわち、命中率が高いのが、黒衣の男。次に兵士。そして最後に僕《ぼく》たち。銃《じゅう》を撃《う》てるのは1回ずつ。

3人のプレイヤーの勝利条件は、敵対者に撃《う》った弾《たま》を当てること。確率はそれぞれで異なる。

その条件で、最適解を探せ。

「なるほど……つまり、これはゲーム理論だ」

僕《ぼく》は、逃《に》げるかわりに、ソアラの華奢《きゃしゃ》な背中にぴったりと寄《よ》り添《そ》った。

「なっ、なにを？」

重い銃《じゅう》を構えるその細腕《ほそうで》に、後ろから僕《ぼく》の手を重ねて支える。

「僕《ぼく》が撃《う》つ。手渡《てわた》ししてる時間は無いだろ？」

「あ、あのっ、ですが——」

「いいから、僕に任せろ」

ふたりで持った銃《じゅう》を構え、標的を見て、

「てめぇらぁ！　なにごちゃごちゃ言ってんだおらぁああ!!」

撃《う》った。

一瞬《いっしゅん》のできごとでした。

彼《かれ》はわたしを後ろから支えた手で、素早《すばや》くどちらを撃《う》つのか決めて、すぐに撃《う》ちました。

そこからは、まるでせき止めた水が流れ出すように、膠着《こうちゃく》状態だったすべてが動きます。

わたしたちの撃《う》った弾《たま》は、爆発《ばくはつ》の重い衝撃《しょうげき》に押《お》し出《だ》されて飛んでいきました。火薬の燃える白い煙《けむり》が噴《ふ》き上《あ》がり、対峙《たいじ》したふたりがぎょっと驚《おどろ》いて身をすくめます。

ですが――それだけです。その身体のどこからも、血の出るようなことはありません。

当たり前です。ナオキさんがわたしの手を取って銃《じゅう》を向けた方向は――上なのです。命綱《いのちづな》であるはずの最初の1発が、だれもいない空の彼方へ捨てられたのです！

胸《むね》の奥《おく》で、心臓がぎゅっと縮みあがるのを感じた気さえしました。

次の瞬間《しゅんかん》、二つの銃口《じゅうこう》が火を吹《ふ》いて、森に銃声《じゅうせい》が轟《とどろ》きます。

「っ――‼」

わたしは強く身体をひっぱられたような衝撃《しょうげき》を身に浴びて――尻《しり》もちをついていました。

撒《ま》き散《ち》らされる血の匂《にお》いが、焦《こ》げ臭《くさ》い火薬の匂《にお》いに混じります。

撃《う》たれた。

こうなるのは撃《う》つ前にわかったはずです。

撃《う》てるのは1発だけ。どちらを撃《う》っても残ったひとりに撃《う》ち返される。弱い者に、選択肢《せんたくし》はありません。

敵を倒《たお》せる最初で最後の機会は、引き金を引く一度きりだけです。なのに、その〝一度きり〟すら無くしてしまったわたしたちには、もう何もできません。

――そのはずであったのに。

「あ、あれ？」

わたしは生きていました。どこも、撃《う》たれていませんでした。

生き残って、いました。

「大当たり。うまくいった」

地面に倒《たお》れたふたりを見て、ナオキさんがぼそりとつぶやきました。

わたしの思《おも》い描《えが》いていた未来とはまったくべつの光景がそこにあります。

兵士と外套《がいとう》の男。そのふたりこそが倒《たお》れていました。

銃《じゅう》を先に撃《う》ち、そして外してしまったわたしたちだけが生き残っていました。

信じられないことです。

銃身《じゅうしん》が長くて当てやすいマスケット銃《じゅう》を持った兵士でもなく、手練れた腕前《うでまえ》を持つ黒衣の男でもなく、あの場でもっとも弱かったわたしたちだけが生き残ったのです。

その事実に衝撃《しょうげき》を受けて、わたしは足の力が抜《ぬ》けてしまいました。

「……なぜ、ですか？」

わたしは、座《すわ》りこんだまま訊《たず》ねます。

「なぜ、あんな無駄《むだ》撃《う》ちをして助かると、わかったのですか？」

彼《かれ》は〝うまくいった〟と言いました。つまり、この未来を予見して撃ったということです。

わたしの疑問に、ナオキさんは振《ふ》り向《む》いて、肩《かた》をすくめます。少し、悪そうな微笑《ほほえ》みを口《くち》の端《は》に上らせながら。

「これは最適化戦略の問題だ。いいかな？ 単純化して、僕《ぼく》たちの命中率を3分の1、3発撃《う》って1発しか当たらないヘタクソだとする。あの兵士は3分の2。ローブ男は3分の3だと仮定しよう。一度に撃《う》てるのは1発だけ。さて、どうする？」

言われて、考えてみました。

「それは……いちばん強い人を倒《たお》さないと？」

「ちがうね。正解は——撃《う》つための弾《たま》を捨ててしまう」

ばあん、と口で言いながら、空に向けて引き金を引くふりをしています。先ほど同じことを実際にやりました。

「そんなことをしては、なにもできなくなってしまいます」

わたしはそう反論しました。しかし、ナオキさんは首を横に振《ふ》ります。

「相手の立場になって考えてみてくれ。僕《ぼく》たちはもう撃《う》てない。じゃあその状況《じょうきょう》で、残ったふたりはだれを倒すべきだろうな？」

「――もう撃《う》てないわたしたちではなく、銃《じゅう》を持った敵同士です！」

わたしたちを撃《う》っても、残ったひとりに撃《う》たれてしまいます！

その答えを聞いて、ナオキさんは笑ってうなずきました。

「大正解。同時に撃《う》ち合って倒《たお》れてくれたのは、想定していたなかでいちばんの大当たりだったわけだけど」

わたしの受けている、この胸が苦しくなるほどの衝撃《しょうげき》に、ナオキさんは気づいていらっしゃるでしょうか？

「それでは……わたしたちは、弱いから生き残ったのですか？」

「そうとも言える。人は目に見える〝強さ〟で判断をしてしまいがちだけど、感じたものをそのまま信じるなんて、動物でもできる。目に見えない情報を理性で認識《にんしき》してこそ、未来を選び取ることができるんだ」

「未来を、選び取る……」

心臓が、ひときわ強く脈打ちました。

それこそ。

胸を強く打つ鼓動《こどう》が、わたしの中で反響《はんきょう》します。それこそ、と。苦しくなるほど望み願ったものが、いま、目の前にある——手を伸《の》ばせばその奇跡《きせき》が消えてしまうのではないか、と恐《おそ》ろしくなったほどです。

「数学は理性的認識《にんしき》をもっとも正確に導き出せる技術だと、僕《ぼく》は思ってる。つまり——」

動揺《どうよう》するわたしとはまったく反対に落《お》ち着《つ》き払《はら》った様子で、ナオキさんは座《すわ》りこんだわたしに手を差《さ》し伸《の》べてくださいます。

「——数学は、時を超《こ》える」

出会った時からの悠々《ゆうゆう》としたその佇《たたず》まいは、これほどのことを成してなお、お変わりがありません。

差《さ》し伸《の》べられた頼《たの》もしい手をつかみます。その手が消えたりは、しませんでした。それどころか、冷たい地面からわたしを力強く引き上げてくださいました。

「ナオキさん……」

「ん、どうした？　どこか痛むのか？」

手を離《はな》さないわたしに首をかしげていらっしゃいます。しかし、わたしはもう一方の手もナオキさんを掴《つか》んで、強く握《にぎ》りしめました。

いまこそ、手を伸《の》ばす時だと思ったからです。

「お願いがあります」

「な、なんだ？」

「わたし、デンタ・クーだけじゃなくて……ナ、オ、キ、さ、ん、を、買、い、た、い、です！」

そう口に出すと、彼《かれ》は少し目を見開いて驚《おどろ》き、何か、迷うように視線をさまよわせました。

ごくり、と緊張《きんちょう》にはしたなくも喉《のど》を鳴らしてしまいながら、わたしはナオキさんの反応を待ちます。

やがて、ナオキさんは迷うような口ぶりで、言いました。

「えーっと……欲求不満、とかか……？」

「よっ——!?　ちがっ、ちがいます！　ちがいますから!!」

わたしの一世一代の気持ちを込《こ》めて言った頼《たの》みごとは、いやらしい意味に誤解されてしまいました。

○

「本当に宮殿《きゅうでん》だよ……」

「はい。普段《ふだん》の寝泊《ねと》まりは別のところに用意しますが、なにぶん急なことなので、今日だけ、ここの部屋を使ってくださいね、ナオキさん」

ほっそりとした腰《こし》につかまって馬に揺《ゆ》られること1時間ほど。男装の美少女と馬にふたり乗りで、しかも僕《ぼく》が後ろ。

そんな想像したこともなかったシチュエーションで、見たこともない立派な宮殿《きゅうでん》に連れてこられていた。

兵士が乗ってきた馬を見つけて宮殿《きゅうでん》に戻《もど》り、流されるまま客室らしい部屋に入ってしまった。その間、もちろん町の人にも兵士たちにも使用人たちにもじろじろ見られたが、ソアラが気にしないようにと告げただけで、なにも追及《ついきゅう》されることはなかった。されないまま、豪華《ごうか》な部屋の中でくつろいでいる。村で物乞《ものご》いしただけで追い出されたのとは、雲泥《うんでい》の差《さ》である。

これが権力、と痛感していた。

権力者であるソアラはといえば、僕《ぼく》を連れてきた部屋で一緒《いっしょ》にテーブルに座《すわ》っている。王女と一緒《いっしょ》に水で薄《うす》めた果汁《かじゅう》を飲みつつ、なんとなく立派な家具の厚みを目で測ってみた。細工が細かい。きれい。すごい。高そう。ぐらいしかわからん。

「寝《ね》るところに文句なんて言わないよ。なにせ僕《ぼく》は王女様に買われた身だしな」

「もうっ。それ、他の人がいるところでは絶対に口にしないでくださいね！」

「あっはっは。……冗談《じょうだん》でも言ってないと、ちょっとキツくって」

コップを持つ手が小刻みに震《ふる》えているのをソアラに見せる。

寒いからとか、そういう理由じゃない。あれからずっと、落ち着かないのだ。

「……大丈夫《だいじょうぶ》ですか？　ずっと、血の気の失《う》せた顔をされていましたね」

「……正直に言うと、僕《ぼく》のいた世界は殺したり殺されたりはあんまりなじみが無い世界だったんだ。あのままだと殺されてたかもしれない。だからとっさに動いたけど……実のところ、死体になった彼《かれ》らの血だまりを思い出すとだな……吐《は》きそうになるし手もうまく動かせない」

自分の撃《う》った弾《たま》でないにせよ——僕《ぼく》は、あのふたりを殺すために引き金を引いた。

その結果、望みどおり殺した。

死体に慣れていない現代人としては、それなりにショックだ。

それを正直に白状してみた僕《ぼく》に、ソアラはいたわるようにうなずいてくれる。

「無理もありません。わたしも、あんなことがあったのは初めてですし」

「それにしては落ち着いてたな」

「……撃《う》たれた人を見たことが、ありましたから」

「あー」

納得《なっとく》。そういう時代なのだ。そして、ソアラはそういう時代の人間だ。

「後悔《こうかい》を、されていますか？」

「……後悔《こうかい》はしてない。死にたくなかったからな。殺し合いになった時には、僕《ぼく》が死なないから向こうに死んでもらわないと困る。

だから気になるのは——こんな僕《ぼく》を雇《やと》っても、役に立たないんじゃないか？　って話だ」

疑問に思っていることを口にすると、ソアラがふっと微笑《ほほえ》んだ。

「この国はいま、本当に混迷《こんめい》を極《きわ》めているのです。まず、わたしの父、国王陛下が病を得ていて、もう長くはないこと。家臣団の間で、次期国王であるわたしへの不信が募《つの》っていること。そんななかで、じきに海向こうの強国オルデンボーとの戦争が近いこと。かの国よりも、こちらの兵力は脆弱《ぜいじゃく》であること。――状況《じょうきょう》が、とても良くないのです」

「まあそのへんはあの勢力図を読んだから、うすうすわかるよ。まさかいちばん弱い国がここだとは思わなかったけど」

「〝弱い国〟ですか……」

「おっと、気に障《さわ》ったら謝《あやま》るよ」

つい口を滑《すべ》らせたことを謝罪するが、ソアラはむしろ嬉《うれ》しげに目を細めていた。

「いいえ、わたしもそう思っています。しかし、わたし以外のだれひとりとして、同じことを言う人はいません。――意味は、わかりますか？」

「いや、わからない」

「この国には『戦いはやってみなければわからない』と言っているかたばかりです。父上、家臣団、敵国、そして民《たみ》ですら。やってみるより前に、やりかたを変えたいと思っているのはわたしだけ、ということです」

「あー……それはきつい」

正直な感想を言うと、ソアラは生真面目《きまじめ》な顔でうなずいた。

「たぶんですが……最悪の場合、わたしは即位《そくい》するより先に、弾劾《だんがい》裁判にかけられますね」

「最悪で弾劾《だんがい》？　今日、いやついさっき、暗殺されかけたんだろ。〝最悪〟はもうとっくに超《こ》えてるじゃないか」

兵士はただの脱走兵《だっそう》だったが、ローブ男のほうはただの男じゃなかったらしい。兵隊を呼んで死体を調べさせたものの、男は身分や出身地につながるものをなにひとつ身に着けていなかった。高価な短銃《たんじゅう》の射撃《しゃげき》技術に習熟していたことといい、おそらくプロの暗殺者だろう。

――という説明を、ソアラ本人から道すがらに聞いたばかりだ。

「ですから、本当に混迷《こんめい》しているということです。わたしの置かれた立場は、わたしが思っていたよりも、もっと良くないことになっているみたいです」

「そんな状況《じょうきょう》でルールに逆らおう、っていうのは……なかなか、無謀《むぼう》じゃないか？」

ソアラは首を横に振《ふ》った。

「わたしも、無理だと思っていました。だけど……あなたを見つけました」

「僕《ぼく》を見つけた？」

どういう意味だろう。

「はい。ナオキさんは、あの状況《じょうきょう》で弱い者が生き残るルールを見出《みいだ》していました」

「あれはゲーム理論だ。僕《ぼく》が最初に作り出した数式じゃない」

「ですが、それに自分の命を懸けられるほど、そのルールに確信を持っておられましたよね？」

「それは当たり前だろ？　だって、数学的にはあれ以外の選択肢《せんたくし》は無いんだから」

数学に命を預けられるか、という話なら、普通《ふつう》にイエスだ。10％の確率で助かる道と30％の確率で助かる道なら、30％を選ぶ。そういう単純な話なのだから。

「不安は無かったのですか？ ここはあなたのいたところとはちがう世界でしょう？ そのルールが通用しないかも、とは考えなかったんですか？」

「不安はあった。だけど、それはルールが——数学がこの世界で通じないかも、という不安じゃない。僕《ぼく》が計算を間違《まちが》っていないか、っていう不安だけだ。

数学がここでも通用するってことは、わかってた」

「なぜですか？」

「数学は宇宙共通語だからだ。地球上で人と話すための言語は190以上ある。『こんにちは』には『Hello』と返ってくるかもしれない。だけど、たとえ宇宙の果てにいる種族であっても、『1＋1＝』の答えは『2』だ」

ソアラに僕《ぼく》が言った「こんにちは」も「Hello」も通じなくても、「1＋1＝2」は通じる。

それがわかってくれたようで、ソアラは真剣《しんけん》にうなずいてくれた。

数学とはそういうものだ。

地の底から宇宙の果てまで、必ずそこには数学がある。

この世界に来てから、僕《ぼく》は真っ暗な夜を越《こ》えた。その夜空に浮《う》かぶ星を見上げた。月が空を横切る姿を目にした。朝には肌《はだ》を温める太陽のまぶしさに意識を覚醒《かくせい》させ、川面《かわも》に散乱する光で水の流れを見て取ることもできた。

夜という恒星《こうせい》の影《かげ》に入る時間を持つ大地が自転する球体であることも、星々の光をまたたかせる空気散乱も、月光が幽玄《ゆうげん》な美で暗闇《くらやみ》に浮《う》かび上《あ》がるのも、すべて数学で示すことができる。

天体の円運動が、水が上から下へと流れ落ちる重力が、物質の裏側にある数字の海を僕《ぼく》に見せてくれた。目に映るすべての現象が、目には見えない母なる海からの贈《おく》り物《もの》なのだ。

「――ここがどこでどんな世界であっても、数学は、そこにある。絶対にだ」

だからこそ、僕《ぼく》は確信を持ってそう告げられる。

ソアラはぎゅっと握《にぎ》った手を机について身を乗り出した。

「それでは……この世界で、弱者が生き残るルールがあると、信じてもいいのですか？」

「少なくとも――確率はあるさ」

そう請《う》け合《あ》うと、姫《ひめ》は目を閉じて数秒、動きを止めた。

「確率はある。あるなら……じゅうぶんです。わたしは必ず、それを見つけ出します」

彼女《かのじょ》は人知れず決意するように、そうつぶやいた。

そして、開いた目に熱い意志を宿して僕《ぼく》を見る。

「改めてお願いします。ナオキさん、わたしの相談役として雇《やと》われてください。わたしとともに、世界のルールを変える方法を探してください」

その真摯《しんし》な眼差《まなざ》しのまま、ソアラは僕《ぼく》にこう言った。

「——わたしにも、あ、な、た、と同じ世界を見、せ、て、く、だ、さ、い」

「それ、は——」

脳裏《のうり》に、祖父と交《か》わした言葉がフラッシュバックした。

数学を愛する人を増やすために、僕《ぼく》がやらなくてはいけないこと。——同じ世界を美しいと思ってもらうこと。

死んだお祖父《じい》ちゃんが願っていたことが、僕《ぼく》がやりたくてもできなかったことが、ここにあった。たとえそれが、剣《けん》や銃《じゅう》を突《つ》きつけ合う未知の危険が潜《ひそ》む道であったとしても、

「——断れないな」

僕《ぼく》に、腹をくくらせるにはじゅうぶんな言葉だった。

「わかったよ。僕《ぼく》を雇《やと》ってくれソアラ。——必ず見つけよう。この世界の景色を、数学で変える方法を」

「……ありがとう、ございます」

安堵《あんど》の息を吐《は》きながら、ソアラがそう言った。

王女はそのまま窓の外に目を向けて、ぼそりとつぶやく。

「必ず——必ず、この国を生き残らせてみせます。たとえわたしひとりだけでも……」

その瞳《ひとみ》の中に、燃えるような決意を秘めた光が灯《とも》っていた。

いまの彼女《かのじょ》は、孤高《ここう》に佇《たたず》む王としての姿だ。褒《ほ》められて無邪気《むじゃき》に喜んでいたソアラと本当に同一人物なのか疑いたくなるほど、ぞくりとくる美しさがその面頬《めんぼお》に宿っている。

その瞳《ひとみ》はどこか遠く、見果てぬ未来を見据《みす》えている。つまり——いまならいたずらし放題。

柔《やわ》らかいところをつついたりもできる。

ぷに。

「はぅっ⁉　な、なんですか？」

ソアラはつつかれた頬《ほお》を手でかばってびっくりしている。

「いやひとりの世界に行ってたから呼《よ》び戻《もど》そうかと。言いたいこと言って聞きたいこと聞いたら、僕《ぼく》は無視か？」

「すっ、すみません。わたし、社交行事以外で人とお話しするのって、慣れてなくて……」

「不憫《ふびん》な子だな」

「かわいそがらないでくださいっ。——あっ、そうです！　相談役なんですから、ちゃんと解決方法を教えてください」

「僕《ぼく》は愛と数学だけが友だちだから」

「……え、えっと」

「慰《なぐさ》めるの下手だなー。まあとにかく」

水差しからふたつのコップにおかわりを注いで、僕《ぼく》はそれを差し出した。

「これから他のやつらと、ふたりで戦うんだろ？」

そう言ってコップを掲《かか》げてやると、ソアラは嬉《うれ》しそうに、あるいは恥《は》ずかしそうに笑って、自分の杯《さかずき》を掲《かか》げた。

「ナオキさん、よろしくお願いしますね」

「よろしく、ソアラ王女殿下《でんか》」

ふたりの間で、杯《さかずき》を打ち合わせる軽《かろ》やかな音色が響《ひび》いた。

○第二章　オークションにかける！　ぼっちな姫《ひめ》の癒《い》やしかた

お祖父《じい》ちゃんに初めて会ったのは、母が事故で死んでからだった。

「私がお前のお祖父《じい》ちゃんなんだよ。いままで会ってやれなかった。すまなかったなぁ」

お祖父《じい》ちゃんはそう謝《あやま》っていた。心の底から、悲しそうな目をしていた。

母子家庭で母がいなくなった僕《ぼく》はお祖父《じい》ちゃんに引き取られ、それまで暮らしていた家を引《ひ》っ越《こ》して、新しい家と新しい学校と——新しい家族の中でやり直さねばならなかった。

当然ながら、うまくいかなかった。

人には『暗黙知《あんもくち》』という意識されない文法がある。簡単に言えば『当たり前のこと』だ。たとえば、公園にボールが置いてある。知らない男の子がひょいっとボールを拾って持って行った。それは本当にその子の物なのか？　それとも落とし物を勝手に持っていったのか？

毎日そこで遊んでいる人なら、なにも言われなくても判断できる。だが新参者にはいちいち問いたださないと分からない。

しかし、子どもは『自分にとって当たり前のことをいちいち聞くやつは変だ』などと考えている馬鹿《ばか》がたまにいる。困ったことに大人でもまれにいたりするがそれはともかく。

そこまでいかなくとも、『当たり前』のことで誰《だれ》もなにも言わなくてもうまくいっていたことに疑問を投げれば、たちまち新参者は異端者《いたん》として扱《あつか》われる。

結果として、周囲とうまくいかない。

もちろんそれはよくあることだったが、その時の僕《ぼく》には、そんなぎくしゃくとした思いを話して分かち合える家族すら、暗黙知《あんもくち》の外にある祖父しかいなかったのだ。

しばらくの間、どこにも遊びに行かず、死んだ母のことだけを考える日を過ごした。

そんな僕《ぼく》がある日、祖父の書斎《しょさい》に立ち入った日のことだ。

その部屋には大人より大きな木の本棚《ほんだな》に分厚い本がぎっしりと詰《つ》め込《こ》まれ、壁《かべ》には黒板とチョークが設置してあり、窓際《まどぎわ》には重々しい机が置かれていた。

家の中でまで学校を思わせるようなその部屋にたじろいだものの、ひとつだけ学校とはちがう物を発見して興味をそそられた。

それは電卓《でんたく》だった。しかも普通《ふつう》の電卓《でんたく》ではない。自分は『＋』『−』『×』『÷』の四つしか知らないのに、それ以外にもたくさんの不思議なボタンがずらりと並んでいた。

あとから知ったが、それは関数電卓《でんたく》というものだった。

特別そうな機械に惹《ひ》かれるのは男の子なら誰《だれ》でも経験しただろう。もちろんそれは僕《ぼく》も例外ではなく、ぽちぽちと電卓《でんたく》をいじってなにか特別なことが起きないかと試《ため》していた。

そんな僕《ぼく》の後ろで、扉《とびら》が開く音がした。はっと振《ふ》り返《かえ》ると、お祖父《じい》ちゃんが立っていた。

その時の僕《ぼく》にとって、お祖父《じい》ちゃんは一緒《いっしょ》に生活し始めたのはいいものの、いまだどう接するのが正解なのか、よくわからない人だった。

怒《おこ》られるかもしれない！　僕《ぼく》はお祖父《じい》ちゃんがなにを言うのか、息を殺してじっと待つ。

しかし、お祖父《じい》ちゃんは僕《ぼく》が手にしている物を見ると、ふっと頰《ほお》を緩《ゆる》めて言った。

「好きな数字を当ててみせよう」

「えっ」

「お前の好きな数字だ。1〜9の中でひとつ、好きな数字を選んでくれ。お祖父《じい》ちゃんがそれを当ててみせよう」

なにを言い出すんだろうこの人は、と僕《ぼく》は思った。

僕《ぼく》の好きな食べ物やヒーローの名前すら知らない人が、僕《ぼく》の好きな数字を当てる、と言い出したのだ。

当てられるわけがない。そう思った。

「いいよ。じゃあ当たらなかったらどうする？」

「好きなおもちゃを買ってあげよう」

「わかった」

「それじゃあいいかな？　まず、その電卓《でんたく》に 12345679 と打《う》ち込《こ》んでみてくれ」

「うん」

「次に、お前の好きな数字をかけるんだ」

「かける……っと」

「電卓《でんたく》を貸しておくれ」

「はい」

僕《ぼく》は86419753と表示された電卓《でんたく》を渡《わた》した。お祖父《じい》ちゃんはそれを見て笑《え》みを深くし、電卓《でんたく》のボタンを三つ押《お》して、僕《ぼく》に見せた。

「ほら、お前の好きな数字が、こんなに出てきたぞ」

『777777777』――7だ！　そこにはたしかに、僕《ぼく》の好きな数字が並んでる！

「えっ!?　すごい、なんで!?」

86419753を12345679で割る。それだと『7』になる。ちがう。

86419753を7で割る。それでは『12345679』になる。ちがう。

お祖父《じい》ちゃんはいったいなにをして、こんなことをやったんだろう！　この電卓《でんたく》が特別な機械だからだろうか？　それをどうやったらこうなるんだ？

驚《おどろ》きで蹴飛《けと》ばされたように勢いよく考えが駆《か》け巡《めぐ》りだす。お祖父《じい》ちゃんは嬉《うれ》しそうに笑って言った。

「7が好きか。お祖父《じい》ちゃんもなんだよ」

「だから7がわかったの⁉」

「いいやちがう。それは、お祖父《じい》ちゃんが7より好きなもののおかげさ」

「それは？」

「数学だよ。数学のおかげでようやく、お前の好きなものが知れた。……今日からは、もっと好きになれそうだよ」

本当に嬉《うれ》しそうに、お祖父《じい》ちゃんはそう言っていた。


「それでは、これはナオキさんの思い出の数学なんですね。好きなものを知るための数学……いいですね……」

いま僕《ぼく》の目の前には、きらきらした目で電卓《でんたく》を見つめる王女様がいた。その表示は『777777777』だ。

一国の姫《ひめ》様がいちいちわくわくしながら電卓《でんたく》をいじる姿がなんだか懐《なつ》かしくて、懐《なつ》かしいトリックを披露《ひろう》してみたところだ。思った以上に大ウケで、子どものころの話にまで及《およ》んでしまった。こうまで喜んでくれるとさすがに気分が良《い》い。

「考えてみれば単純なトリックだったんだけどね。かけ算とわり算の問題で、まず最初の数の

「――」

「あっ、待ってください。考えてみますから。最初が『12345679』最後が『777777777』ですね……。〝好きな数字〟をかけたときは『86419753』でした」

ソアラが数式を導き出すために自分の把握《はあく》している数字を書き出していく。

12345679×（好きな数字）＝86419753

86419753□（知るための数字）＝777777777

「86419753は〝好きな数字〟が変わると変化します。上の式は無視して、下の式を解くべきですね。〝知るための数字〟と〝□〟に入る計算記号が分かれば、どんな場合でも九桁《けた》の〝好きな数字〟が導き出される数式になるのですから……あ、〝86419753〟は八桁《けた》です。くり上がりなので、きっとかけ算ですね」

86419753×（知るための数字）＝777777777

空白に乗算記号を書き加えるなり、ソアラはぱちりと大きくまばたきした。

「わかりました！　〝知るための数字〟は9ですね？　12345679×9＝111111111ですから、〝好きな数字〟でなにをかけても、最後に9をかければ九桁《けた》の数字が出てきます！」

12345679×（好きな数字）×9＝777777777

好きな数字＝7

ナオキの よくわかる！解説 その1

ナオキの祖父とのやりとり

好きな数字

12345679 × 7 = 86419753

電卓で何らかの計算をした

86419753 ? ? = 777777777

⇩

計算結果が一桁増えているので小さい？はかけ算記号が入ると予測

86419753 × ? = 777777777

かけた数を出すには結果をもう一つの数で割ればいいので

777777777 ÷ 86419753 = ? = 9

実　証

● **好きな数字が「1」の場合**

12345679 × 1 = 12345679
12345679 × 9 = 111111111

● **好きな数字が「2」の場合**

12345679 × 2 = 24691358
24691358 × 9 = 222222222

※読んでる方も
電卓で試してみてね!

「大正解」

軽く拍手《はくしゅ》すると、ソアラは嬉《うれ》しそうに、ちょっとだけ誇《ほこ》らしそうに笑った。

「ふふふ、やりました」

「こんなにすぐ分かられるのも悔《くや》しいな。僕《ぼく》はもっとかかった」

「おいくつのころの話ですか？」

「7歳」

「勝てなかったらわたしのほうが情けないです！」

「同じ歳《とし》だったとしても、ソアラならできたかもしれない、って思うと悔《くや》しい」

なにせ数学がそれほど発展していないこの世界で、独学で国力を定式化しようとした姫《ひめ》である。才能はきっと僕《ぼく》より上だ。

「わ、わたしなら、なんて……」

「ん？」

「……そんなこと言われたの、初めてです！　嬉《うれ》しいです！」

姫《ひめ》はひどい理由で感動していた。

「不憫《ふびん》な子だ……」

「かわいそがらないでくださいっ」

僕《ぼく》を雇《やと》った王女殿下《でんか》は、自分から白状した理由で恥《は》ずかしそうにしている。

「じゃあ昔話はこのくらいにして、そろそろ今日の本題に入ろう」

「はいっ。お願いします」

ところでそんな王女様は、今日もドレス姿ではない。長い髪《かみ》を軽くまとめてサイドに流し、可愛《かわい》らしい耳を覗《のぞ》かせた首筋のラインが艶《つや》めいた白い肌《はだ》を見せつけていた。

そこまではともかく。

真っ白な襟《えり》付きのシャツに、白いタイを結んだ首元。その上に黒い三つボタンのベストでほっそりした胴《どう》をさらに引《ひ》き締《し》めていた。下半身には長い脚《あし》をより長く見せるような黒いパンツと同色の靴《くつ》で固めていて、上着は全体を男性的に印象づける黒のガウンに腕《うで》を通している。

つまり、またしても男装コスプレっぽい。

「服も用意しました。準備万端《ばんたん》です」

そう宣言して、すちゃ、とネックレスのように銀鎖《ぎんさ》で首に吊《つ》るしていたメガネをかけ、四角い帽子《ぼうし》を頭に載せるソアラ。

「……その帽子《ぼうし》とメガネは？」

「これですか？　学者や知識人はみんなこういう格好をするものです。エイルンラントの英才教育アカデミーが発祥《はっしょう》です。賢《かしこ》い人の肖像《しょうぞう》画では、お決まりの服ですよ」

「だから着たと？　そのレンズの無いメガネも？」

「はいっ。もっと勉強して、賢《かしこ》くなりたいですからっ」

曇《くも》りなき輝《かがや》くような笑顔《えがお》で言われてしまった。本気《マジ》だというのか。さすがは王女だ。大物だ。

「……そうか。まあいいや、とりあえずこれを見てくれ。言われたとおりソアラの集めたデータを全部見直して、僕《ぼく》なりに計算してみたんだ」

「ぜ、全部ですか？　たった三日で、すべて見直し終えたのですか？」

「大金を前払《まえばら》いでもらってるからね。さすがに仕事したくもなる」

ソアラに買われた僕《ぼく》は当然ながら給料をもらっている。こんなやりとりがあった。

「それではナオキさん。お給料は、フィセター銀貨で250枚でよろしいですか？」

「電卓《でんたく》のぶんを引くと、僕《ぼく》の価格は電卓《でんたく》の1.5倍か。もう一声欲《ほ》しかったな」

「それもそうですね。では、400枚にします。ですが、フィセター銀貨400枚ともなると一度にお支払《しはら》いするのは目立ちますから、200枚を前払《まえばら》いして、残りを一年間で分割《ぶんかつ》した月《つき》払《ばら》いでよろしいですか？」

「いいよ。いくらくらいなのかわからないけど」

という話で僕《ぼく》は雇《やと》われていた。

ちなみに頑張《がんば》って相場感覚を身に着けてみたところ、フィセター銀貨100枚で庶民《しょみん》が一年間働いたくらいの価格である。

……おわかりいただけただろうか。庶民《しょみん》の年収分でようやく電卓《でんたく》ひとつ。僕《ぼく》の給料は、全部ひっくるめるとその4倍である。円に直した感覚だとおよそ1600万円。

引《ひ》っ越《こ》しバイトでひいこら働いてた僕《ぼく》にその重みが分からないわけがない。しかも自分から150枚値上げしてしまっている。

150！　枚!!

五百円玉より数倍重い銀貨が数百枚である。実際重い。

さすがの僕《ぼく》でも真面目に働かないわけがなかった。資本主義バンザイ。

「データを見るのは慣れてる。統一フォーマットが無いから苦労したけど、ソアラが整理したんだろ？　生データってほど乱雑でもなかったさ。どうにかまとめ直す程度にはできたよ。まあ、むしろ書き出すのに苦労したけど」

僕《ぼく》が指差した壁《かべ》には、ソアラが山小屋に置いてきた勢力図を、さらに発展させて拡大したウエビングマップがある。

それを見た王女殿下《でんか》が、改めて感心したように息を吐《は》いた。

「わたしの作った勢力図も大きくなってしまいましたけど……ナオキさんのは、すごく大きいですね」

「……もう一回言ってくれ」

「？　ナオキさんの、すごく大きいですね」

「おおきくなりそうです」

「？　まだ大きくなるのですか？」

純真な瞳《ひとみ》で見返してくるソアラ。

その綺麗《きれい》な瞳《ひとみ》からつつつと視線を下にずらして、ベストのおかげで浮《う》き出《で》る豊かな四次曲線《おっぱいライン》を目でなぞる。

「ソアラさんのも大きくなりますか？」

「はいっ、大きくしたいです。……ところで、どうして敬語なんですか？」

「数学的に再現できない美しい曲線には敬意を払《はら》いたいんだ。それがきみの首の下にある」

「首の下に曲線……？」

と、姫《ひめ》が下を向いて、顔を真っ赤にした。

「そっ、そんな意味で言ってませんっ」

「じゃあ話を戻《もど》すけど、パソコンが無いから拡大縮小もできないし、詳《くわ》しく書きたい時は実寸サイズを大きく取るしかないのが現状だからな。家は大きめにして正解だった」

「うう、満足げに無視されました……。このお家《うち》を手配したのは、わたしなのに」

「おかげで壁《かべ》に黒板がわりの板が吊《つ》るせた。感謝してるよ」

給料を盛り盛りしてしまったので、せっかくだから大きめの家にしてくれと頼《たの》んだのだ。ソアラが用意してくれたのは、郊外《こうがい》にあるお邸《やしき》だった。ちなみに現代日本の家が2つ、いや下手したら3つくらい入りそうな広さである。持ち主が王家なので、月払《つきばら》いの給料から家賃を天引きされつつ住むことになった。

「どうして大きめのお家《うち》にするのかと思ったら、このためだったのですね」

「いちいち山小屋に行くよりましだろ？　でも、意外と厄介《やっかい》だったのは計算より筆記用具だな。ボールペンやチョークのありがたさを噛《か》み締《し》めたよ。手が真っ黒だ」

ソアラが山小屋に隠《かく》した勢力図やデータを移動させ、羽ペンと茶色くてざらついた紙、なべくつるつるにした木の板と炭を黒板代わりにするなど、筆記用具に悪戦苦闘《あくせんくとう》する日々である。

黒ずんだ指先を見せると、ソアラがくすりと笑った。

「わたしがここの掃除《そうじ》を手配した使用人が、あなたをなんと呼んだのか、知っていますか？」

「なんか言ってたのか？」

「ええ、家の中のことに興味を向けずに、ただひたすら奇妙《きみょう》な図形や数字に没頭《ぼっとう》していたので――あなたを〝魔術士《まじゅつし》〟と呼んでいました」

「変なあだ名をつけないでもらいたいもんだ」

「部屋の壁《かべ》一面にひと目ではわからない記号や数字がびっしり描《えが》かれていれば、そう呼ばれるものです。ふふふっ」

「そうかもしれないけど……そんなにおかしいか？」

「いいえ、なんでもありません。お気持ちはよくわかりますから」

なんかツボに入った……とはまたちがう感じだけど、ソアラが笑いを引《ひ》っ込《こ》めない。なんなんだろうか。

「まあいいさ。それじゃあ、そろそろ本題に入ろうか。この資料をどうぞ」

「ふふふ、ごめんなさい。こほん……ええっと、これはどんなものですか？」

ソアラに渡《わた》したのはてきとうにA４サイズくらいに切《き》り揃《そろ》え、穴を開けて紐《ひも》で綴じた紙の束である。

「血がついていますね。おまじないですか？」

「ひっぱるねそのネタ。切る時に失敗しただけだ。慣れない文房具《ぶんぼうぐ》に苦労したんだよ。ちょっとは労《いたわ》ってくれ」

ホチキスとレポート用紙はマジで偉《い》大《だい》だ。いまの僕《ぼく》ならあれに銀貨1枚出す。

「書いてあるのは僕《ぼく》なりの考えを書き出した計画書だ。戦いについての分析《ぶんせき》と、そこから導き出される将来のこと」

「将来のことですか」

「そう、つまり予測だ。これが大事でね。専門家じゃなくても分析《ぶんせき》までならできる。いまどうなっているのかを、賢《かしこ》そうな言葉でもっともらしく言うんだ。実のところ、これは誰《だれ》にでもできる。重要なのは『ではこれからどうなるのか？』に答えられることだ。それが専門家だ」

「なるほど。将来を予測できてこそ専門家、ですか」

「そのとおり。さらにもうひとつ。これはかなり難しいんだが――予測を当てて、ようやく一人前だ」

「ナオキさんが撃《う》ち合《あ》いで予測通りに生き残ったように、ですね？」

「今度もうまくいくといいけどね。さてそれじゃ、計画書に書いたことを説明しようか。それと、当たり前だが僕《ぼく》よりもきみのほうがこの世界に詳《くわ》しい。確定できない変数がまだ大量にある。それを一緒《いっしょ》に埋《う》めていこう」

「はい。お願いします。一緒《いっしょ》に頑張《がんば》りましょうっ」

◯

わたしがナオキさんという心強い味方を得てからしばらくの間、以前にも増して数字と格闘《かくとう》する日々が続きました。王都の郊外《こうがい》に手配した邸《やしき》へ、足しげく通いつめています。

確率の計算、フェルミ推定という考えかた、疲《つか》れたら息抜《いきぬ》きのために、一風変わった電卓《でんたく》や計算の手品《トリック》なども披露《ひろう》してくださいます。

そうしたさまざまな話をしながら、本筋である私たちの抱《かか》える問題――弱者の生存戦略というものについて、ナオキさんは板に炭で式を書き、ときには机や壁《かべ》に直接書き込《こ》んでまで、こんこんと説明してくださいました。

「ファヴェール王国とオルデンボー王国の戦争は、かつての圧政や独立戦争やらの遺恨《いこん》がどうこうと言っている。だが、僕《ぼく》に言わせれば間違《まちが》ってる。これは利権のための領土拡張戦争だ。ファヴェール王国は私掠船《しりやくせん》でオルデンボーに苦しめられている貿易をなんとかしたい。だからいまの領土を保ちたい。オルデンボーは経済が苦しい。だから西側に守備を回したファヴェールを南から攻《せ》め立《た》てて、貿易ルートを制圧して金をせしめたい。どちらにとっても利得が絡《から》んでいるから譲歩《じょうほ》せず、戦争するという結論に達しているんだ」

「戦争にちがいがあるのですか？」

「勝利条件が異なる。たとえばいきなりナイフを向けられたとする。強盗《ごうとう》なら金を渡《わた》せば立ち去るが、殺人鬼《き》なら財布《さいふ》に目もくれず刺《さ》し殺《ころ》すだろう。で、いまは財布《さいふ》の出番だ」

「その判別はどのようにしたのですか？」

「理由その1。こう言うと悪いんだが、恨《うら》んでるだけなら、わざわざ戦争しなくてもきみのお父さんは永くない。

理由その2――」

「まったくそのとおりですね。それでは次をお願いします」

「納得《なっとく》するの早くないか⁉」

「常備兵力である青色連隊は動かせず、そのへんの村から集めた徴募《ちょうぼ》兵と、新兵ばかりの傭《よう》兵《へい》隊で迎《むか》え撃《う》たないといけない。騎兵《きへい》戦力は少し呼《よ》び戻《もど》せたが、数は多くない、っていう話だったな。

ランチェスターの法則によれば、『戦闘《せんとう》力＝武器性能×兵員数』だ。歩兵の武器は主に槍《やり》だから持つ武器には差が無いとして、問題は訓練で得られた兵隊個人の性能だ」

「兵隊の練度なんて、隊ごとにバラバラですし、数字にするのは難しいです」

「そうだな。でもやってみよう。新兵が3人いる。敵は熟練兵。同じ槍《やり》を持って突撃《とつげき》した時、何人までなら熟練兵に勝てる？ それとも3対1でも勝てないか？」

「槍兵《そうへい》ですよね？ でしたら、3人いれば熟練兵でも1人は倒《たお》せます。2人だと……どうでしょう。まだ有利な気がしますけれど、拮抗《きっこう》してしまうのではないでしょうか。3対3では、勝てないと思いますが……」

「ソアラ、きみの推定だと、兵員数と武器性能比が同じなのに戦闘《せんとう》力に差が出る。それを兵の熟練度《Proficiency》：Pだとしよう。一人前ならP＝1。新兵1人の熟練度は、一人前より低いから『P＜1』。だけど3人いて2人と戦っても有利なら『P≧0.67』と推定できる。つまり熟練度Pにあてはまる数値は『0.67≦P＜1』の範囲《はんい》だ」

「……そ、そんな考え方、したこともありませんでした」

「さて、これをもとに戦闘《せんとう》力を計算すると、いまのところ徴《ちよう》募《ぼ》兵と傭兵《ようへい》を合わせて6000。ほとんど新兵だから6000×0.67＝4020。敵兵はおおよそ1万。うち2000が熟練兵で8000が新兵。2000＋（8000×0.67）＝7360。

数値的には4020対7360。1：1.831だ。向こうにはおよそ1．8倍の戦力がある。ランチェスターの第一法則だと、戦力差は3340。新兵だけで戦力差を埋《う》めるには……ざっと4985人くらい足りないな。戦争やめとかないか？」

「相手がやる気なのです」

「この〝戦争をやる〟が囚人《しゆうじん》のジレンマになっちゃってるんだよな。それを変えないと」

「ゲーム理論における囚人《しゆうじん》のジレンマというのは、こういう思考実験だ。一緒《いつしよ》に犯罪をして一緒《いつしよ》に捕《つか》まった2人の囚人《しゆうじん》がいる。囚人《しゆうじん》たちから自白を引き出したい。だからこんな条件を持ちかけた。

・2人とも黙秘《もくひ》したら2人とも懲役《ちようえき》1年

・どちらかが自白したら自白した方は懲役《ちようえき》0年、自白しなかった方を懲役《ちようえき》5年

・2人とも自白したら2人とも懲役《ちようえき》3年

お互《たが》いが自白するか黙秘《もくひ》するかは分からない。この条件で、囚人《しゅうじん》Aと囚人《しゅうじん》Bはどうするのが望ましいのか？」

「黙秘《もくひ》すれば1年ですが……裏切れば解放されて……でも、お互《たが》いに裏切っては刑期《けいき》が伸《の》びるだけ……」

「こういうときに、利得表というものを作るとわかりやすい」

【次ページ利得表①を参照】

「これが利得表。左がAがもらう利得。この場合は得どころか懲役《ちょうえき》年数だから損する。マイナスだ。だから数字の小さいものを選ぶ。同じように右のBも小さいものを選ぶ。それぞれ相手の選択肢《せんたくし》に応じて、利得が最大の選択肢《せんたくし》に丸をつける。すると、こうなる」

【次ページ利得表②を参照】

ナオキの よくわかる!解説 その2

1.

A＼B	黙　秘	自　白
黙　秘	A -1、B -1	A -5、B 0
自　白	A 0、B -5	A -3、B -3

※A、B間の意思疎通はできず、また事前の示し合わせなども一切ないとする。

それぞれメリットのある方を考えると……。

2.

A＼B	黙　秘	自　白
黙　秘	A -1、B -1	A -5、B 0
自　白	A 0、B -5	A -3、B -3

※A、Bそれぞれの視点から見ると黙秘は「マイナスか大きなマイナス」、自白は「プラスかほどほどのマイナス」と見える。

結果、自白する方がメリットが大きくなり、
両者は自白を選ぶ。

「つまり両方とも自白することになる。こいつらは懲役《ちょうえき》3年だ」

「えっ、でも相手が黙秘《もくひ》してくれれば、自分も黙《だま》っているだけで1年になりますよ？」

「言っただろ？『お互《たが》いが黙秘《もくひ》するか自白するかわからない』んだ。そして選ぶのは同時にだ。となると、〝相手が自白しても黙秘《もくひ》しても自分が得になる選択《せんたく》〟があるなら、それを選ぶ。いまの状況《じょうきょう》はこれに似てる。戦争をしないほうが利得が高い、とならない限り戦争は続く」

「戦争をしない場合の利得……せいぜい、兵隊を雇《やと》わなかったぶんのお金でしょうか。ですが抵抗《ていこう》しなければ……王都まで攻め上《せ》がってきて滅《ほろ》ぼされますね。やはり戦争しましょう」

「まあそうなるな」

「戦争には経費が必要だから、経費以上の利得を期待して戦争をする。敵は兵隊を集めた金より多くの賠償《ばいしょう》金や略奪《りゃくだつ》品を期待している。一方、こちらはただ略奪《りゃくだつ》される場合と戦う場合の経費を比べて、防衛戦争をする。相手はより多くのプラスを期待し、こちらはマイナスの値《あたい》をより小さくしようとしている。どちらも期待値がプラスだと信じている」

「期待値、ですか？」

「感覚的に言おう。ここにクジがあるとする。当たれば銀貨10枚で、はずれだともらえない。クジは1枚につき銀貨1枚。5枚に1枚当たりがある。買うか？」

「はい、買うと思います」

「じゃあ銀貨4枚しか当たらないくじなら？」

「買いません」

「そうなるよな。かけたお金以上の利得が期待できるのか。人はそれを計算して選択《せんたく》する。プラスになるなら実行に移すだろう。で、いまの式はこうなる」

期待値：X　　はずれの確率：P　　賞金：M

X＝(1－P)×M

「これに当てはめると0．8の確率ではずれるくじの賞金が銀貨10枚なら、期待値は銀貨2枚。くじの代金は銀貨1枚だから、期待値の方が大きい。だから買う。

だが賞金が4枚だと期待値は0．8枚で、経費の1枚より低い。0．2枚のマイナスだ。買いたくなくなる。戦争もこれと同じだ。いまのオルデンボーはファヴェールが弱っていて、勝てる確率が高く、得られる利得も大きいと踏《ふ》んでいるから、仕掛《しか》ける」

「ということは、勝つ確率を減らすか、得られる利得を少なくすると、戦争をそれ以上続けなくなるのですね？」

「難しく言ったわりに当たり前の結論になって悪いが、理論上はそうなる。ただ、この手順を知っているかどうかで、〝感覚的に〟見ていた戦争状態を〝数値的に〟見直すことができるだろ？ あとはどうすれば、この数字に変化を起こせるかだ」

「一緒《いっしょ》に考えましょう」

連日のお勉強会に目の回るような思いをしながら、わたしはナオキさんが話すたくさんの計算式を嚙《か》み締《し》め、飲《の》み込《こ》み、自分に取《と》り込《こ》んでいきます。

その日も、いつものようにナオキさんにお教えしたこの国の戦争に関わる要素を、数式の中にどんな変数として扱《あつか》うか、ふたりで取り組んでいました。

「この国の伝統の徴募《ちょうぼ》兵な、これは良《い》い伝統だ。各地域から募《つの》った国民を兵隊として使う。装備は槍《やり》だけだが、給料が傭兵《ようへい》の半分で済む。食料を——」

「姫《ひめ》様、よろしいでしょうか」

相談に割《わ》り込《こ》んだ使用人の声に振《ふ》り返《かえ》ります。

ちなみにこの邸《やしき》に使用人はいません。ナオキさんが雇《やと》っていないからです。彼女《かのじょ》はわたしが供回りとして連れて来た使用人でした。

なので、主人であるわたしが応えることにします。

「なんですか？　いまは少し、忙《いそが》しいのですが……」

「承知しております。しかし国王陛下から使いの者が来ておりまして、速《すみ》やかに姫《ひめ》様にお伝えしたきことがございます」

「父上から？　……すみませんナオキさん、少しだけ中断してよろしいですか？」

「もちろん」

「申し訳ありません。——それで、父上は何のご用でしょうか？」

「このたびの戦《いくさ》について、ウィスカー侯爵《こうしゃく》閣下とともに話し合いをするので、姫《ひめ》様にもその場で話をしたいと仰《おお》せです」

「……そこには他に誰《だれ》がいましたか？」

「デュケナン大司教閣下も一緒《いっしょ》におられるそうです」

父上とウィスカー侯爵《こうしゃく》と大司教……わたしの味方はいない会合です。『話し合い』とはいえ、わたしに発言権があるかどうか。期待値は低めになります。

わたしは悩《なや》みました。

悩《なや》みました。

——しかし結局、いままでならありえなかった選択《せんたく》をしました。

「……いまは、その……手が離《はな》せません。誠《まこと》に残念ながら、わたしは参加できないとお伝えしてください」

「えっ⁉　……こ、国王陛下の召集《しょうしゅう》をお断りするのですか？」

王宮から連れてきた使用人の彼女《かのじょ》には、たいへん驚《おどろ》いた顔をされてしまいます。その気持ちはよくわかります。

なので、もう一度はっきりと意思表示をしました。

「はい。誠《まこと》に恐《おそ》れ多《おお》いことながら辞退いたします、とお伝えしてください」

「しょ、承知いたしました」

使用人が下がっていくのを見届けてから、わたしはナオキさんに向き直ります。

「お待たせしました。再開しましょう」

「……良かったのか？」

「ご心配されなくとも大丈夫《だいじょうぶ》ですよ。……たぶん」

きっとまた怒《おこ》られますが、いまはこちらのほうが大事です。

わたしは再び数式に向かい合うために、集中して気を引《ひ》き締《し》めました。

ナオキさんの計画書を読み解くためには、いままでよりさらに多くの計算を積み重ねなければなりませんでした。どんな商人や算術書でも、これほどなにもかもを数値化して答えを導き出そうという試みは、目にしたことすらありません。

教えられた計算を覚えて、その概念《がいねん》を学び取り、ようやく次のページを読むと、そこにはまた新たな計算式がある。その繰《く》り返《かえ》しでした。

ナオキさんは根気強くそれを説明してくださいます。わたしはナオキさんを質問攻《ぜ》めにして教えを請《こ》い、自室に戻《もど》って教えられたものとは違《ちが》うパターンで改めて自分で検証しました。そしてわたしが教わった計算式は、膨大《ぼうだい》な積み重ねの末に洗練されたものであることに気づくのです。

ナオキさんの計算にはわたしの知識を必要とするところもあって、そこでつまずいた時にナオキさんの質問に正確な答えを返すことが、わたしの主な役割です。

ふたりで話し合い、数値を導き出して、作りあげていきました。

敵の長所はなんなのか、わたしたちの弱点はどこなのか、あらゆる数値を比べて敵より優《すぐ》れたものを探《さぐ》ります。計算式の紙は本より厚く積み上げられ、壁《かべ》に書かれる数式は複雑になってゆき、お邸《やしき》にはわたしの服が増えていきました。

「最近ソアラの着替《きが》えやら小物やらが僕《ぼく》の家にどんどん増えてるんだが、どうしてだ?」

「わたしも最近はほとんどここで過ごしていますから、しかたのないことだと思います」

「それはそうなんだが……まあいいか」

一室ほどわたしのお部屋になりました。ナオキさんはいつものように鷹揚《おうよう》に受《う》け容《い》れてくださいました。もう行き来するよりここに一緒《いっしょ》に住んでしまいたいという考えが浮《う》かんで、それを踏《ふ》み止《とど》まるのに苦労したほどです。

わたしたちは協力して計算を進めました。それは、わたしにとっては、やっぱり初めての体験です。——誰《だれ》かと一緒《いっしょ》にものを作り上げていくという経験は、これほど嬉《うれ》しいものなのだと、初めて知り得ることができました。

数日後。わたしは久しぶりに王宮を歩いていました。

「まったく相変わらず広いところだな。ソア——王女殿下《でんか》と一緒《いっしょ》じゃなかったら迷いそうだ」

ナオキさんも一緒《いっしょ》です。わたしをいつものように呼びそうになったのを、人目を気にして慌《あわ》てて直していました。

「ふふ、迷わないでくださいね。今日の会議では、大事な話し合いをするのですから」

「わかってるます、よ？」

お腹《なか》に力をいれて、笑うのをこらえました。

「っ……か、会議の時には、笑わせないでくださいね……！」

「ひどい」

そんな話をしている間に、目的の部屋は近づいてきます。

会議室の扉《とびら》の前で控《ひか》える使用人が、こちらに気づきました。姿勢を正して迎《むか》えようとしてくれます。わたしもそれに目で応じ——

「王女殿下《でんか》、少しよろしいですかな？」

そんなところで、横から声をかけられました。

「デュケナン大司教。どうかされましたか？」

おだやかな笑《え》みを湛《たた》える司教服の老爺《ろうや》、デュケナン大司教に呼び止められました。足を止めて振《ふ》り向《む》いたわたしとナオキさんを見て、小さく頭を下げられます。

「病床《びょうしょう》の国王陛下に、祈禱《きとう》と身体に良《い》いという香《こう》をお届けさせていただきまして。その折に、陛下が最近少々気になる噂《うわさ》が漏《も》れ聞こえてくると申されておりましたゆえに、不肖《ふしょう》ながら、この老人めが殿下《でんか》から真実をお聞きすると、お約束したのでございます」

「つまり、わたしについて父上の気にかかるような噂《うわさ》があるのですね。わかりました。ナオキさん、会議室で待っていてください。すぐに行きます」

「わかっ——りました。王女殿下《でんか》」

いつものように返事をしそうになったのを敬語に直してから、ナオキさんはぎこちなく一礼して会議室へと向かわれました。

「それで、どのようなお話ですか？」

わたしがそうお尋《たず》ねすると、デュケナン大司教は眉尻《まゆじり》を下げて苦笑いされました。

「わかりませぬかな？　あの青年のことです。使用人たちの間では、殿下《でんか》があの男のもとへ通いつめて夢中になっていると噂《うわさ》になっておるのですよ」

なるほど、と思いました。

わたしは暗殺されかけてから、ひとりで出歩くことを避《さ》けています。ナオキさんのお邸《やしき》に通う際には、馬車を用意して使用人と護衛を配していました。彼《かれ》らの口から、毎日朝早くから日が暮れる直前までお邸《やしき》に通いつめていることが伝わるのは、不思議ではありません。

「わたしは彼《かれ》を相談役としてお迎《むか》えしたのです。いまこの国が抱《かか》える問題を解決するのに、一日や二日の話し合いで前向きな策を作り上げるのは無理でした。そのことは、誰《だれ》の口からも出てきませんでしたか？」

「お聞《き》き及《およ》んでおります。しかしながら、歳《とし》を取りますと似たような噂《うわさ》が出た時には、必ず悪いことが起きる。そのようなことを、経験上知っておるのです。たとえば貴族の家に混乱が起きた時に『自分だけがそれを解決できる』などと吹聴《ふいちょう》する魔術士《まじゅつし》のような輩《やから》が現れると、ご婦人は夢中になって金銀を貢《みつ》いでしまうなど、よくある話でいたしますれば……」

〝魔術士《まじゅつし》〟と言われて思いつくことは、ひとつしかありません。

「わたしが騙《だま》されているのではと、父上が心配されているのですね？　彼《かれ》をそのように悪く話すようなかたが、父上の周りにいるのですか？」

「もちろん私めがそう思っているのではありませぬ。口さがない使用人たちが、そのように国王陛下の寝台《しんだい》の周りで囁《ささや》いておるのでしょうとも」

「……では、そのご心配は無用であることをわたしの口から父上にお知らせします。デュケナン大司教の手をわずらわせようとは思いません。ご忠言ありがとうございました」

「滅相《めっそう》もございません。年寄りの冷や水とお思いでしょうが、私めも司教区を任じられて長く過ごしたこの国の一大事にあっては、この枯《か》れ木《き》めいた身をただ横たえてはおられませせなんだ」

「わかりました。それでは、失礼します」

「お忙《いそが》しいところをお呼び止めして、申し訳ありませぬ」

ようやくお話を切り上げることに成功して、わたしは会議室へ向かいます。銀のように輝《かがや》く数式で満たされていたわたしの胸に、鈍《にぶ》い錆《さび》色の壁《かべ》がこみ上げてきていました。

忘れていたわけではありませんが——いいえ、忘れていたかったのかもしれません。

ですが、すっかり思い出してしまいました。

いまだ誰《だれ》ひとりとして、この国の重鎮《じゅうちん》で、わたしに賛同してくださるかたは、いないのです。

最初にめちゃくちゃ不審《ふしん》げな目で見られた僕《ぼく》は、長机の端《はし》で大人しく評議会とやらを見守っていた。

○

「それでですな、大司教のつてをたどれば1500領の甲冑《かっちゅう》を送っていただけるとのことです。これを傭兵《ようへい》たちに装備させれば、さぞや立派な兵隊ぶりを見せてくれるでしょう。選《え》りすぐりに甲冑《かっちゅう》を配り、敵が兵を分けた時を狙《ねら》って突撃《とつげき》して血船王の首級をあげれば、オルデンボーは退く以外にありませぬ。追《お》い詰《つ》められた者の怖《こわ》さを思い知らせましょうぞ！」

老人比率高めの評議会から報告される数々の提案。その最後を締《し》めくくる満《まん》を持してのウィスカー侯爵《こうしゃく》からの案を聞き終えて、「ほう」と感心するような反応を見せる家臣団。

「……いかがですかな、殿下《でんか》」

いままですべての意見を聞き終えるまで、ずっとソアラは無言を貫《つらぬ》いている。侯爵《こうしゃく》が自信ありげに披露《ひろう》した案で最後らしく、水を向けられた姫《ひめ》に全員の視線が集まっていた。

ソアラは手元に書き留めた家臣たちからの意見をじっと眺《なが》めて、ゆっくり顔を上げる。

「どれもわたしが望むものではありません」

「「「……はぁ」」」

あからさまなため息があちこちから聞こえてきた。

どこかから声が上がる。

「殿下《でんか》、いい加減この国の方針を固めなければ、勝てるものも勝てませんぞ」

「方針は先の会議でお話しました。わたしたちのほうが兵が少ない。それを前提にしたうえで、戦う方法を探し出すことです。それが『あなたの不利になるのは目に見えていますが、こちらに兵隊を移動させてください』とお願いするような、こちらの希望どおりに敵が動いてくればどうこうできる、という話ばかりです。

そんな、都合のいい敵などいません。だから苦労しているのです」

「しかし殿下《でんか》、古来より戦《いくさ》とは生き物のようなものであり、戦場は不確かなものです。神が味方すればそれもありえることでございます。なにより、不利な我々が勝つにはこれしか——」

「戦って勝つことは無理です」

王女殿下《でんか》が断言した言葉に、家臣団がざわついた。

「ですが、オルデンボーの軍勢を退けることはできます」

続けて言われたことに、あからさまに困惑《こんわく》した様子を見せている。無理もない。

「敵はわたしたちより多くの兵隊で攻《せ》めてきます。そのすべてが傭兵《ようへい》です。戦わせるには給料を支払《しはら》い続けなければなりません。それを利用します。つまりわたしたちが唯一《ゆいいつ》敵より優《すぐ》れているとしたら——兵隊が少ないことです」

「……ど、どういうことだ……!?」「殿下《でんか》、なにを言い出すのですか……？」

ついにうろたえた声さえ上がる。

僕《ぼく》も内心で少しだけ驚《おどろ》いていた。ソアラの話す内容にではない。その毅然《きぜん》とした態度に、だ。

議会の全体を見渡《みわた》しているだけのようにしか見えないのに、なぜだか自分ひとりが気を抜《ぬ》いたらそれを見透《みす》かされてしまうかのような気になってしまう。

これはあの時のソアラだ。脱走《だっそう》兵と対峙《たいじ》した時に見せた、王族としての彼女《かのじょ》の顔。

――必要とあらば銃弾《じゅうだん》を人に向けて放たねばならないと、覚悟《かくご》した顔だ。

腹の底がしびれるような錯覚《さっかく》を抱《いだ》く。

「で、殿下《でんか》……恐《おそ》れながら申し上げますが……兵が少ないことが優《すぐ》れている、などというのは、おかしなことを言われましても納得《なっとく》がいきませぬ」

「そのお気持ちはよくわかります。ですが、敵の兵隊は増えることはあっても減ることはありません。それに追いつくほど増やすことも訓練することも、わたしたちにはできません。

ですから――長く戦います。これしかありません」

「長く……ですか」

「そうです。敵には倍給兵を多く抱《かか》える熟練兵が２０００。新兵が８０００。騎兵《きへい》が１０００。騎兵《きへい》は５倍以上の給金を求められます。一方、こちらは新兵２０００、徴募兵《ちょうぼへい》４０００、そして騎兵《きへい》５００。兵隊にかかる経費を新兵１、徴募兵《ちょうぼへい》０．５、熟練兵を１．５、騎兵《きへい》が５とすると、敵とこちらの経費の差は……ナオキさん、お答えください」

いきなりこちらに振《ふ》られる。

家臣団の目が全部こちらを向いて、全部うさんくさそうにしていた。いやな雰囲気《ふんいき》だ。

「あー……およそ2．46倍だ」

ざっと暗算して答えると、ざわめきが起きた。ソアラは続けて言う。

「戦力の差は？」

「歩兵だけの試算なら1:1.831くらいと予想できて、騎兵《きへい》は単純に1：2」

「聞きましたか？　戦力は2倍ではないのに、経費は2．46倍です。わたしたちが勝つためには、この差を利用するしかありません」

「なんだって……？」「どういうことだ」「数字が戦《いくさ》に関係あるのか？」「いまどうやって計算したんだ」

どよめく家臣団たちが、会議の最初から置かれていたのに無視していた配布資料を一斉《いっせい》にめくりだした。完全についていけていない。

戸惑《とまど》いつつもソアラの言ったことが本当なのか手計算し始めたのはましな方で、ほとんどはお手上げとばかりに首をひねるだけだ。

「ソアラ王女殿下《でんか》、彼《かれ》は何者ですかな。いまのは彼《かれ》の入《い》れ知恵《ちえ》で？」

ウィスカー侯爵《こうしゃく》がそう発言してじろりと僕《ぼく》を睨《にら》む。うーわ嫌《きら》われた。

対してソアラはにこやかに答える。

「ナオキさんです。わたしの相談役です。ご存知ですよね？　そして——いまのはわたしがずっと言っていたことです。『ルールを変える』のです」

王女が身を乗り出して全員の顔を見渡《みわた》した。

「この戦争を長引かせます。平野での会戦や決戦といった戦い方は、すべて頭から捨ててください。砦《とりで》や城に立てこもり、敵が来たらできるかぎり防ぎ続けます。時間が経《た》てば経《た》つほど、膨大《ぼうだい》な兵力を持つ血船王がいくら戦いたいと思っても、オルデンボーの議会は日ごと増える戦費が気になるはずです。わたしたちは今回、わざとそう仕向けます」

「それでは……この戦《いくさ》でだれも勝利しないということですかな？　敵も、我々も」

「そのとおりです。防衛戦なら傭兵《ようへい》でも市民でも関係無く戦力になります。敵の騎兵《きへい》もただの歩卒と同じ働きしかできません。

兵隊同士の戦いではなく、土地と戦わせて進軍を妨《さまた》げるのです。わたしたちは血船王とは戦いません。オルデンボーのお財布《さいふ》と戦います」

「「むうぅ……」」

うなり声が重なった。あまり好ましくない反応なのは僕《ぼく》でもわかる。

「王女殿下《でんか》は我々にこんな魔術士《まじゅつし》の書き物を信じて戦えというのですか。我々は勝てると信じるからこそ戦い、命を懸《か》けて剣《けん》を振《ふ》るうのです。栄《は》えある騎士《きし》の戦いを、いかにお考えか！」

貴族のひとりが立ち上がって、資料を叩《たた》きながら訴《うった》えた。

ソアラは淡々《たんたん》と言った。

「いま必要なのは栄光ではなく、確固たる未来です。オルデンボーの圧政をこの国へ二度と持《も》ち込《こ》ませないために必要なのは、強い騎《き》士《し》や戦士ではなく、強い国なのです。この戦いでは後世にわたしたちの名前や逸話《いつわ》は残りません。しかし、この国を残すことはできます」

ついにだれも反論しなくなる。黙《だま》りこくった家臣たちの前で、ソアラが立ち上がり、壁《かべ》に掛《か》けられた地図にがりがりと大胆《だいたん》に線を描《えが》く。

「アルマ地方を敵が狙《ねら》うなら、海路でも陸路でも国境付近のこの地には要塞《ようさい》や砦《とりで》がいくつもあります。敵と戦うにあたっては、必ずこの拠点《きょてん》を頼《たよ》って防衛してください。

周辺に野戦陣地《じんち》や防御《ぼうぎょ》柵や塹壕《ざんごう》も追加で作ります。兵士たちには周辺の村から人手を集めてこの防御施設《ぼうぎょしせつ》の建設をさせるように、すでに伝令を送りました」

この言葉に、再び家臣団がざわめきを取《と》り戻《もど》した。

「殿下《でんか》、お待ちを。傭兵《ようへい》たちに剣《けん》ではなくシャベルを持たせて……敵より土と戦わせるというのですか。訓練はどうなりますか」

「訓練と同時に行います。土と戦うだけなら、誰《だれ》も死なせない良《い》い戦いになりますね」

ソアラはそんなことを言うが、老人たちの意見は違《ちが》うようだった。

「そんな」「ありえん」「土木作業など、農民の仕事だ」「戦う男のやることではない」

聞こえているはずの文句をすべて聞き流して、姫《ひめ》は続ける。

「さらに、普段《ふだん》は傭兵《ようへい》たちと酒保商人に任せている輜重隊《しちょう》ですが、これをわたしたちで結成し、輜重《しちょう》品を傭兵《ようへい》たちに売ります。この収入も給料の支払《しはら》いに当てて、傭兵《ようへい》の契約《けいやく》期間を伸《の》ばせるようにします」

びす、とピンで王家の印章が押《お》された書類を地図に貼《は》り付《つ》けながらの宣言に、議会はさらに色めきだった。

「戦争で商売をしようというのですか!?」「道義に反することだ!!」「神に見放される！」

その騒《さわ》ぎにも姫《ひめ》は一切《いっさい》の動揺《どうよう》を見せず、小首を傾《かし》げるくらいでしかない。

「補給品はいつも街や村から買い付けていますよね。徴募兵《ちょうぼ》の指揮を任せる代官も、輜重隊《しちょう》から買うことはよくあることです。酒保商人任せにしていたその役割を、わたしたちの指揮の下で行うのは、そんなにも悪いことですか？」

ソアラが目をまたたかせて言うのに、男たちは首をすくめてまんじりと何か言いたげにする。

自然とウィスカー侯爵《こうしゃく》に集約されたそのもの言いたげな視線に押《お》されて、しぶしぶといった感じで侯爵《こうしゃく》が発言した。

「殿下《でんか》、その……誰《だれ》もそんなことをやりませぬ。神は人を三つに分けました。『祈《いの》る人』『戦う人』『耕す人』です。戦士や貴族が考えるのは戦うことであり、食料を管理するなどというのは、農民や商人の役割になっております。つまり――普通ではない」

「徴募《ちょうぼ》兵のほとんど全員が農民ですし、傭兵《ようへい》も募兵《ぼへい》特許状をもらってから各村や都市で若者を傭兵《ようへい》に雇《やと》い入《い》れます。『戦う人』と言っても、つい昨日まで普通《ふつう》の市民です。飢饉《ききん》の時には商人から麦を買って、領民に配ることもあります。甲冑《かっちゅう》を配るのも補給品の充実《じゅうじつ》と同じです。——なのに、輜重《しちょう》隊をわたしたちの手で作ることだけが、そんなにも不思議ですか？」

不思議だろうなぁ。

とぼけ顔のソアラに向かって意見を言わないといけないウィスカーさんが悪いわけじゃない。聞いた話では、傭兵《ようへい》というのは装備自弁、つまり武器や防具は自分たちが持っていることが常識で、食料や日用品などは傭兵《ようへい》たちが酒保商人から買って調達するのが一般《いっぱん》的なやり方になっている。酒保商人の輜重《しちょう》隊が傭兵《ようへい》たち軍隊の後ろをついてきて、略奪《りゃくだつ》品を買い取り食料や娼婦《しょうふ》を売って金を稼《かせ》ぐ。そこに雇《やと》い主《ぬし》の貴族は関わり無く、兵隊の腹を満たすことを貴族が考えたりはしない。せいぜい、略奪《りゃくだつ》をどこまで許可して不満を抑《おさ》えるか、くらいらしい。

たとえば日本の自衛隊に補給の専門部署があるくらいのことは、僕《ぼく》も知ってる。その日本人感覚では補給を国家で都合する利点などいくらでも思いつくが、彼《かれ》らにとってはそうじゃない。国家存亡の時に戦の常識を外れるというのは、かなり大胆《だいたん》なことだ。

「不思議もなにも、そんなことをしてなんになるのです。商人たちに任せておけば良いでしょう」

「これがなんになるのか、本当にわかりませんか？　わたしはずっと同じことを言っていますよ。——ナオキさん？」

僕《ぼく》は当然のような顔をして答えた。

「時間稼《じかんかせ》ぎになる」

ソアラが満足げにうなずく。

「と、いうことです。ファヴェールの国庫にも余裕《よゆう》はありませんから、敵より長く戦うにはそれなりの仕組みが必要です。傭兵に支払うお金を傭兵からも集めることで、戦争をより長く続けられる軍隊を作ります。

そのために輜重《しちょう》隊が必要なのです。このとおり、もう公布も出しました」

ソアラが貼《は》ったのはそのための勅令書《ちょくれい》である。麦穂《むぎほ》の連なった装飾《そうしょく》と樽《たる》の旗を掲《かか》げた馬車の絵が描《えが》きこまれた羊皮紙に、王室輜重《しちょう》隊結成のために必要な人間を雇用《こよう》し人足を募集《ぼしゅう》する旨《むね》が書かれている。

面白《おもしろ》いことに、中世の正式な文書というのは美しさが配慮《はいりょ》されるのだという。装飾《そうしょく》画とか刺繍《ししゅう》で、その文書の立派さと内容を表現する。ラノベのイラストみたいだ。ちなみに美しさが足りないと「本物らしくない」と言われるらしい。内容を見ろお前ら表紙買い一択《いったく》か。

「我々に相談も無く、そんなことを……」

「あなたたちにこのようなことはさせられません。それはご自分でも仰《おっしゃ》ったばかりですよ。〝誰《だれ》もそんなことはしない〟のです。ですから、わたしがやりました」

「それは、たしかにそのとおりですが……よりによって王族が初陣《ういじん》で輜重《しちょう》隊を率いるなど、前代未聞《ぜんだいみもん》ですぞ」

「ファヴェールの王は父上が一代目です。二代目のわたしがやることを『前代未聞《ぜんだいみもん》』とひとつひとつ数え上げていては、きりがありません」

「……すでに決意は固まっているというわけですかな」

侯爵《こうしゃく》は諦《あきら》めたように首を振《ふ》った。対照的にソアラはにこやかに頷《うなず》いている。

「はい。これがこの国の新しい方針です。わたしたちは天運に頼《たよ》りません。奇跡《きせき》的な勝利などは望みません。勝てる確率が小さいのであれば、領地を傷つけられても耐《た》え抜《ぬ》き、我慢《がまん》比べの戦争をします」

「「「むぅぅ……」」」

嫌《いや》そうなため息がそこかしこから響《ひび》く。なかでもひときわ険しい表情をした侯爵《こうしゃく》が、ぽつりと、吐《は》き捨《す》てるように言った。

「……戦は、数字ではない……！」

これは説得失敗か？

家臣団の協力が得られなければ、かなり困難な――というか実質不可能な話になってしまう。

「王の言うことが無茶だったのは、これが初めてではない」

と、そんな声が上がった。

痩《や》せた老人が、みんなの視線を受けて首をすくめる。

「独立戦争前のことだ。オルデンボーの圧政に立ち向かえと説得された時、我々の市民会は無理だと言った。だが、王は見事に成《な》し遂《と》げた。

我々は王に助言することはできる。しかし決断を与《あた》えられるのは——王自身と、神だけだ」

そんな諦《あきら》めにも似た口上に対して、みんなの反応はさまざまだったものの、空気は弛緩《しかん》した。

なにがなんでもソアラの言うことを否定しよう、という空気ではなくなっている。

そして、その程度の〝空気〟で雲散霧消《うんさんむしょう》するのだ。——確信に支えられた意見でないものは。

そうしてなんとなく弛緩《しかん》した瞬間《しゅんかん》を、ソアラは見逃《みのが》さなかった。

「それではみなさん、言ったとおりに手配をお願いします」

姫《ひめ》にはっきりとそう締《し》めくくられてしまえば、隠《かく》しきれてない不満を顔に浮《う》かべながらも、男たちは受け取った資料に書《か》き込《こ》みをしつつ隣《となり》同士で話し合う。

具体的になにをするべきか、行動に移っているのだ。良《い》い傾向《けいこう》だ。

そして、ソアラが付け加える。

「それとウィスカー侯爵《こうしゃく》、甲冑《かっちゅう》はお断りしてください。必要なのは立派な武具より多くの麦ですから」

「……そんな、姫《ひめ》、これはすでに内々に進行している話でありますぞ⁉」

「しかし王室の大金がかかったお話です。１５００領もの甲冑《かっちゅう》を用意している予算は出せないのです。無理にでも断るしかありません」

断固として話を受《う》け容《い》れない姫《ひめ》に、侯爵《こうしゃく》はどこか投げやりに矛《ほこ》を収めた。

「……了解《りょうかい》しました。ですが、ご報告は姫《ひめ》様からなさってくださいますかな？」

「誰《だれ》に報告するのですか？」

「国王陛下にございます」

「……父上、に？」

「甲冑《かっちゅう》の件は、陛下を交えての談義で調《ととの》った話でしたので」

「そうなのですか？　わたしは聞いていませんが……」

「姫《ひめ》様の言うとおり大金の絡《から》むお話ですゆえ、その談義には姫《ひめ》にもご出席願いました。が、断られましたでしょう。覚えはありませぬかな？」

それを聞いて、ソアラがこの会議の中で初めて焦《あせ》った様子を見せた。

心当たりがあったのだろう。僕《ぼく》にもちょっとある。

以前、ソアラは使用人に国王から呼び出されたのを断っていた。たぶんあれだ。

「……わかりました。任せてください」

すぐに取《と》り繕《つくろ》ってそう請《う》け負《お》ったものの、一瞬《いっしゅん》見せたその顔はこう言っているように見えた。

――「やってしまいました」と。

やってしまいました。

「この馬鹿者《ばか》が！ 大司教に取り付けたせっかくの取引の話を反故《ほご》にしただと!? いったい何を考えておる！」

父上にお怒《いか》りの声を叩《たた》きつけられて、わたしはどう説明したものかと迷いました。

わたしが何日もの時間をかけて必死に飲《の》み込《こ》んだ数学を、父上にわかりやすく説明する方法を探します。できればひとことで伝わって、父上が思わず感心してすべてを認めてくれるような——魔法《まほう》ですかそれは？

「父上、あの、ゲーム理論という考え方があるのです」

「そんなことは聞いておらん！ 教会との約束を翻《ひるがえ》すなどあってはならないことだ。神に見放されては、どのような手立てをしたところで勝てるわけもないだろう!!」

「あれはただの甲冑《かっちゅう》の取引です。戦いに影響《えいきょう》はないはずです」

「いいから早くどうにかせよ！ それと——お前は、また魔術《まじゅつ》めいたものに傾倒《けいとう》し始めたと聞いたが、本当か？ それが本当なら、神の怒《いか》りに触《ふ》れる。すぐにやめよ！」

「魔術《まじゅつ》なんてこの世に存在しません。ですから、神の教えに反することは何もしていません」

魔術士《まじゅつし》と呼ばれてしまうナオキさんの薫陶《くんとう》は受けています。でも、それは言いませんでした。

「おぬしの雇《やと》った相談役とやらが、〝魔術士《まじゅつし》〟と呼ばれておると聞いたが」

父上の疑いは晴れませんでした。そして当たっています。やっぱりごまかせませんでした。

「その……ナオキさんは優《すぐ》れた数学を修めたかたなのです。その技《わざ》を理解することがあまりに難しいので、そのような呼び名がついてしまっただけです」

あのかたを守るために、少し真実に引き寄せます。本当は壁《かべ》にいろいろと書かれるものが怪《あや》しすぎて、数学とすら思われていないことは知っています。

「……なら良《い》い。いいか、教会は取引をふいにされて怒《おこ》っておる。このままでは修道院から甲冑《かっちゅう》どころか、麦ひと粒《つぶ》すら売ってもらえぬ。解決するのだ、よいな」

「わかりました、父上」

「解決できぬなら、魔術士《まじゅつし》などという怪《あや》しい輩《やから》はこの国から放逐《ほうちく》——いいや、この時期に王家の内部に近づいてきたのだ。怪《あや》しい。殺してしまえ」

「そんな、父上っ!!」

「やかましい！　話は終わりだ、早く取りかからんか！」

「弱りました……」

「おつかれさま。大丈夫《だいじょうぶ》か？」

ナオキさんのお家《うち》に着いた途端《とたん》、ソファに深く座《すわ》り込《こ》んでしまいました。額に手を当てて弱音を吐《は》いていると、ナオキさんがなみなみとお茶を注いだカップを差し出してくださいます。

立ちのぼる芳香《ほうこう》と湯気の温かさに、胸の中にある重いものがほぐれていきます。

「ありがとうございます。ほっとします」

「どういたしまして。それで？」

「……大丈夫《だいじょうぶ》じゃないです。だめです。困りました」

正直にそう言ってしまえるのは、ナオキさんの前でだけです。

「会議はかなり紛糾《ふんきゅう》してたけど、結局は意見が通ったじゃないか。それとも、他の問題か？」

「教会に手配した甲冑《かっちゅう》を取《と》り止《や》めたことで、苦労しています。どうやら父上と侯爵《こうしゃく》がおふたりで協力してお話を取り付けていたようで、話がこじれてしまいました。……これでは王室輜《し》重《ちょう》隊を結成することができません」

「おいおいなんでだ？ それはまずいぞ」

「輜《し》重《ちょう》隊を作っても、補給品が調達できなければ空の荷車しかありません。教会から、甲冑《かっちゅう》を取《と》り止《や》めるなら他の物も売らないと言われてしまいました。修道院から麦を仕入れようと思っていましたが、それができないなら……どうしたらいいんでしょうか」

「いまは戦争に使う金を少しでも増やしたいんだ。輜重隊《しちょう》のアイディアは外せないぞ」

「わかっています。解決策を考えなくてはなりません。……ナオキさんのお命のためにも」

「待ってくれ。いまなんて言った？」

さすがに驚《おどろ》いたご様子で、ナオキさんが聞《き》き咎《とが》めます。申し訳なく思いながら、わたしは白状します。

「それが……父上が『解決できないなら魔術士《まじゅつし》は怪《あや》しいから殺してしまえ』と言い張っているのです」

「冗談《じょうだん》じゃないぞ!?」

「あ、もし失敗してもナオキさんは逃《に》してさしあげますから、大丈夫《だいじょうぶ》ですよ」

「……そうならないように頑張《がんば》るよ。まったく……それで、どうするんだ？」

肩《かた》をすくめて首を振《ふ》る。たったそれだけで、ご自分が命の危機にあることを忘れられたように、話題を変えられました。

この切《き》り替《か》えの早さは、本当に素晴《すば》らしいです。いったいどうすれば、このような恐《おそ》れ知らずとも思えるお心を持つことができるのでしょうか。

悠々《ゆうゆう》としたそのご様子に甘《あま》えて、わたしも目の前の問題について考えることができます。

「そうですね……」

お茶を飲みながら少し考えてみました。

「修道院がだめということでしたら、やっぱり、商人たちから買うしかないと思います。わたしにはつてが無いので、いまから探すのは大変ですが……商人は品物を売る相手を常に探しているはずです。フィセター銀貨で数万枚にもなるこのお話なら、歓迎《かんげい》されるはずです」

わたしが口にした解決策に、ナオキさんが首を傾《かし》げています。なにか気になることがあるのでしょうか？

―というかだな、物を売り買いするなら普通《ふつう》はまず商人のところに行くものじゃないのか？」

なぜ教会？　なんて仰《おつしや》っています。

「……ナオキさんは、なんでも知っているようで、たまになにも知らないようなお顔をされますね」

「悪いね」

「いいえ。かわいいです」

「……嬉《うれ》しくないなー」

きょとんとしてから口を歪《ゆが》めたナオキさんの反応に、思わず笑《え》みがこみ上げてきました。失礼だと思いましたが少しだけ笑いに身を任せてから、説明します。

「修道院は自給自足で、畑も家畜《かちく》も自分たちで作って生活しているのです。ですから、教会との関係が良好なら、農作物を安く買うことができます」

「なるほど。商人より生産者から直接買うほうが安いっていうことか」

「はい。それにもうひとつ。教区の農民から作物の10分の1を教会が召《め》し上《あ》げる『10分の1税』というものがあります。これは領主や王の税とは別に教会が集める税なので、この分も含《ふく》めればかなりたくさんの作物が教会の倉にあります。

傭兵《ようへい》や船団などたくさんの人が動く時に準備するには、すでにたくさん持っている人から売ってもらうといちばん安くなります。ですから、教会から買い取るのが普通《ふつう》なのです」

「教会は儲《もう》かりそうだなそれ」

「昔はもっとお金持ちだったと思いますよ。司教領は俗世《ぞくせ》の権利とは切《き》り離《はな》された土地ということで、教会だけが裁判や徴税《ちょうぜい》の権利を持っていましたから。

ですが、ファヴェールが独立したばかりのころ、司教領の特権と領地などをすべて王室が取《と》り込《こ》んだので、いまでは所領収入は5分の1以下だと思います」

「へえ、教会から見ればなかなかえげつない政策だなそれ」

「必要に迫《せま》られてのことだったと聞いています。父上は一度だけ、それを悔《く》やんでいると漏《も》らしていました。父上ご自身は、伝統派の信仰《しんこう》をお持ちですから、無理もないです」

「悔《く》やむのは同情するし分かるけど、いま苦労してる身からすれば、残った5分の1もむしり取ってから後悔《こうかい》してほしかったね」

「まあ」

「おっといまのは正直すぎたか？　忘れてくれ」

失言を撤回《てっかい》するナオキさんに、わたしは唇《くちびる》に指を当てて悩《なや》んでから、こう答えました。

「いまのは少し聞き逃《のが》せません。……でも、わたしは果物があると物忘れが多くなります」

不敬罪にもなりそうなほどのお言葉でしたので、ただで許すのは公平ではありません。

わたしの言葉に、ナオキさんは小さく笑ってうなずかれました。

「今度から用意しておこう。それで、商人から買うのはそんなに値《ね》が張るのか？」

それが問題です。

「わかりません」

「え」

聞き返されてしまいました。もう一度口にします。

「わからないのが問題なのです。あちらが提示した金額は高いのか安いのか。なぜその値段なのか、わたしにはわかりません。

ですから正しい値段にするためには、そうとうな時間がかかります。世の中の商人たちは、王室には飛《と》び込《こ》んで泳げるほど金貨があると思っているようなのです」

相場を調べ上げて、値切るために交渉《こうしょう》をして、きちんと適正なお値段で購入《こうにゅう》するためには、どれほど時間と労力を必要とするのかわかりません。

その時間こそがいまは惜《お》しいというのに、困ったことです。

しかし、

「なんだそんなことか」

ナオキさんは、なんでもないことのように、あっさりと言い放ちました。

「それなら、相手の言い値で買えばいい」

「――そっ、そんな買いかたをしたら、輜重隊《しちょう》の目的が破綻《はたん》してしまいます！」

王室輜重《しちょう》隊を結成することで傭兵《ようへい》たちの経済に参加するのは、給金のお金のためだけではありません。

酒保商人は傭兵隊長《ようへいたいちょう》に賄賂《わいろ》を払《はら》って商売し、その賄賂《わいろ》のぶんは兵隊が買う補給品に上乗せされます。戦場で商《あきな》いをする酒保商人には商売敵《しょうばいがたき》がいません。兵隊たちはかなり割高に補給品を買わされています。

王室輜重《しちょう》隊が食料やお酒などの生活必需品《ひつじゅ》を公定価格で売れば、いつもよりも安く品物が買えて、傭兵《ようへい》たちの士気を保つことができるはずです。長く戦うためには、お腹《なか》を満たせる安心感が必要とされます。

ですが、高い値段で物を調達しては、その目的は達成できなくなってしまいます。

慌《あわ》てるわたしに、ナオキさんは泰然《たいぜん》と答えました。

「僕《ぼく》らは数学を使って物事を解決する。商人たちは物の値段や取り引きで日常的に数字に触《ふ》れてるんだ。人脈《コネ》とかつき合いが必要な相手より、金だけでやり取りできる商人のほうがやりやすいさ」

「しかし、商人たちには横の付き合いがあります。きっと「王室からの注文ならこれくらい」という打ち合わせをして価格を吊《つ》り上《あ》げてしまいますよ」

「言い値は談合価格になる。まあそうだろうね。……だけどさ」

ナオキさんはわたしの言葉にうなずいてから、ふと目をそらして、

「人がだれかと心から分かり合うことは、奇跡《きせき》でも起きないかぎりは無理だ」

わたしを見ないで言った彼《かれ》は、一瞬《いっしゅん》だけ、まるで痛みを堪《た》えるように目を細めていました。

「ナオキさん……？」

「──つけいる方法くらいあるって話さ。だけど、きみの敵が増えるかもしれない。それでもいいか？」

振《ふ》り返《かえ》ったナオキさんは、いつものように愛嬌《あいきょう》のある悪そうな笑《え》みを浮《う》かべていました。気のせいだったのでしょうか。

ともあれ、わたしはナオキさんの質問にお答えします。

「ナオキさんの言葉を借りて言えば──敵を増やすコストより王室輜重《しちょう》隊のリターンが大きいのであれば、ぜひそうしてください」

お金は正しく手に入れることよりも正しく使うことを心がける。それが重要なことなのだと、ナオキさんは言っていました。

「わかってきたね。それじゃリターンを取りにいこう」

「はい。具体的には何をしますか？」

「簡単だよ。囚人《しゅうじん》のジレンマで誰《だれ》がいちばん得をするのか考えるんだ」

「いちばん得をする人ですか？　ええっと……囚人《しゅうじん》Aも囚人《しゅうじん》Bも黙秘《もくひ》するのがいちばん得ですから、談合、つまり打ち合わせさえできれば、ふたりとも黙秘《もくひ》してしまいますよね。それが商人たちの状態で、ここから両者を自白に変えるには――」

ああ、そうです。

「片方を幽閉《ゆうへい》しますか？　たしかに敵が増えてしまいそうです」

「発想が中世だな！　いやそうじゃない。いいか？　囚人《しゅうじん》のジレンマでは、ソアラの言ったとおり両方とも黙秘《もくひ》するのが囚人《しゅうじん》全体にとっていちばん利得が大きい。だけど、検察官がルールを変化させた。

〝自白したら刑期《けいき》を減らしてやる〟という、一方だけが利益を得られるルールがあることで、ふたりの正解が変化した。しかし実は、もっとも利益を得たのは、他ならぬ自白が欲しい検察官だ。つまり、プレイヤーではなくゲームメイカーが最も大きな利得を得ているんだよ。

それと同じだ。僕《ぼく》らはギャンブラーではなくディーラーになる。ゲームを提示してルールを変える。プレイヤーたちに利益を与えて損へと導くんだ」

そんなナオキさんの口ぶりは、お噂《うわさ》どおりの呼び名がぴったりでした。

「ふふふ、本当に〝魔術士《まじゅつし》〟のようですね。ナオキさん」

「勘弁《かんべん》してくれ」

笑ってそう否定されたナオキさんですが――具体的な手はずを説明していただいたわたしは、それが間違《まちが》っていなかったことを確信しました。

わたしの父は〝選抜《せんばつ》王〟。オルデンボーの王は〝血船王〟と呼ばれています。

であればきっと――ナオキさんの通称《つうしょう》は〝魔術士《まじゅつし》〟になってしまうでしょう、と。


「アルマ地方では姫《ひめ》様の言うとおり、砦《とりで》の周囲に空堀《からほり》と柵《さく》を増やしております」

「各村には食料や財産を運び出すように呼びかけ、市壁《しへき》を通過する際に関税が免除《めんじょ》されることを布告しました」

「農園主たちはすでにほとんどが市街の中へ食糧《しょくりょう》などを移しておるようですな」

評議会との会議は、以前よりだいぶ人数を少なくしていました。こうなると会議とは名ばかりで、数人から報告を受け取るだけです。

方針が決定し実行段階に移ったため、評議会のほとんどが前線で指揮を執《と》っているからです。残っているのは後方でも役割があり、前線とのつなぎ役となるかたがたです。彼《かれ》らからの報告に耳を傾《かたむ》けますが、大きな問題は無いようでした。

「順調なようですね」

「そのようですな。ああそうそう、徴募兵《ちょうぼへい》のことですが、これは予定より数が揃《そろ》いそうです。思ったより民《たみ》が協力的でした。持たせる槍《やり》のほうが足りないほどでありまして」

嬉《うれ》しい報《しら》せでした。長期戦という方針とはいえ、やはり兵力差は少しでも縮めておきたいことでしたから。

「それは喜ばしいことですね。兵力は多いほうがいいですから、引き続きお願いします。槍《やり》が無ければ堀《ほり》や策を設置する戦力にできますし、できる限りかき集めてください」

「わかりました。次に――」

バタン！　と、会議室の扉《とびら》が開く音に全員で振《ふ》り返《かえ》って、報告が途《と》切《ぎ》れました。

その突然《とつぜん》の乱入者は、見知ったかたです。

「姫《ひめ》様、少しよろしいですかな？」

「これはウィスカー侯爵《こうしゃく》。お姿が見えないので不思議だと思っていました。どうかなさいましたか？」

額に浮《う》いたしわを深くしながら、ウィスカー侯爵《こうしゃく》は言いました。

「国王陛下がお呼びです。おいでくだされ」

もとより今日は会議が終わってから父上にお会いする予定でした。それをこうしてわざわざ呼び出すというのは、

「いますぐですか？　急ぎの用ができた、ということでしょうか？」

「そのとおりですな」

「わかりました。すぐに参ります。皆《みな》さん、報告書はまとめて送っておいてください」

会議室をあとにして、わたしはウィスカー侯爵《こうしゃく》に先導されて廊下《ろうか》を歩きます。

「どこへ向かわれるのですか？　こちらは、父——国王陛下の寝所《しんじょ》ではありませんけれど」

「宮殿《きゅうでん》の中庭です」

四角い宮殿《きゅうでん》の中央には大理石を敷《し》き詰《つ》めた中央広場があります。そこは、たしか、

「ナオキさんが使っているところですね」

「使いかたが問題なのです！　デュケナン殿《どの》が教えてくださった。やつは、とんでもないことをしております！」

憤《いきどお》りながら大股《おおまた》に進む侯爵《こうしゃく》の歩みは速く、わたしは小走りにならないとついていくのもひと苦労でした。額に少し汗《あせ》がにじむほど歩いて、ようやくウィスカー侯爵《こうしゃく》が立ち止まりました。

中庭を四角く囲む王宮の回廊《かいろう》の一角です。そこに、父上の姿がありました。

父上は椅子《いす》に座《すわ》り込《こ》んで、中庭を見下ろしています。回廊《かいろう》に囲まれた中庭広場は上階から、その様子が一望できるのです。

「父上。このような所で、どうされたのですか？」

「……お主には、あれが見えんのか？」

「あれとはどれのことでしょう。わたしにはたくさんの商人が見えていますが、特に変わったものは見えません」

ほんとうにたくさんの商人が、中庭に集まっていました。

見るからに華美《かび》な身なりの大商人《だいしょうにん》から、中堅《ちゅうけん》の商館主の集団、あるいは外地商館に居を構える異国の商会員に、隠者《いんじゃ》のようにひっそりと佇《たたず》むよくわからないかたまで。

そんな商人たちとは少し離《はな》れたところで、彼《かれ》らの様子を見守るナオキさんの姿がありました。

いまは商人に資料を配る使用人たちと、なにか話されています。

「あの魔術《まじゅつ》士は、なぜこんなにも商人を集めたのだ」

「補給品の買い付けをするためです」

「こんなにもたくさんの商人と交渉《こうしょう》など、できるわけもなかろう。そんな時間も人手も足りておらぬわ。だいいちこうも一度に集めて、まともな商談ができるはずもない。……やはりあの魔術士《まじゅつし》は、口先だけの詐欺《さぎ》師に他ならぬわ」

ナオキさんの心証は思いのほか最悪なようでした。ナオキさんは少し威厳《いげん》に欠けていて、生《き》真面目《まじめ》さには縁遠《えんどお》いところがあります。父上の好むような人物像とは、まるで正反対でした。

しかし――顔を合わせたこともないのに、そうまで言われていいはずがありません。

「……父上、ナオキさんを侮辱《ぶじょく》するように言うのはおやめください。これはわたしがすべて了承済《りょうしょうず》みで、この庭を貸し与《あた》えて行っていることです」

「やつがなにをするつもりで、雑多な商人を集めることも承知していたというのか、お前は。なぜ止めなかった⁉　あそこにいるやつを見ろ、ネーデルラント人だ。オルデンボーとの付き合いは我《わ》が国《くに》より深い。あちらのエイルンラント人もだ。これでは、敵国になにもかもを知らせているも同然ではないか！」

「わかっています。ですが父上、これからナオキさんが——いいえ、わたしたちがやろうとしていることには、たくさんの凝集《ぎょうしゅう》性の異なるプレイヤーが必要なのです」

「……なにを言っておる？」

わたしが父上にどう説明すればいいのかを悩《なや》んだ時、中庭のざわめきが一瞬《いっしゅん》だけ濃《こ》くなり、急速に静まりました。

下を見てみると、商人たちの注目が一方向に集まっています。その先には、前もって用意しておいた台の上に立つナオキさんがいます。

「あ、どうやら始まるみたいです。父上、これからナオキさんがなにをするのか説明してくれるはずなので、聞いてください」

○

「さて皆《みな》さん。王室輜《し》重《ちょう》隊の取引準備説明会にご参加いただきありがとうございます。今日の説明を担当させていただきます。ナオキ・セリザワです」

「ずいぶん若いな」

「若いほうがいいでしょう？　若者を手玉に取って儲《もう》けるのは年長者の特権だ」

小さな囁《ささや》きを聞《き》き逃《のが》さずに答えた僕《ぼく》に、口にした商人は慌《あわ》てもせずににやりとする。

「そんなことはせんよ。神に誓《ちか》ってもいい」

「なるほど。若いころの神に誓《ちか》うつもりですね？」

中庭にいる商人たちからいくらか笑いが広がる。さて、これで僕《ぼく》も相手も少しは緊張《きんちょう》がほぐれたかな。

「じゃあ本題に入りましょう。事前にお知らせしたとおり、今日は取引の前段階、価格決定についてのお話です」

プレゼンなんてゼミと学会でやったことしかない。未経験よりはましというくらいだ。長引かせたくない。さっさと説明してしまおう。

「正直に言います。僕《ぼく》ら王室輜《し》重《ちょう》隊はある程度の相場価格しかわかってない。たとえば大麦雑穀などの食料。外国で安く買い付けて僕《ぼく》らに売れれば、差額があなたたちの儲《もう》けになる。だけどここに戦時運送費だとか片荷運送の船だから往復分の支《し》払《はら》いになるなど、そういう付帯費用がつくと価格が跳《は》ね上《あ》がるらしい。試《ため》しに聞いたら相場の5倍もするって言われた。誰《だれ》に言われたかは内緒《ないしょ》にしておきますが。これが適正価格なのか、こちらではさっぱり分からない」

そんな前置きには特に反応は無い。それは予想どおり。反応が欲《ほ》しいのは、ここからだ。

「だから――しかたない。言い値で買います」

その言葉は、全面降伏《こうふく》に等しい宣言だった。商人たちにどよめきと歪《ゆが》んだ笑《え》みが広がる。馬《ば》鹿《か》な勝負に突《つ》っ込《こ》んだカモを、しゃぶり尽《つ》くしてやる。そういう笑《え》みだ。

いい食いつきだ。興味をひくことにはまず成功。

「ただし、念押《お》ししておくことがふたつある」

僕《ぼく》は続けた。

「まずひとつめ。注文は第二価格制競争入札という形を取らせてもらいます。〝競争入札〟というのは、競売のようなものだと思ってください。今回のを簡単に言えば、他の人の提示価格はわからない状態で、いちばん安い価格を提示したかたに、二番目に安い提示価格で取引をします」

商人たちが目を見交《みか》わす。いまなにか妙《みよう》なことを言われた、という顔で。

「そしてふたつめ。入札には誰《だれ》でも参加できる。必要なのは入札保証金だけでいい。その他の参加資格は、いっさい考慮《こうりよ》しなくて結構。もちろん保証金は入札が終われば返却《へんきやく》します。物を用意できる商人で、かつこちらの提示価格以下なら、誰《だれ》とでも取引します。

詳細《しようさい》は配った資料にあるとおりです。おわかりいただけましたか？　質問があればどうぞ」

それを聞いた商人たちの反応は、さまざまだった。

深く考え込《かんがこ》んでいたり、数人で話し合いをしたり、資料を何度も読み返し始めたりと、忙《いそが》しい。ひとつ確かなのは、無反応な商人はひとりもいないということだった。

「質問をよろしいですかな」

と、手が挙がった。

「どうぞ」

「競売は知っています。低い価格から初めて、いちばん高い価格で買う者が落札する。競争入札というのはその逆で、注文に対していちばん低い価格をつけた者が注文を請《う》けることができる。ここまではわかりました。

では、第二価格にする、というのはどういうことですかな？」

「みんなが得するようにする、というだけです。いちばん安値をつけた人が、二番目の安値で引き受けることができる。自分にとって銀貨10枚で引き受けていいという注文が、11枚で請けられるかもしれない。嬉《うれ》しいことですよね」

「それはそうですな」

逆に言うなら、自分の評価額以外の価格をつければ損をする。嘘《うそ》をついても意味が無い。

別のほうから手が挙がった。

「入札に参加するのは、本当にどんな商人でもいいのですか？　たとえば、普段《ふだん》は毛織商《けおりしょう》として船を動かしてる商人が、大麦を持ってきてもよろしいと？　それにたとえば——敵国の、オルデンボーの商人でさえも取引できると言うのですかな？」

「ああ、やっぱりそこ気になりますよね。では、はっきり答えます。王室輜《し》重《ちょう》隊では、あらゆる国籍《こくせき》、あらゆる商会、あらゆる人種、すべて分《わ》け隔《へだ》てなく入札を受《う》け容《い》れる。たとえばベネルクス商人、たとえばモスコヴィヤ商人、たとえばイシュライ商人。誰《だれ》だってどんな商会だって構わない。物があれば買う。シンプルな関係だ」

敵国の商人だったら契約《けいやく》保証金を高めにさせてもらうけど。それは言わない。入札へのハードルが低いことが話題だ。他の条件は資料に書いてある。いま言ったことも。

ざわめく商人たちに、さらに告げる。

「参加資格だけじゃない。物や船についても、たとえオルデンボーの港から出発してきた船でも、入港を許可する。輜《し》重《ちょう》隊に運ばれてくる前にどこで貨物が保管されていたか、という理由で注文を返上することはありません。

必要なのは、物と金が健全に交換《こうかん》されること。それだけです。皆《みな》さん、奮ってご参加ください。それと、輜《し》重《ちょう》隊では人足のほうも募《ぼ》集《しゅう》しているので、人手が余っていたらそちらのほうもどうぞ紹《しょう》介《かい》しておいてください。これも採用基準に国籍《こくせき》は入っていない」

敵国の利益になりそうな商人や輸送ルートを理由に輸入制限をする。そんなやりかたもすべて否定しておく。

質問というより、ただ単に書類に書かれていることを王室がきちんと理解しているのか、それを確かめたいだけなのだ。だから、彼《かれ》らに示してやる。そこに書いてあることを、僕《ぼく》は細大漏《も》らさずわかっているんだ。

そんな態度さえ見せれば、商人たちはいちいち口に出してやらずとも、理解する。つまり——これは本当のことなのだ、と。

「以上です。他に質問は？　……なにも無ければ、今日はこれで解散。後日に入札会場でお会いしましょう。できるだけ多くのかたの参加をお待ちしますよ」

○

「やつは正気であんなことを言っておるのか……⁉」

「父上、もちろん本気でやっていることです」

かろうじて座《すわ》ったままとはいえ、回廊《かいろう》の手すりから身を乗り出さんばかりにナオキさんを睨《にら》みつけていた父上が、勢いよくわたしへと向き直ります。

そのお顔は、やはりと言うべきですが——怒《おこ》っていました。

「なんだと……？　おぬしは、やつのやることを許したというのか？」

「商人たちに渡《わた》す資料を手配したのはわたしです。もちろん、原本にわたしの印章もありますきちんと目を通しました」

ナオキさんの説明を耳にしてもっとも衝撃《しょうげき》を受けているのは、ひょっとしたら父上なのかもしれません。

痩《や》せ衰《おとろ》えているはずの父上ですが、いまばかりは激しく気勢を張り上げました。

「——馬鹿《ばか》げたことをやったな、ソアラ！　敵国の商人を受《う》け容《い》れるだと？　船の通行を許すだと？　それでは敵の間者が出入りし放題ではないか！　しかも、やつらの麦を我々の金貨で買うことになるやもしれん。もしも敵がいきなり交易路を塞《ふさ》いで我らの物を奪《うば》ったらどうなる？　そんなことも考えなかったのか！」

「父上、敵国とは陸続きです。どうやっても間者を防ぎ切ることはできません。敵国の様子が商人たちから聞き取りやすくなりますから、その点についてはお互《たが》いさまです。

交易路を塞《ふさ》げば、商人たちの商売を妨害《ぼうがい》したことでオルデンボー自身の経済にとって打撃《だげき》になるでしょう。ただの自滅《じめつ》です」

「屁理屈《へりくつ》を言うな！　問題はそれだけではないぞ。イシュライ人までもこの宮殿《きゅうでん》に招いて、しかも王室との取引相手にするとやつはのたまった！　あれは高利貸しどもだろう！　麦の手配などできるわけがない！」

それはたしかに不思議なことでした。商人たちはどんな物でも持っているというわけではありません。たとえば麦なら麦の生産地となんらかの繋《つな》がりが必要で、その繋《つな》がりが短いほど安く手に入ります。専門家より安く手に入るなら、その人がすでに専門家になっているのです。

そこまで広範《こうはん》に招待する必要はないのでは、という疑問を抱《いだ》くのは当然のことでした。

しかし、ナオキさんはわざわざ専門外の商人たちまで参加できるようにしました。商人たちに配るための資料を用意するのも、無料というわけではありません。きれいな紙とインクを揃《そろ》えて、人数分を作り上げるにはそれなりに手間がかかります。

その手間やお金を使ってでも、やる価値のあることだったのです。

「そうとも限りません。借金をお金ではなく物で回収することもあります。たとえば麦商人の中に借金をしている人がいて、それをお金の代わりに差し出すことはあるかもしれません」

「もしもの話であろうが」

「もしもの話でじゅうぶんなのです。父上、これはチキンゲームを変化させるために——」

わたしは父上のために、ナオキさんから教わった数学的な説明をします。

いいえ、しようとしました。

ですが、

「この馬鹿者《ばか》が!!　わたしが本当に問題にしておることがまだわからぬか！　そもそも商人にい、い、い、物を頼んでどうするのだ！」

——いま、なにを言われたのか、よくわかりませんでした。

「ち、父上、それはいったい、どういう意味なのですか……？」

うろたえて聞き返すわたしに、父上は鼻にしわを寄せて指を突《つ》きつけます。

「私がなんと言ったのか覚えておらぬのか？　お前は教会を怒《おこ》らせて台無しにした。それをなんとかしろと言ったはずだ!!　糧秣《りょうまつ》が、物資がなんだと言うのだ。私は教会の、ひいては神の怒《いか》りを問題にしておるのだ！　神の恩寵《おんちょう》を得るのに、多少の金銭の多寡《たか》を気にするのがおかしい!!」

突《つ》きつけられた指が、まるで短剣《たんけん》のように感じられました。

父上の言っていることの意味がわかりません。……いいえ、わかりたくありませんでした。

「多少、などではありません。この予算は、補給は、兵や民《たみ》が生き延びる時間にかかわる問題です。それを解決しろと父上は仰《おっしゃ》りました。ですから、こうして、わたしは……」

「たとえどんな問題の解決になろうと、異教徒のイシュライ人などを使っていい理由にはならん！　そんなもの当たり前であろうが!!」

「……そんな……理由、で……？」

最後まで言いきれませんでした。父上の目が、それを望んでいないと告げていたからです。

わたしが口を開くほどに、父上の目には怒《いか》りが募《つの》るばかりでした。

父上がこうなれば、黙《だま》っていることが最も賢《かしこ》い選択《せんたく》です。なにを言っても、余計にこじれていくばかりですから。

しかたのないことなのです。いつものように、わたしは剣術《けんじゅつ》練習で打たれる棒杭《ぼうぐい》のように、じっと立《た》ち尽《つ》くしているしかありません。

「時間、金。おぬしはいつもそうだ。いや、魔術士《まじゅつし》の小僧《こぞう》が言ったのか？　あんなくだらない俗物《ぞくぶつ》を信用するなど、なにを考えておるのだ。やつにそろばんは持てても、軍を率いた経験は無いだろう。筆でどうやって敵を倒《たお》す？　兵がひ弱な書家についてきてくれると思うのか？」

「…………」

〝くだらない〟〝俗物《ぞくぶつ》〟

どうしたことでしょうか。いつものようにいきません。父上の言葉を耳にするたび、胸にざわついたものがこみ上げてきます。

「戦場での直感や神の息吹《いぶき》を感じ取った経験を持たない男に、戦いのなにがわかる。矢の雨の中で死んだ者と死なかった者の違《ちが》いが、紙の上でわかるものか。あんな小僧《こぞう》は、戦《いくさ》が始まればどこかで小便を漏《も》らして震《ふる》えているだけだ。

死を恐《おそ》れずに戦える者たちだけを信じるべきなのだ！　あんなヒョロヒョロの小僧《こぞう》など、信じられるか!!」

「父上……」

「ああ？」

「いえ、その……」

黙《だま》っていることが、難しくなってきました。

そして、わかりました。わたしは、自分が父上に怒《おこ》られることは慣れています。ですが——

わたしの大事に思うかたを罵《ののし》られることには、まったく慣れていません。

「……父上、お願いです。それ以上、侮辱《ぶじょく》を口にするのはおやめください」

わたしは必死の思いでそうお願いしました。

それでも父上は、まるで笑えない冗談《じょうだん》を耳にしたかのように、一笑《いっしょう》に付しただけでした。

「これくらいの侮辱《ぶじょく》がなんだというのだ。お前は私がウィスカーやデュケナン大司教へ敬意を払《はら》えと、何度口にしても聞かなかった。あんなしみったれた小僧《こぞう》を馬鹿《ばか》にするくらいが、なんだというのだ！」

「……わたしは、父上の仰《おつしや》るとおりにしてきました。礼儀《れいぎ》作法を学び、国に尽《つ》くすことを学びました。ウィスカー侯爵《こうしやく》にも、デュケナン大司教にも、学んだところから外れるような態度を取ったことはありません。敬意を払《はら》うようにも努めました。わたし個人ができるだけのことはしてきました。王室としては、受《う》け容《い》れることが難しい場面があったかもしれません。

──それでも、絶対に、悪しざまに罵《ののし》ったことはありません」

「魔術士《まじゅつ》を招き入れることが、侮辱《ぶじょく》より軽いと思っているのか⁉」

「思っています。ちがうのですか」

「よく考えよこの馬鹿《ばか》者が‼」

「これでも考えています。考えたうえで、わからないのです」

わたしが口を開くと、このようになります。父上のお言葉は本当に難解で、わたしが返事をするだけでお怒《いか》りに触《ふ》れてしまうのです。

それでも、今日は止められませんでした。

「父上の仰《おつしや》りようは、あまりに理不尽《りふじん》ではありませんか？　ナオキさんは、この国の窮状《きゆうじよう》を理解したうえで、わたしに協力してくださっています。不利を承知でファヴェールに加勢してくださる勇気は、父上から見ても好ましいはずです。ちがうのですか？」

「好ましいはずがあるか！　あのような魔術《まじゆつ》士のせいで、教会との約束を破ったのだろう！　その行いが神の怒《いか》りを買わずにいると、どうして思える!!　お前は父を天上の国ではなく、冥《めい》府《ふ》の底へ投《な》げ込《こ》もうとしているのだぞ！　あの小賢《こざか》しいクソ魔術《まじゆつ》士を、王家の懐《ふところ》に入りこませたのだ!!　死期の近い父親の言葉をはねのけてまで、な！」


「――いい加減にしてください！」


それがわたしの言葉だと気付いたのは、黙《だま》りこくった皆《みな》の視線が集まっていたからでした。

一瞬《いつしゆん》ですが、頭が真っ白になっていました。

耳に残る残響《ざんきよう》が、自分でも信じられないほどですが――わたしは、父上に逆らって声を荒《あら》げたのです。

「…………」

「…………」

重苦しい沈黙《ちんもく》が、まるで氷のような冷たさで降りてきていました。

じろりとした父上の目は、もはや敵を見るような冷酷《れいこく》さすら宿しています。

「いま……いま、なんと言った？　この父に、向かって！」

衝動的《しょうどう》だったとはいえ、やったことは無かったことにはなりません。ですから、わたしは深々と頭を下げて、

「すみません。父上。わたしは……いまは、父上と話さないほうがよろしいと思います」

するりと一歩下がります。逃《に》げ出《だ》すことにしました。

「この――カッ……！」

椅子《いす》を蹴立《けた》てて立ち上がった父上が、苦しげに胸を押《お》さえて息を途切《とぎ》れさせます。病の発作《ほっさ》です。

「ヌ、ウゥ――私を、私を……だれだと思って……ッ!!」

使用人たちが慌《あわ》てて駆《か》け寄《よ》って、その身体を支えます。

「父上、お願いですから、もっとご自分の身を大事にしてください。……わたしがいては健康に悪くなりそうですから、失礼します」

心配ではありましたが、わたしを近寄らせたくないということは、荒《あら》い息をしながらも鋭《するど》い眼光を崩《くず》さない父上のお顔からわかりました。

痛む喉《のど》と心を抱《かか》えたまま、わたしは王宮から立ち去りました。

○

利益を与《あた》えて損へと導く。この場合、ふたつの道がある。

まずひとつめ。〝航路制限の撤廃《てっぱい》〟という特権を商人たちに与《あた》えて、そのぶんを談合価格から差し引かせる。

そしてふたつめ。その特権をあらゆる商人に振《ふ》り分《わ》けてしまい、駆《か》け引《ひ》きに参加するプレイヤーを増やしてしまう。

危険性が大きいのはふたつめのほうだ。戦時下でそれをやれば、通商妨害《ぼうがい》をされたり、間者を送《おく》り込《こ》まれたりするだろう。取引相手が外国人商人なら、常に船と品物の検査をする手間が降りかかってくることになる。

さて、ここに『チキンゲーム』という問題がある。

ふたりの若者がお互《たが》いに向けて車で突撃《とつげき》する。ふたりともがそのまま直進すれば、衝突《しょうとつ》してお互《たが》いに大怪我《けが》をする。途中《とちゅう》で避《よ》ければ「臆病者《チキン》」と呼ばれる。最後まで直進したほうが栄誉《えいよ》を称《たた》えられる。両方が避《よ》ければなにも得られない。つまり、相手が先に避《よ》ければ大きな利得を得られるが、お互《たが》いに最後まで直進すれば大損になるゲームだ。

交渉《こうしょう》ごとによく見られる問題だ。相手の譲歩《じょうほ》さえ引き出せば自分の利得が大きいものの、最後まで対立すれば決裂《けつれつ》してしまう。

【次ページ利得表③を参照】

利得表を見ればわかるとおり、この問題に合理的な正解——つまり相手の戦略に関係無く利得が最大になる戦略は、無い。相手の反応しだいで利得が大きく変化するからだ。となると、プレイヤーは駆《か》け引《ひ》きで自分の利得を最大にしなければならない。

しかしここで、片方だけがもっと大損を抱《かか》えるとどうなるだろうか。たとえばプレイヤーAが譲歩《じょうほ》すると、恋人《こいびと》が殺される場合。

【次ページ利得表④を参照】

ナオキの よくわかる！解説 その3

3.

A＼B	譲　歩	対　立
譲　歩	(A) 0 、(B) 0	(A) -1 、(B) 5
対　立	(A) 5 、(B) -1	(A) -10、(B) -10

※A、B間の条件が互角である場合の構図。

Aに「譲歩すると恋人が殺される」という
条件をつけると……

⇩

4.

A＼B	譲　歩	対　立
譲　歩	(A) -20、(B) 0	(A) -21、(B) 5
対　立	(A) 5 、(B) -1	(A) -10、(B) -10

※「恋人が殺されるデメリット」を-20として数値化。

結果、Aは対立以外の選択肢を選びにくくなり、
Bがそれを知っていた場合は
交渉において
極めて有利となる。

プレイヤーAが損をする選択《せんたく》が増えた。これではAは〝対立〟以外の選択肢《せんたくし》を選べない。もしプレイヤーBがそれを知っていれば、Aが〝対立〟しか選ばないとわかる。だからBの合理的な正解が〝譲歩《じょうほ》〟になり、Aに勝ちを譲《ゆず》ることになる。

今回、王室は取引相手を限定しないうえ、敵国からの通商妨害《ぼうがい》の危険性その他をすべて承知して「言い値で買ってやる」と商人に布告した。

ここでゲームのルールが変わった。

王室はこの戦時下で昔からこの国で麦商人をやってきたという〝安全な商人〟に注文するはず、という前提をかなぐり捨てたのだ。

とはいえ入札参加資格を与《あた》えられても、外国人商人や専門外の商人たちは普通《ふつう》に麦商人と価格競争をしてもまず勝てない。——談合さえしていなければ。

麦商人が談合価格を維持《いじ》しようとすれば、5倍の値段を提示したままだ。2倍の値段で入札してもし落札できたら、他の商人でもじゅうぶんにうまい話になる。すると、談合のために集まった商人たちは不安になる。このままでは負けてしまう。

麦商人たちは2倍より下に値段を設定しなければならない。しかし、2倍より下にしても、もし外国人商人が5割増し程度で入札したら？　それより下にするべきだ。

同じ理屈《りくつ》のくり返しで入札価格はどんどん下がり、結局、第二価格制競売の理論が示すとおり〝正直な評価額〟で入札することが最も望ましくなる。

正当な価格を王室は知らない。だが商人は知っている。ならば、商人同士で値下げ交渉《こうしょう》をやってもらう。

すると結局、王室はもともと専門的に麦を扱《あつか》う商人たちに、正当な価格で物資の供給を得ることができることになる。

そんなシンプルな解決方法だ。

利得表に示したその説明は、ソアラにはすんなりと受《う》け容《い》れられた。合理的に解決する方法があることに、喜んでさえいた。「順を追って説明すれば、父上にも簡単にご納得《なっとく》いただけますね」と、国王に見せるための資料を手作りしていたくらいである。

しかし、だ。

商人たちを集めた入札説明会を終えて、僕《ぼく》の耳には良くない噂《うわさ》が聞こえてきていた。

それを聞いて慌《あわ》てて家に帰ってみると、ソアラの護衛と使用人たちが、家の前に立《た》ち尽《つ》くしていた。姫《ひめ》からだれも入らないようにと言われた、らしい。

そんな門番付きになった我《わ》が家《や》におそるおそる足を踏《ふ》み入《い》れた僕《ぼく》は、いつもの勉強部屋に向かう。さて、姫《ひめ》の残した痕跡《こんせき》を追いながら、この家に入ってからどんな行動が行われたのか、だいたい予測してみよう。

外套《がいとう》を脱《ぬ》いで乱暴に丸めて棚《たな》の上に投げつつ進む。

資料の紙束を叩《たた》きつけるように机に放って、ばらばらになって床《ゆか》に落ちても気にせず歩く。

ソファにぼすんと埋《う》まりながら、悔《くや》しさに身を折り曲げて体育座《すわ》りになり。

そして家主が帰ってくるまでクッションを抱《だ》きしめながら泣く。

そんな感じでできあがった惨状《さんじょう》を目の当たりにした僕《ぼく》の心境を答えよ。

「うわぁ」

だ。他になにか言えるか。

「……………………………………………………………………傷つくので引かないでください」

「そういうことはクッションから顔を離《はな》せるようになってから言ってくれ」

まあ、理由はだいたいわかっている。父親とかなり激しくやり合ったらしく、たくさんの人が王女と国王の口論について噂《うわさ》していた。僕《ぼく》にまで届くほどだから、相当なものだろう。

その後どこかに姿をくらましたと聞いたから、まさかと思いつつ家に帰ってきてみれば、このありさまである。

床《ゆか》に落ちている資料を拾って机の上に置く。綺麗《きれい》な字でていねいにまとめられた利得表と第二価格制競売の不等式が書いてある。ソアラが渡《わた》せずに持ち帰ってきた自作の資料だ。ばらばらなのが妙《みょう》に痛々しい。

「悪かったよ。引かない。僕《ぼく》はソアラの味方だ」

そう宣言してから、僕《ぼく》は椅子《いす》を持ち上げてソファのすぐそばに置いた。

座《すわ》り込《こ》むソアラの横で腰《こし》を下ろして、迷いつつも訊《き》いてみる。

「喧嘩《けんか》したって聞いたよ」

　ソアラは半分だけ顔を覗《のぞ》かせて、涙《なみだ》で潤《うる》んだ瞳《ひとみ》のまま僕《ぼく》を見る。視線をいったんさまよわせるが、ゆっくりこちらへ戻《もど》ってきて、ぽつりと漏《も》らした。

「ち、父上を説得するのは……だめでした……」

「……そうか」

「……まったく。ぜんぜん。ほんとうにまるでだめでした。……父上は、ほんの少しも、わたしの話を聞いてはくれませんでした……」

　弱々しい声音《こわね》だった。しかし、話す気にはなってくれたらしく、少女はじわじわとクッションと足を下ろして姿勢を正しながら、濡《ぬ》れた布地を見つめつつ吐露《とろ》していく。

「なにも……なにも、説明を聞くことすら、してもらえません。わたしのお願いも。考えも。この戦《いくさ》についてすら、もはやなにも知りたくないようです。……ご自分の体が悪くなっていくのに無関心なふりをしていながら、その実——死期のことしか……頭にないのです。

　まるで……遺《のこ》されるわたしのことは……どうだっていいようです……！」

　ソアラは気鬱《うつ》な目をぎゅっと閉じて、こぼれそうになる涙《なみだ》を押《お》しとどめている。

「父上は、昔は貴族や民《たみ》を説《と》き伏《ふ》せて重税と圧政に立ち向かい、この国を圧政から救い出した傑物《けつぶつ》でした。それがいまや、自分がいかに清廉《せいれん》に死ぬかとばかり口にされていて……神の身許《みもと》で安楽に過ごすことを夢見て、わたしにもそうするようにと言って憚《はばか》りません。いまわたしがやっていることに、見向きもしてくれません……！」

「ソアラ……ええっとだな……」

励《はげ》ましの言葉を探してみるが、まったく見つからない。

数式に変えられる問題ならアイディアも探《さぐ》れる。しかし、こういうときには僕《ぼく》の頭はまったく役立たずで、同情するくらいしかできなかった。

「……なんというか、あー……きみは悪くない」

「……ありがとうございます」

ソアラは悲しげな目のまま僕《ぼく》を見る。

「そう言ってくださるのは、ナオキさんくらいです」

「そんなことないだろ」

「ありますよ。……王宮の噂《うわさ》がどんな風だったのか、当ててみせましょうか？」

「……自虐《じぎゃく》は体に悪い。自分の陰口《かげぐち》なんて言葉にするな」

「やっぱり、そうなんですね」

ソアラは平然と言う。僕《ぼく》は逆に王宮で耳にした言葉を思い出してしまって、椅子《いす》の手すりに頬杖《ほおづえ》をついて忌々《いまいま》しさを口の中で噛《か》み潰《つぶ》す。

ノーコメントだ。

病に苦しむ父親の言うことを無視するとはなんて冷酷《れいこく》な娘《むすめ》だろうか。——野次馬たちの噂《うわさ》は、そんな無責任で無自覚な悪意に満ちた話ばかりだった。耳が腐《くさ》る。

普通《ふつう》の家庭事情と戦争に関わる王室事情を同列にしてどうするのやら。

「ときどき、思います。わたしが……父上の望むような、素晴《すば》らしい淑女《しゅくじょ》であれば良かったのに。そんなことを」

文句や愚痴《ぐち》がいくらでも出てきて良さそうなものなのに、ソアラはそんなことを言い出した。

壁《かべ》に書かれた計算式を視線でなぞって、王女はつぶやく。

「国政に興味を持たずに、摂政《せっしょう》や結婚《けっこん》相手に政権を明《あ》け渡《わた》して……父上を毎日見舞《みま》い絵を描《か》いて詩を歌っていられればいい。そんな娘《むすめ》であったら、父上はもっと穏《おだ》やかなお心で終末を迎《むか》えられたのではないか……。そう考えます……」

そんな風に言われて、僕《ぼく》も頭に思《おも》い描《えが》いてみる。なんかこう、もっとのほほんした感じのソアラを。

「……で、考えてみて、どうだった。具体的に想像できたのか？」

その顔を覗《のぞ》きこんで追及《ついきゅう》してみると、王女は目をそらした。

「それは……無理でしたけれど……」

「だろうな。僕《ぼく》もいま、そういうきみを思《おも》い描《えが》こうとして失敗した」

「ひどいですっ！　わたしだって、がんばればそういう淑女《しゅくじょ》にだってなれますっ」

少しむっとした顔で振《ふ》り返《かえ》ってくる。言い返せるくらいの元気はあるようで、少し安心した。

「……これは昔のことだ。ある日、祖父が嘆《なげ》いていた。『数学を愛する人が少ない』って。そのときに、僕《ぼく》は『数学を愛する人をいくらでも増やせる数式を作る』と祖父に豪語《ごうご》して、なんとか作り出したとある数式を祖父に見せたことがあった」

「すごいことを考えますね。それで、どうなったのですか？」

僕《ぼく》は肩《かた》をすくめる。

「失敗した。僕《ぼく》がその数式でやったことは……あー……その、簡単に言えば〝方程式で絵を描《えが》くこと〟だったんだが、祖父の感想は説得力抜群《ばつぐん》だったよ。たったひとことだけだ。『本物を見たほうがいい』って言われた。そりゃそうだ。数学は絵を描《えが》くための道具じゃない」

「それは、残念でしたね」

「まったくだ。だけど、それで僕《ぼく》は分かった。数学を絵筆に代用することは、しないほうがいいってね。――だからきみも、無理に他のものになろうとするな。ソアラが淑女《しゅくじょ》の代用品になっても、意味は無いだろ」

「……本物の淑女《しゅくじょ》には勝てないから、ですか？」

まだ少しすねている唇《くちびる》が不満そうにそんなことを言った。

「淑女《しゅくじょ》ではできないことがきみにできるから、だ」

僕《ぼく》はポケットから折りたたんだメモを取り出してソアラに差し出す。

怪訝《けげん》そうな顔をしながら受け取った姫《ひめ》が、中に書かれた数字を見て眉《まゆ》を上げる。

「これは、もしかして入札の……？」

「そうだ。入札保証金を前もって払《はら》っていった商人たちの数だ。19人いた。まだ入札参加は受け付け開始したばかりの段階でな。どこの国の商人なのかも書いておいた。もしもその商人たちが、自国の相場と運送費の価格で入札に参加した場合は……まあ、わかるだろ？」

ソアラが立ち上がって床《ゆか》に落とした資料を拾い、勢力図の前に立ってメモと資料と計算式の間で忙《いそが》しく視線を飛ばす。

そこにあるのは、過去の価格から見た相場でしかない。しかし、商人が入札する金額はそこから大きく外れることはないはずだ。なぜなら第二価格制入札《セカンドプライスオークション》という方式が、それを引き寄せるからだ。

オークションの参加者は、品物に対する評価額と自分の提示する入札額の差で得られる利得を最大にすることを考える。

つまり（評価額－入札額）×（勝つ確率）＝（期待値）の計算式によって、利得表を書き出すことができるのだ。

通常のファーストプライスオークションでは、参加者同士の腹の探《さぐ》り合《あ》いによって勝つ確率が変化するため、戦略が一定にならない。入札額の予測が困難になる。

しかし、セカンドプライスオークションでは第一位価格を入札した落札者が、第二位価格で支払《しはら》うことができる。つまり、自分の評価額をそのまま入札したとしても、落札額は必ずその評価額よりも下になるのだ。

そして自分の評価額よりも大きく下げた入札額にすると勝つ確率も下がるため、期待値は小さくなる。

結論としては他のプレイヤーの行動に関係無く、自分の評価額を正直に入札することが弱支配戦略になるゲームルールなのだ。

壁《かべ》に飾《かざ》った大きな勢力図の前で右に左に歩き回るソアラの頭の中ではおそらく、入札参加してきた商人たちの予想価格が計算されているはずだ。とはいえ、すでにふたりで計算を済ませたあとだ。そこに書かれた数字を再確認《かくにん》するだけの作業になる。

それほど時間もかからず、ソアラは振《ふ》り向《む》いた。

「たとえ他の国の商人から買い付けた場合でも、王室輜《し》重《ちょう》隊の目的は達成できます！」

「談合は崩壊《ほうかい》するな。あっちがそれに気づけば、さらに安い」

「やりましたっ！」

弾《はず》むような足取りで駆《か》け寄《よ》ってきたソアラが手を上げたので、僕《ぼく》もそれに応えてハイタッチする。

「ふふふ、やっぱり間違《まちが》っていなかったんですね。理論どおりです」

さっきまでの暗い顔が一転して、手応えを摑《つか》んだ明るい目を取《と》り戻《もど》している。

それもそのはず。予測を立ててそのとおりに物事が動いた時の達成感というものは、格別の力があるのだ。頭の中でイメージしたものを、その手で作り上げた時の喜びである。いてもたってもいられない。自信と喜びが湧《わ》いてくるのだ。

「それで、まだポエムを詠《よ》んでいたいか？」

「……う。で、でも、父上が……」

「ああそうだな、きみの父親は傷つくだろうさ。娘《むすめ》に裏切られたと嘆《なげ》いて、過去を後悔《こうかい》して苦しむ。だけどソアラ、それでもきみにはやるべきことがある。他の誰《だれ》でもない、自分自身が『わたしはこれをやるべきなんだ』と思ったことがある。——そうじゃないのか？」

王女は悩《なや》み、そして、微苦笑《びくしょう》しながら首を横に振《ふ》った。

「……わかりました。わたしは、数学のほうが良《い》いです。……父上と分かり合えないことは、寂《さび》しいですが」

「どうしようもないことも、世の中にはある。数学以外の話をすれば、案外と話が合うかもしれないだろ」

「……数学で、導けないものでしょうか。父上がわたしと分かり合える確率、などは」

思案顔になったソアラの言葉に苦笑《くしょう》する。

「人とわかり合う数式か。それは難しいぞ。僕《ぼく》は挫折《ざせつ》した」

「……ナオキさんは、本当にたくさんの数式を知っているのですね。お祖父様から教わったなんて、羨《うらや》ましいです。もといた世界では、誰《だれ》もが数学に精通されていたのですか？」

「いや、たしかに基本的な数学はみんな覚えるけど、なんでもかんでも数字にしようってやつはそんなにいないさ。姫殿下《ひめでんか》が羨《うらや》ましいなんて言うほどの世界じゃない」

「それでは、ナオキさんは特別だということですか？ お祖父様も」

「僕《ぼく》は数学者を目指してたんだ。お祖父《じい》ちゃんは数学の教授で、僕《ぼく》よりもっと格上。というか、僕《ぼく》はお祖父《じい》ちゃんに憧《あこが》れて数学者を目指してたんだ」

「目指していた、というのは……この世界に来てしまったから、諦《あきら》めるしかなくなったということですか？ ……か、帰りたい、ですか？」

「いや、そうじゃないんだ。そんな恐《おそ》る恐《おそ》る訊《き》かなくていい。帰る方法なんて見つかりそうにないし、あまり未練も無いよ」

ここが魔法《まほう》のある世界ならともかく、僕《ぼく》の数学が〝魔術《まじゅつ》〟扱《あつか》いされてしまう状況《じょうきょう》のとおり、魔力《まりょく》より暴力が日常にある世界だ。

ここに僕《ぼく》がいるのは天災みたいな話なんだろう。地震《じしん》や雷《かみなり》と同じ天文学的確率の事故。なのに世界のどこかで、誰《だれ》かが不運をつかまされるという類の。

「……あの、なにかがあったのですか？ もとの世界で」

「あれ、そう思う？」

僕《ぼく》の顔を不思議そうに見つめるソアラが、こくんとうなずいた。

「はい、思います。ナオキさんほどのかたが、数学者になるのをやめるなんて」

「ほどのって言うほどの人間じゃないんだけど……」

「はい『だけど』?」

その続きは? じっと見つめられる。

あまり話したくないことだ。しかし――ソアラには、話してもいい気がした。

「……だけど、ちょっとトラブルはあった。祖父が死んだ時に、親戚《しんせき》と揉《も》めたんだ。僕《ぼく》は数学オタクで、葬式《そうしき》とかいろいろ、どうやっていいのかわからなかった。そんなときに現れたのが、叔母《おば》だ」

苦々しい記憶《きおく》を掘《ほ》り起《お》こしながら、ゆっくり話してみる。

「叔母《おば》はお祖父《じい》ちゃんが死ぬ少し前から、家に住みついた。そのころ、僕《ぼく》は大学の卒業研究を作るために、家にあまり帰らなかった。叔母《おば》はお祖父《じい》ちゃんの世話をする、と言っていて、お祖父《じい》ちゃんも受《う》け容《い》れていた。

……僕《ぼく》が研究に取り組んでるあいだに、お祖父《じい》ちゃんは死んだ。死に目に会えなかったのは残念だけど、本人が『私が死ぬ時をじっと待っているより、数学の研究をしなさい』なんて言う人だったから、それはいいさ」

僕《ぼく》にとってお祖父《じい》ちゃんは、最期《さいご》まで数学者だった。――数学好きには変人が多いから、しかたがない。

「問題は、お祖父《じい》ちゃんが死んだあとに起きた。葬式《そうしき》を終えるなり、叔母《おば》が僕《ぼく》に家を出ていくようにと迫《せま》ったんだ。まだ大学卒業もしていない時にね。理由は……まあ、遺産目当てというか、家を売り払《はら》いたいらしかったんだ」

「そんなことが……どうされたのですか？」

「いろいろあった。法的な相続人の話とか、僕《ぼく》に居住権があるとか、お祖父《じい》ちゃんの遺品を処分しようとする叔母《おば》さんとの対決とかね。だけどそういう面倒《めんどう》くさい争いよりショックだったのは……どうも叔母《おば》さんにとっては、お祖父《じい》ちゃんは立派な父親じゃなかったらしい、ってことだ」

「えっ」

ソアラが驚《おどろ》きの声をあげる。僕《ぼく》の話から聞いた祖父の人物像と食《く》い違《ちが》うのだろう。それは、当時の僕《ぼく》にとっても同じことだった。

「叔母《おば》はお祖父《じい》ちゃんのことを『数学ばかりで子どもに冷たかった』って言うんだよ。だから当然のように家や本を処分しようとするし、お祖父《じい》ちゃんと仲良く暮らしていた僕《ぼく》のことも、信用できないらしかった。坊主《ぼうず》憎《にく》けりゃ袈裟《けさ》まで憎《にく》い、っていうやつだね。……信じられなかったよ。僕《ぼく》にとっては、良《い》いお祖父《じい》ちゃんだった」

「ナオキさん……」

痛ましいものを見るかのように目を細めるソアラの視線がむず痒《がゆ》くて、僕《ぼく》は逃《に》げるように移動してソファに座《すわ》り込《こ》んだ。

顔を合わせないようにしながら、続きを言う。

「人と人が心底わかり合うことは、できないんだ。それを思い知ったよ。僕《ぼく》はお祖父《じい》ちゃんが好きだった。お祖父《じい》ちゃんと数学でやり取りするのも好きだった。だけど……お祖父《じい》ちゃんのほうは、僕《ぼく》のことを見てくれていたのか？　それとも、僕が数学を学ぶから見ていてくれたのか？

　そういう疑念が湧《わ》いてきた。そんな争いが嫌《いや》になって、僕《ぼく》はさっさと話をお終《しま》いにした。楽になりたかったんだよ」

　もとの世界にあまり未練を感じないのは、それも理由のひとつかもしれない。自分が長年故郷と思って過ごした家が、疑いを呼ぶ争いの火種になってしまって僕《ぼく》は手放した。

「……疑問の答えはたぶん、一生分からない。数学でもこれに答えは出せない。信じたいから信じる。それくらいしか折り合いをつける方法はないんだ。非合理的だけどね」

「そんなことがあったのですか……つらかったですよね……」

　話す僕《ぼく》よりも聞いたソアラのほうが泣きそうな顔をしている。それを慰《なぐさ》めるために、僕《ぼく》は口《くち》の端《はし》を持ち上げた。

「終わったことだよ」

「でも……まだ、一年も経《た》っていないのですよね？」

「…………こういうところで空気を読んでくれないよな、きみは」

窓の外を見る。

もうつらくなくなった——というわけでは、もちろんない。十数年も一緒《いっしょ》にいた祖父を喪《うしな》って疑って、それをすぐに割り切ることができるくらいなら、まだ裁判をしてるだろう。

そんな強がりを歳下《としした》の少女に看破されたのは、少し恥《は》ずかしかった。

だから、ソアラが立ち上がってこちらに近づいて来ても無視していた。しかし——後ろから細い腕《うで》が回り込《こ》んできて僕《ぼく》を抱《だ》きしめるのは、予想外だった。

「空気が読めなくてすみません。……つらいことを話してくださって、ありがとうございます。わたしが、卑屈《ひくつ》にならないようにしてくださったんですよね？」

耳元でそんなことを言われてしまう。

「なんでハグ？」

「癒《い》やされませんか？」

「頭あたりに柔《やわ》らかいのが当たってるから、癒《いや》されるかもな」

むにゅん、と当たるものを指摘《してき》してみると、ソアラが顔を寄せてきて、囁《ささや》いた。

「……じゃあ、こっそり癒《い》やされててください。お話のお礼です」

「それは……えっと、ありがとう」

まさかの返答。いいのか。そうか。

華奢《きゃしゃ》な腕《うで》がきゅっと体にくっついて離《はな》れない。

少し速い鼓動《こどう》が、彼女《かのじょ》のふわふわした体から響《ひび》いてくる。温かな肌《はだ》の良《い》い匂《にお》いが空気を包み、時間が体温をゆっくりと溶《と》かすごいでかい柔《やわ》いなんということでしょう。

これは、おお、そうか。お祖父《じい》ちゃん……お祖父《じい》ちゃんの言うことは正しかった……。

本物は、いいぞ。

「ところで、ナオキさん」

「な、なんだ？」

思った以上に癒《い》やされかけていたところへ話しかけられて、声が上ずった。

うわめっちゃ動揺《どうよう》してるな僕《ぼく》。

対してソアラは、落ち着きはらったままそっと囁《ささや》く。

「本当に、お祖父様とのことを定式化できなかったのですか？」

おいおいなんだよびっくりしたな。

「『無限回くり返しゲーム』をベイズの定理で計算すると証明できるけど主観確率における観測だから、結局は僕《ぼく》の信用度の高さで結果が左右されるんだ」

「……計算、したんですね」

「数学者だからな」

「ふふふっ」

笑いに少し身を震《ふる》わせてから、ソアラがそっと離《はな》れていった。

ようやく気恥《きは》ずかしい話が終わったことを安堵《あんど》しつつ——温《ぬく》もりが離《はな》れていくことを少しだけ、残念に思ってしまった。

王女様がソファのすぐ横にしゃがみこんで、少し恥《は》ずかしげに僕《ぼく》を見上げる。

「明日、父上に謝《あやま》りに行ってきます。それから、数学や国政とは関係無い話をしてみますね」

僕《ぼく》はうなずいて、ちょうどいい高さにあるソアラの頭に手を添《そ》えて撫《な》でてみた。姫《ひめ》は甘《あま》える猫《ねこ》のように自分からくりくり手のほうへ頭を寄せてくる。

「仲直りできるといいな」

「はい」

翌朝。

僕《ぼく》は家でひとり、勢力図の見直しをしていた。やることはそれだけでもない。王室輜《し》重《ちょう》隊の人足や物資の手配やら、徴募《ちょうぼ》兵についての書類など、最近は僕《ぼく》に回ってくる事務仕事がやたらと増えてきている。

忙《いそが》しくそれらを片付けていると、遠くから鐘《かね》の音が響《ひび》いてきた。

窓の外から聞こえてくる街中に響《ひび》き渡《わた》るような鐘《かね》の音は、いつもの時報と違《ちが》って、鳴り止《や》まない。

いったいなんなのか、と疑問に思って窓を開いて顔を外に出す。

すると、玄関《げんかん》を激しく叩《たた》く音がした。

「魔術士殿《まじゅつしどの》はおられるか！」

「こっちにいる！」

誰《だれ》かの騒《さわ》ぐ声にそう叫《さけ》び返すと、がっちゃがっちゃと物々しい金属音を立てながら兵士が走り寄ってきた。

「あの鐘《かね》が聞こえませぬか⁉　至急、王宮へおいでください！」

「なにかあったのか？」

僕《ぼく》の疑問に、兵士はなに言ってんだわかってねえのか的に答えた。

「国王陛下がお亡《な》くなりになられたのです！」

「……わかった。すぐ行くよ」

そう答えながら僕《ぼく》の脳裏《のうり》に浮《う》かんだことはふたつ。

ひとつめ。これは事実から見た推論。ずっと気になっていたことだ。なぜ兵力差もあり、準備も進めている敵国が、すぐにでも侵攻《しんこう》してこないのか。

待っていたのだろう。何もせずにファヴェールの国力が揺《ゆ》らぐその瞬間《しゅんかん》を。

つまり——国王陛下が崩御《ほうぎょ》する時を。

「戦争が始まるな」

もうひとつ。これは感傷的な理由だ。

昨日、落《お》ち込《こ》んでいたソアラの顔が思《おも》い浮《う》かんだ。

仲直りする時間は——無かっただろう。

——その日、オルデンボーからの使者が宣戦を布告した。

○第三章　撃《う》たれる前に計算しよう！　sin《サイン》,cos《コサイン》,tan《タンジエント》！

人数少ない評議会は、前回より人数を増していた。緊急事態《きんきゅう》ということで、会議に出席する人間が増えたらしい。

男たちは声を荒《あら》らげて言葉を交《か》わす。

「敵は卑怯《ひきょう》にも、国王陛下の崩御《ほうぎょ》に合わせて宣戦布告をしてきたぞ」

「あまりに早い。間者でもいるのではないか」

「あれだけ鐘《かね》を鳴らして街中に知らせたのだ。間者も何もない。ずっと決めていたのだろうよ。我らの王が天命を全うされる時に、攻《せ》めるのだと」

「やつらは準備万端《ばんたん》で待ち構えていたということか。おのれ、卑劣《ひれつ》な真似《まね》を！」

「だが準備を進めていたのはそれはこちらも同じことだ。守備兵はすでに配しておる。我々もじきに参陣《さんじん》だ」

「アルマ地方はいいが、イェーセンはどうする。あそこが陥落《おと》されれば、外洋に出られなくなるぞ」

「あの河口を守るエーゼンブルグ要塞《ようさい》は、三〇年以上も陥落《お》されたことのない難攻不落《なんこうふらく》の要塞《ようさい》だ。奴《やつ》らも手出しはできん」

「殿下《でんか》、それでよろしいですか？」

「…………」

「殿下《でんか》？」

「──大丈夫《だいじょうぶ》です。なんでもありません。きちんと聞いていました」

二度目の呼びかけでようやく反応したソアラが、机に落としていた視線を上げた。

いつもどおりの姿を心がけている。それは成功している。それが相当な努力をしたうえで虚勢《きょせい》を保っているということは、簡単に分かってしまうとしても。

「あちらが戦《いくさ》をするというのであれば、是非《ぜひ》も無いことです。卑劣《ひれつ》なオルデンボーに屈《くつ》してはなりません。みなさんはできるかぎり急いで戦場へ向かってください」

「かしこまりました。陛下の葬儀《そうぎ》すらできない時機を見計らうような卑劣《ひれつ》な行いは、このウィスカーは決して許しませぬ。亡《な》き陛下の安らかなる眠《ねむ》りを汚《けが》す血船王に、わが剣《けん》による裁きをくれてやりましょうぞ！」

雄々《おお》しい声でウィスカー侯爵《こうしゃく》が応じて立ち上がる。ソアラはこっくりとうなずいた。

「よろしくお願いします。まだ召集《しょうしゅう》中の徴募兵《ちょうぼ》たちの装備と訓練をできる限り急がせて後陣《ごじん》をまとめ終えたら、あとからわたしも向かいます」

その言葉に、侯爵《こうしゃく》がぎょっと目を見開いた。

「姫《ひめ》が前線に出陣《しゅつじん》されるというのですか⁉」

「おお」「なんだって⁉」「まことですか！」

ざわめく議会に向けて、ソアラが声を張る。

「王陛下はお隠《かく》れになりました。であれば、この国の戦《いくさ》を担《にな》うべきはこのわたしです。戴冠《たいかん》式を行う時間もありませんが……いまよりわたしが、全軍の指揮を執《と》ります。戦場に立たない王に従う兵はいません。であるなら──当然、わたしも出陣《しゅつじん》いたします」

「おお……」

「姫《ひめ》自らの陣頭《じんとう》指揮であれば、兵の士気も高まります」「これは勝てますな！」「我々がお支えいたしましょうぞ！」

威厳《いげん》をもって宣言した王女殿下《でんか》の言葉に、議会はおおいに沸《わ》き立《た》った。

「もちろん、頼《たよ》りにしています」

「ようやく姫《ひめ》様もこの戦《いくさ》にやる気を見せてくれましたな！　このウィスカー、前線に到着《とうちゃく》しだい敵と当たって探《さぐ》りを入れておきましょう！　後陣《ごじん》の徴募兵《ちょうぼへい》が到着《とうちゃく》するのがひと月かかるとして、アルマ要塞《ようさい》に近く会戦に適した平原を見《み》渡《わた》せる丘《おか》が近くにあります。後陣《ごじん》を置くならばぜひともそこに──」

「なにを言うのですか、ウィスカー侯爵《こうしゃく》。わたしの言葉をお忘れですか？」

「……は？」

興奮してまくし立てていた老人が、気勢を削《そ》がれてきょとんとする。

「砦《とりで》に立てこもり、できるかぎり時間を稼《かせ》ぐ。その方針に変わりはありません。アルマ要塞《ようさい》にたどり着くまでにあるすべての砦《とりで》や塔《とう》を使い、進軍を遅《おく》らせてください。それ以上のことをする必要はありません」

「なっ、この期に及《およ》んでまだそんなことを言うのですか！　国王陛下ならば、そのような戦いは決してしませんでしたぞ！」

「父上は……父上は、神に召《め》し上《あ》げられました。この国で地に足を着けて戦わねばならないのは、このわたしです」

淡々《たんたん》とした物言いに貴族たちは眉《まゆ》をひそめていた。

まるで自分に言い聞かせてるみたいだ——そう思ったのは僕《ぼく》だけらしい。

「ウィスカー侯爵《こうしゃく》。あなたには騎兵《きへい》をお預けします。長年、ファヴェールのために奮い続けた辣腕《らつわん》ぶりを用いて、敵の本隊から離《はな》れた略奪《りゃくだつ》部隊をすべて排除《はいじょ》してください。普段《ふだん》は決して敵に接触《せっしょく》せず、村を襲《おそ》う小部隊の情報を掴《つか》んだら襲撃《しゅうげき》する。それだけをくり返していただければ、あとは砦《とりで》で敵を迎《むか》え討《う》ちます」

「……小勢をちまちま潰《つぶ》すだけ、ですと？　会戦もせず、強敵との戦いを避《さ》けて、普段《ふだん》は逃《に》げ回《まわ》れと言うのですか」

いかにも不満そうにウィスカーが言った。ソアラは正面からそれを見返して、しっかりとうなずいた。

「何度でも言いますが……我々は、この戦《いくさ》に勝てません」

「戦う前から勝利を諦《あきら》めるというのですか!! そのような戦いぶりでは、かの血船王の首級をあげることなどできませぬぞ！」

「最初から、それを諦《あきら》めてくださいと申しています」

「姫《ひめ》は、それでどうやって勝つつもりなのですか？ 父君の死を愚弄《ぐろう》するような相手に、正義をお示しするつもりはないのですか!!」

「――最善の選択肢《せんたくし》を重ねるのです。いまはそれしかない。『ルールを変える』のです。感情的になっても、信じるものを変えてはならないのです」

なにを言われても決意を固くしたまま意見を変えない王女。怒《いか》りに額まで赤くした老貴族は、その見開いた目をじろりと僕《ぼく》に向けて言った。

「〝最善〟を選ぶのは、魔術《まじゅつ》士の数字だけだと？ 我ら戦士の経験を、不要と申されますか。こんな、剣《けん》を握《にぎ》ったことも無さそうなガキに、国の未来を預けるのですか……！」

ソアラは強い眼差《まなざ》しを侯爵に当てて、きっぱりと言い切る。

「剣《けん》が生かされるのは、敵と渡《わた》り合《あ》えるだけの戦場を王が用意できた時だけです。いまはそうではなく、数字を優先せざるをえない。それだけの話です。ウィスカー侯爵《こうしゃく》を頼《たよ》りに思うからこそ、貴重な騎兵《きへい》をお預けすると言っているのです。ご不満ですか？」

「…………わかり、申した」

そこで王女は立ち上がった。

「でしたら、話し合いはもういいでしょう。わたしの要望はお伝えしました。みなさんは、かねてより準備していたとおりのことに、全力でとりかかってください。さあ——早く！」

ソアラに急き立《せた》てられて、侯爵《こうしやく》と姫《ひめ》のやりとりを固唾《かたず》を呑《の》んで見ていた全員が、慌《あわ》てて立ち上がって会議場から駆《か》け出《だ》していく。

どやどやと仕事に取りかかる男たちの波の中で——最初に立ち上がっていたはずのウィスカー侯爵《こうしやく》が最後まで動かなかったのが、なんとも不穏《ふおん》だった。

王宮の廊下《ろうか》を、ソアラの後ろについて歩く。

べつについてこいと言われたわけじゃない。ただ単に、使用人の同行も拒否《きよひ》して足早に歩く姫《ひめ》のことが心配になっただけだ。

「ソアラ、あんな風に言って良かったのか？」

「…………」

反応無し。ソアラは無言で歩き続ける。

「その……計算は合ってるはずだ。輜重《しちょう》隊も間に合わせる」

「………」

「僕《ぼく》はこのまま仕事していいのか？　きみが戦場に行くなら、僕《ぼく》もついていけるように馬に乗る練習とかするか？」

「………」

「……大丈夫《だいじょうぶ》か？」

なにも答えないままずんずん進んだソアラが、執務《しつむ》室の分厚い扉《とびら》の前でようやく足を止めた。僕《ぼく》を振《ふ》り返《かえ》り、

「大丈夫《だいじょうぶ》じゃないので、少しだけ、誰《だれ》も入れないようにしてもらえますか？　少しだけ、です。必ず、立ち直りますから」

そう言うソアラは表情を崩《くず》していなかった。ただ——頬《ほお》を伝って落ちる涙《なみだ》は、しばらく止められなさそうだった。

「……ひとりでいいのか？」

言った瞬間《しゅんかん》、強がりの表情が揺《ゆ》らいだ。

不安そうな、いまにも大声ですがりついてきそうな、そんな表情《カオ》をした。

したのに、ソアラはこらえた。

「ほ、本当は、すごく頼《たよ》りたいです。けれど、これは父上への最後の手向《たむ》けです。父上が嫌《きら》っていたナオキさんに頼《たよ》らずに、ひとりで泣いてあげることにします」

「……わかった。待ってるよ」

小さく一礼して、ソアラは部屋の中に姿を消す。

僕《ぼく》は閉められた扉《とびら》に背中を預けて、頼《たよ》りないながらも番人として立つことにした。

ちょっと長い〝少し〟の時間、誰《だれ》にも、彼女《かのじょ》の弔《とむら》いを邪魔《じゃま》させないために。

「ついに戦争が始まったな。侵攻《しんこう》ルートはだいたい事前の予想どおり……か？」

僕《ぼく》たちは地図を広げて話し合う。

「報告ではそのようになっていますね。海に面したアルマ要塞《ようさい》と、港街の周囲にある市壁《しへき》は最後の砦《とりで》です。ここに到達《とうたつ》されるのは、できる限り遅《おそ》くしたいですね。

相手の海軍力のほうが強力ですから、強行すれば船で兵隊をアルマ地方の南部、バルマス近《きん》郊《こう》まで運ぶことはできます。ただ、補給路を作るには砦《とりで》を確保する必要がありますから、これらの砦《とりで》が保たれていれば、進軍はできないはず……」

ソアラは厳しい目つきで、砦《とりで》のある場所に突《つ》き立《た》てた青いピンを見つめている。

「しばらくは報告待ちだな。いや逆か？『砦《とりで》は無事なので報告することは無いです』とか言われるほうが嬉《うれ》しいか」

戦いのためにやらないといけないことは、戦いが始まる前からやってある。あとはそれがどれだけ通じるか、だ。

僕《ぼく》は机に座《すわ》って書類仕事をしつつ、地図を見下ろして立つソアラにそう応える。

「いまのところは、計算どおりに進んでる。敵の侵攻《しんこう》ルートは予測したとおり。アルマ地方行き。ただし兵数は……敵が１４０００にこっちは８０００。どっちも予定より多いな。再計算しておくか。輜《し》重《ちょう》隊の手配が終わったあとで」

「王室輜《し》重《ちょう》隊の先発隊は、早く送ってしまいたいですね。実際の運用経験を積み重ねたいですから。最適化はお願いしますね、ナオキさん」

最適化、というのは戦力配分以上に、積み荷の選択《せんたく》と輸送ルートについてだ。

なにをどこへどれくらい運ぶか。海路か陸路か。

海路なら、軍船と輸送船の割合を考えなければならない。この時代の海軍というのは、戦闘《せんとう》をさせるか輸送をさせるかで船自体のちがいは無いのだ。艤装《ぎそう》を変えるだけで、軍船にも輸送船にも振《ふ》り分《わ》けられる。

なので、敵の海軍力が高ければ護衛の軍船が増え、逆に輸送力を優先したければ輸送船を増やしてしまえる。

もともとある船の数にちがいは無いのに、それによって輸送力が大きく変わってくるのだ。

ちなみに直近の国に私掠船《しりやくせん》で襲撃《しゆうげき》されるファヴェールは、平時から輸送船団の半分くらいが護衛の軍船なくらいだ。

「最近、僕《ぼく》の仕事が増えてるよなあ。昼寝《ひるね》の時間が減るなこれは」

「お昼寝《ひるね》は戦争が終わってからお願いします。さもないと、首になってしまいますよ」

「それは物理的に？」

「はい」

×免職《クビ》になる。
○首になる。（物理）
「もっと他の選択肢《せんたくし》は無いのかよ!?」

「縛《しば》り首《くび》より斬首刑《ざんしゆけい》のほうが誇《ほこ》り高《たか》い刑罰《けいばつ》とされていますね」

「吊《つ》るされるか切り落とされるかの二択《たく》か。勘弁《かんべん》してくれ」

「そうですよね。ですから、負けないように頑張《がんば》りましょう！」

姫《ひめ》は拳《こぶし》を握《にぎ》って力説する。

僕《ぼく》らの前途《ぜんと》はそれほど明るくなかった。

まずは初戦で、計算が正しく機能しているかを知らないとならない。勝ってくれ。

負けた。

「砦《とりで》がひとつ陥落《かんらく》したらしい。……早すぎる。おかしい。攻《せ》めてきた敵数は報告によると200以下。……予定どおりの先鋒《せんぽう》なのに、予定日数の半分以下で砦《とりで》が落ちてるぞ」

いきなり、そんな幕開けで始まった。

報告書を読んでから姫《ひめ》に渡《わた》し、地図上の青いピンをひとつ抜《ぬ》いて、赤のピンに差《さ》し替《か》える。

「そんな……いったいなぜでしょうか。補強工事も終わっていたはず……もしや、まちがっていたのでは……」

報告書を読み進めるソアラが、表情を曇《くも》らせた。

「砦《とりで》に迫《せま》る敵兵に打ちかかって敗北し……占拠《せんきょ》されてしまった……？」

明らかにソアラの方針と食《く》い違《ちが》う負けかただった。

籠城《ろうじょう》を長引かせ続け、もしも完全包囲されたうえで食料などが無くなったら降伏《こうふく》してもいい。

そういうプランだったはずだ。

「原因は……ウィスカー侯爵《こうしゃく》です。騎《き》兵《へい》の突撃《とつげき》する隙《すき》を作るために、砦《とりで》から出撃《しゅつげき》して戦うように指示があった、とあります」

理解できない。

そういう顔をして、報告書の文面を何度も目でなぞるソアラ。

しばらくそうしていたが、やがてインクは勝手に書き変わらないことをようやく認めたらしく、羽ペンと紙を持ち出した。

「書状を送ります。ウィスカー侯《こう》に連絡《れんらく》をとり、みだりに兵を出さないようにとお願いしましょう」

「まあ、そうなるな」

口ではそう答えつつも、僕《ぼく》にはどうにも嫌《いや》な予感しかしなかった。

「アルビィの敵の進撃《しんげき》は止まらず。砦《とりで》は陥落《かんらく》。部隊は敗走し、砦《とりで》の守備兵６００人のうち、半数が戦死。半分が逃亡《とうぼう》——と。貴重な傭兵《ようへい》が。まずいな」

前回の報告から、大した日も置かずに次の報告が入ってきていた。

受け取った報告書を手にして読み上げながらピンを入《い》れ替《か》え、地図の隅《すみ》に置いたリストの数字を修正する。

「野戦でしたか、それとも、敵の攻城《こうじょう》兵器などがありましたか？」

戦場で働かされる記録官は働き者らしい。きちんとお互《たが》いの戦いかたも記載《きさい》されている。

僕《ぼく》は要約しつつ声に出して読み上げた。

「敵の野営地を夜襲《やしゅう》したところ、敵側も夜襲《やしゅう》を企図《きと》しており、乱戦にもつれ込《こ》んだ。騎兵隊《きへいたい》は打撃力《だげきりょく》と機動力で敵の包囲を突破《とっぱ》して脱出《だっしゅつ》し、大きな戦果を勝ち得たものの、そうこうするうち砦《とりで》は押《お》し寄《よ》せる敵と味方が入り交じって殺到《さっとう》し、あえなく陥落《かんらく》」

「……戦果、というのはなんですか？」

「敵兵300の撃破《げきは》。自己申告《しんこく》で」

「……そうですか」

暗い夜にどうやって倒《たお》した敵の数を数えたのか、真相は闇《やみ》の中という気がする。

ただ、そういう部分は問題じゃない。

僕《ぼく》たちが気になるのは、もっと違《ちが》うことだ。

「この砦《とりで》に敵が到達《とうたつ》してから二日しか稼《かせ》げてない。先駆《さきが》けの先陣《せんじん》2000相手なら、敵の援軍《えんぐん》到着《とうちゃく》まで耐《た》えられるはずっていう話だったのに……」

「ええ、ええ。そのはずでした」

赤くなったピンをじっと見つめながらソアラはそう答える。

「手紙が届いていなかったのかもしれません。複数の伝令に手紙を持たせます。何か誤解されている可能性もあります」

「それなら良《い》いな。次の報告書は、青いピンを差《さ》し替《か》えなくて済む」

ずぶり、と赤いピンが地図に差《さ》し替《か》えられた。

「ヘッジハム近郊《きんこう》に敵の船が上陸するのを発見。ただちに近くの砦《とりで》から兵を抽出《ちゅうしゅつ》し、敵が布陣《ふじん》を整えることを阻止《そし》するため、突撃《とつげき》。いったんは蹴散《けち》らすものの、オルデンボーは続けて船を寄せ援護《えんご》射撃《しゃげき》をする。動揺《どうよう》して傭兵《ようへい》たちが逃《に》げて、守兵が少なくなった砦《とりで》は攻撃《こうげき》に耐《た》えきれず陥落《かんらく》、だそうだ」

敵の船を地図の上で移動させ、攻撃《こうげき》された場所に置いておく。陸の支配地域も広がっている。

敵の勢力は基本的に二つだ。10000の本隊と、小分けにした船からの強襲《きょうしゅう》揚陸《ようりく》部隊。足が速いのは船を使って移動してくる小勢力で、攻城《こうじょう》兵器も持たない揚陸《ようりく》部隊を相手に砦《とりで》に籠《こ》もる兵が負けるというのは、あってはならない話だった。

それが、すでに3回も起きている。

「そうですか」

王女の返事は、もはやそれだけだった。

「……ソアラ？」

首を傾《かし》げて見つめるが、彼女《かのじょ》は少し俯《うつむ》いてなにかを考えているようだった。

「…………」

「……実はすごい怒《おこ》ってるだろ」

そう指摘《してき》すると、彼女《かのじょ》は人形のような唐突《とうとつ》さで立ち上がった。人形のように作り物めいた笑《え》顔《がお》で振《ふ》り返《かえ》り、こう言った。

「直接、話し合いに行きましょう。徴募兵《ちょうぼ》をいまいる限りとりまとめて、前線へ向かいます。人手が足りないので、ナオキさんも来てください」

「僕《ぼく》が戦場に？　べつにいいけど、あまり役に立たないぞ」

「ご謙遜《けんそん》しないでください。王室輜《し》重《ちょう》隊の状況《じょうきょう》をいちばん把握《はあく》しているのはナオキさんです。それに——信頼《しんらい》できる人が必要ですから」

暗にいまの前線が信頼《しんらい》できない、と言っているも同然の発言だった。

「了解《りょうかい》。敵が来たらきみの後ろにいることにする」

「ありがとうございます。それなら背中は刺《さ》されませんね」

「しまった。チキン発言が肉の盾《たて》宣言に」

戦況《せんきょう》だけではない理由でいろいろと不穏《ふおん》な予感がうずまく前線で働くことになった。大丈《だいじょう》夫《ぶ》だろうか？

徴募兵《ちょうぼ》1000の後陣《ごじん》とともに、僕《ぼく》とソアラは前線であるアルマ地方へと向かった。

戦《いくさ》の焦点《しょうてん》になっているアルマ要塞《ようさい》とアルマ港市街は、最終防衛ラインだ。南から進軍してくる敵を、地方一帯の砦《とりで》で食い止めるように指示してある。

第一次防衛ラインが次々と破られているのが現状だ。進軍を急ぐために、兵士を荷車で運ぶという荒《あら》っぽい方法を取ることになった。

食料その他の補給品は、国家最高権力者であるソアラ王女殿下《でんか》の特権で、進軍先の街から戦時特別税として徴収《ちょうしゅう》して賄《まかな》いつつ進む。荷物や輜重《しちょう》隊を同行させないことで、兵隊の移動速度を大幅《おおはば》に向上したのだ。

アルマ市街に到着《とうちゃく》するまでに敵と出くわしたら大変なことになったに違《ちが》いない。運良くそういったことにはならずに市街へ到着《とうちゃく》できたが。

市庁舎を仮の前進基地に据《す》え置《お》いたソアラはとり急ぎ現状把握《はあく》のための詳細《しょうさい》な報告と、ウイスカー侯爵《こうしゃく》の呼び出しを命じた。

いまは侯爵《こうしゃく》の到着《とうちゃく》を待ちながら、再び地図を広げてピンを刺《さ》し直したり到着《とうちゃく》までに変化した数字を置《お》き換《か》えたりしているところである。

その日も報告書を受け取って読みつつ歩いていると、市庁舎の廊下《ろうか》で声をかけられた。

「いままでに三箇所《かしょ》の砦《とりで》が敵に落とされた、と。支配地域の拡大で敵は略奪《りゃくだつ》を進めるから、そのぶんあっちには時間が増える。こっちのは減る。生産量がもっと詳《くわ》しく分かればいいんだけどな……」

「魔術士殿《まじゅつしどの》」

「ん？」

振《ふ》り返《かえ》ると、身なりの良《い》い痩《や》せた男が僕《ぼく》を見ていた。

「少しお聞きしたいことがあるのですが……」

歳上《としうえ》の彼《かれ》が敬語を使ってくるということは、貴族ではないのだろう。そう当たりをつける。

「聞くだけならなんでもどうぞ。答えられるかは内容によるけど。歩きながらでも？」

「も、もちろんです」

「じゃあ行こう。なんの用で？」

歩みを再開しつつそう訊《たず》ねると、彼《かれ》は声をひそめて言った。

「そのぅ……噂《うわさ》を耳にしたのです。『王女殿下《でんか》は敵に勝つつもりがない』と。それは本当でしょうか？」

僕《ぼく》の時代ならそれ機密漏洩《ろうえい》で噂《うわさ》の発信源は牢獄《ろうごく》入りだぞお前！　——と、怒鳴《どな》りつけたいのをこらえて、ため息を吐《は》くだけにした。

『エルデシュ数』という話がある。数学者同士の共著論文による結びつきにおいて、ポール・エルデシュという数学者とどれだけ近いかを表す概念《がいねん》だ。

簡単に言うと、「有名人と会うために何人の知人が必要か？」という数だ。ちなみにまったく知らない人でも6、7人くらいで有名人を引き当てることができる。

つまり、外国の王やその側近に関する話を聞くのに、そんなに多くの人間は必要無いのだ。オルデンボーの血船王とやらに手紙を届けることも、必要とあればできるだろう。

ともあれエルデシュ数からしても、評議会のだれかひとりがそう思っていれば、噂《うわさ》はひとり歩きしてしまう。

「あのな、どこの噂《うわさ》なのかは知らないけど、その悪質な噂《うわさ》を信じてるのか？」

「いえいえめっそうもない！　ただ、率いてきた兵隊さんは昨日まで農民だったような男ばかりですし、王室輜《し》重《ちょう》隊と名乗る者たちの中には、たくさんの外国人がいて……正直なところ、不安でして」

輜《し》重《ちょう》隊の人員は多くの外国人商人たちと、そのつてで集まった人員を多く受《う》け容《い》れている。

「いちばん不安な魔術《まじゅつ》士《し》に話しかけるのはいいのか？」

輜《し》重《ちょう》隊の副長権限を持っている僕《ぼく》は実質的にその怪《あや》しいやつらの頭領みたいなものなのだが。

「王女殿下《でんか》は気難しいかたであると昔からの評判で……わたしのような者が話しかけて、ご機《き》嫌《げん》を損《そこ》ねないかと少し不安でして……」

ちょうどその時に部屋に着いたので、扉《とびら》を開ける。

「話は終わりか？　終わりでいいよな。じゃあな」

「えっ⁉　あの、魔術士殿《まじゅつしどの》！」

「入るな」

慌《あわ》てて追いすがってくる男の胸に人差し指を突《つ》きつけて押《お》し止《とど》める。

「聞くだけ聞いてやっただろ。ついでに、魔術士《まじゅつし》も気まぐれで噂嫌《うわさぎら》いだって広めておいてくれ」

「ちょっ、待ってくださ――」

扉《とびら》を閉めて会話を打ち切った。

「……どうかしましたか？」

ソアラがきょとんとした顔で僕《ぼく》を見てくる。

「べつに。嫌《いや》な報告が来ただけだよ。最前線近くの砦《とりで》に送った王室輜重《しちょう》隊の先遣《せんけん》隊が戻《もど》ってきたんだ」

「なにかあったのですか？」

「公定価格で麦を売っていたら、傭兵《ようへい》隊の酒保商人とトラブルになったそうだ。それは予想してたけど、問題は砦《とりで》の指揮官が王室輜重《しちょう》隊を軽《かろ》んじて、よりによって輜重《しちょう》隊のほうを追い返したことだ」

その報告に、ソアラが目を見開いた。

「なんてことを……いったいどうしてですか？」

「輜《し》重《ちょう》隊は酒保商人たちの〝慣習〟を守らないからだ。ワイロを払《はら》わずに商売してるのが気に食わないらしい」

「そんなことをしている場合では……」

頭痛をこらえるように頭を押《お》さえるソアラ。気持ちはわかる。こちらで用意したすべての歯車が、うまく嚙《か》み合《あ》っていないのだ。

まるで世界そのものが悪意を持って、僕《ぼく》らを押《お》し潰《つぶ》そうとしているかのようだった。

歯を合わせない歯車は邪魔《じゃま》なだけ。他の大きな歯車がくしゃりと潰《つぶ》して、もとどおりに動く。

つまり——いままでどおり、強者《きょうしゃ》が弱者を虐《しいた》げるように。

その日の報告で、僕《ぼく》たちは次のピンを刺《さ》し替《か》えた。

敵軍は、最終防衛ラインの一歩手前まで近づいてきていた。

「僕《ぼく》は……僕《ぼく》たちは、このまま終わるのか？」

腕組《うでぐ》みしてそうならない方策を考える。が、もともと結論は出ている。

勝つことを諦《あきら》めて根負けさせる。戦う前からそれしかないと結論を出して、そうなるように準備をしてきた。

いまさら戦闘《せんとう》での勝利はつかめない。

「ナオキさん……」

「わかってる。まだ負けてない。諦《あきら》めるのは、決定的な土地を押《お》さえられてからだ。それまでは取り返せる可能性を捨てないで考えるさ。そうだろ?」

「決定的な土地、ですか」

「そうだよ。僕《ぼく》らはアルマとイエーセンさえ守りきれば、貿易ルートを守りきれる。敵にとって攻《せ》めやすいアルマ地方を渡《わた》さない。条件は悪くなった。それでも、ここから負けない方法を考える」

「まだ、ここから、ですか」

「まだ、ここから、だ」

地図をにらむ。

やりたいのは戦闘《せんとう》で勝つことじゃない。時《じ》間稼《かんかせ》ぎだ。

方法は必ずある。

「……わたしも」

「ん?」

ソアラが、手を握《にぎ》りしめて僕《ぼく》を見ている。

「わたしも、諦《あきら》めません。どんなことでもやってみます」

王命によって帰還《きかん》した騎兵隊《きへいたい》がアルマ市に入営したその日に、ソアラはとある有力者の家へと乗《の》り込《こ》んだ。

「失礼します。ようやくお会い出来ましたね、ウィスカー侯爵《こうしゃく》」

自ら扉《とびら》を開け放って室内に乗《の》り込《こ》み、ソアラは目的の人物と対面した。

「おお、姫《ひめ》様、いきなりのご訪問とは驚《おどろ》きましたな。どうされたかな」

白い髭《ひげ》をたくわえた顎《あご》をこすりながら立ち上がるウィスカー侯爵《こうしゃく》。

しかし、部屋にはもうひとり男がいた。白髪《しらが》で偉《えら》そうな僧服《そうふく》の痩《や》せた老人だ。顔に見覚えはあるが、どこで見たんだっけ。

「できるだけ早くお会いしたかったのです。――デュケナン大司教とご一緒《いっしょ》におられるとは思っていませんでした。お時間がかかるお話でしょうか？　出直しましょうか？　それとも、あと回しにしていただけますか？」

そうだった大司教だ。

しかし今日のソアラはなんか怖《こわ》い。さすが王族。必要とあらば押《お》しが強かった。

ゆったりと立ち上がった大司教は、そんなソアラ相手にも穏《おだ》やかな微笑《ほほえ》みを湛《たた》えたまま、首を横に振《ふ》って答えた。

「いえいえ、私めなどが話せることなど、大したことはありませぬ。この有事でもっとも頼《たよ》りになりそうな旧知の仲といえば、ウィスカー侯爵《こうしゃく》くらいしか心当たりがありませぬでな。年寄りはつい、古い友人を頼《たの》みにしてしまう。男同士で、戦《いくさ》の様子などを聞かせてもらっていただけでございます。……ウィスカー候、私めはこれで失礼します」

「ああ、そうだな。またな」

大司教が部屋から出て行ってから、侯爵《こうしゃく》に改めて歩み寄るソアラ。老貴族が鷹揚《おうよう》に応じた。

「姫《ひめ》、どうぞおかけください」

「いいえけっこうですウィスカー侯爵《こうしゃく》。お話があります。すでに伝令を何度も送っていますから、ご用件はわかっていると思いますが——戦の方法について、食いちがいがあるようです」

単刀直入に。まるで最速で剣《けん》を打《う》ち込《こ》もうとするかのように、ソアラは一直線に踏《ふ》み込《こ》んだ。

しかし、ウィスカー侯爵《こうしゃく》は彼女《かのじょ》の視線から逃《のが》れるように目を横へ向けて、もごもごと話す。

「その件だろうと思っておりましたが……あー……姫《ひめ》、戦《いくさ》とは生き物なのですな。現場でなにが起きるか、事前にはわかりませぬ。その場で臨機応変に対処するべきで——」

「地の利を生かす、というお話をしましたよね？　ウィスカー侯爵《こうしゃく》」

男の話を遮《さえぎ》って、ソアラは強い視線を相手に当てながら問《と》い質《ただ》す。

「しましたが……」

目を合わせようとせずに、座《すわ》り込《こ》んで言葉を濁《にご》すウィスカー。濁《にご》したその続きは〝納得《なっとく》したとは言ってない〟だろうか？

ソアラはため込《こ》んでいた意見を次々にぶつける。

「奇襲《きしゅう》や夜襲《やしゅう》も、敵に油断が無い時にするものではありません。砦《とりで》に拠《よ》って時間を稼《かせ》ぐことを、いちばんの目標にしていただくようお願いしたはずです。なぜ、そうも打って出ることばかり考えられるのですか？」

「……砦《とりで》で戦っても、手柄《てがら》は挙げられない」

「敵将の首などではなく、戦った時間こそが手柄《てがら》につながると思っていただきたいのです」

「それは姫《ひめ》の理屈《りくつ》だ。戦場の理屈《りくつ》は机の上ではわからんよ。……あなたには経験が無いからわからんのだ」

「ですが、その経験に従ったところで、実際に負け続けているではありませんか」

「だが戦い続けてもいる。弱兵は戦いで死ぬが、いま残っているのは激しい戦いを生き延びた精鋭《せいえい》だ」

「最初から数で負けている我々は、選《え》りすぐっている場合ではありません」

「劣勢《れっせい》であるからこそ、精鋭《せいえい》である必要がある。さもないと移動も満足になりませぬ」

「籠城《ろうじょう》戦に必要なのは、少ない精鋭《せいえい》よりも多くの人手です。時を稼《かせ》ぐことが肝要《かんよう》であると、なぜわかっていただけないのですか。そんなにも、死に急ぎたいのですか？」

そこでついに、ウィスカー侯爵《こうしゃく》が椅子《いす》を蹴立《けた》てて立ち上がった。

「敵を討《う》たずしてなにが戦士だ！　命を惜《お》しむばかりでなにと戦っているというのだ‼　華々《はなばな》しい戦いの中に散ってこそ、使命を果たしたと胸を張れる。そういうものだ‼

我々には命がけで戦《たたか》い抜《ぬ》いた男たちの、血と汗《あせ》で汚《よご》して磨《みが》き抜《ぬ》いた経験がある！　それを、紙の上で指先をインクで汚《よご》す程度がせいぜいの戦童貞《いくさどうてい》の言うことに、右往左往させられてたまるか‼」

部屋の調度品すら震《ふる》えるほどの大音声《だいおんじょう》だった。めちゃくちゃ怖《こわ》い。

しかし、正面からその怒声《どせい》を当てられたにもかかわらず、ソアラはまるで怯《ひる》むことなく、侯《こう》爵《しゃく》を見据《みす》えていた。こっちも怖《こわ》い。

「たしかに、決して華々《はなばな》しい戦いにはなりません。ですがそれをこらえて戦わねば、ファヴェールの未来が消えてしまうのです」

「その話がおかしいのだ。実際に戦いもせずに、見てきたようなことを言う。戦《いくさ》を数字に置《お》き換《か》えようなどと、馬鹿《ばか》げた話を誰《だれ》が信じられるか。数字？　計算？　兵数だの糧食《りょうしょく》だの——不利を覆《くつがえ》して栄誉《えいよ》を勝ち取った伝説は、いくつもある。

魔術士《まじゅつし》などに、戦った経験も直感も持たない小僧《こぞう》に、何ができる。戦《いくさ》とは人がやるものだ。我々がやるものだ！」

「いままでどおりでは、兵数の足りぬわたしたちは、奇跡《きせき》のような勝ちにすがることになります。……一度きりならそれでもいいです。ですが、この先何度でも勝ち続けることは、それではできません。この国を守る貴族として、より多く、より先までのことを考えてください」

「略奪《りやくだつ》される村を見捨てて時を稼《かせ》ぎ小勢を潰《つぶ》しては逃《に》げ回《まわ》り砦《とりで》に立《た》て籠《こ》もるのを、貴族の戦いだとは言えない……！」

ソアラがそれを聞いて、理知的なその目に鋭《するど》い光を灯《とも》した。ぞくりと、背筋に震《ふる》えがくるたぐいの光だ。

「『貴族の戦いではない』と、ええ、民《たみ》はそう言うでしょう。白い目で見られ、陰口《かげぐち》が扉《とびら》の向こうから漏《も》れ聞こえ、口にしない不満が視線の棘《とげ》となって肌《はだ》を刺《さ》し、心に仕《し》舞《ま》い込《こ》んで蓋《ふた》をしたそれら悪意が魂《たましい》を苛《さいな》んで、夜には毛皮に包まれても温められない底冷えする記憶《きおく》が蘇《よみがえ》って叫《さけ》び出したくなるでしょう。

それでも——すべてに耐《た》えて戦ってください」

過酷《かこく》なその言いようは、本当に容赦《ようしや》の無い要求だった。

ウィスカー侯爵《こうしやく》は顔に刻まれたあらゆるしわを歪《ゆが》めてしばらく姫《ひめ》と対峙《たいじ》していたが、ふいに、小さな嘲笑《ちようしよう》を漏《も》らした。

「…………はっ、わかった」

その言葉の意味がわからず、ソアラは首を傾《かし》げていた。

「？　何がですか？」

問われた侯爵《こうしゃく》が、両手を広げながら肩《かた》をすくめる。

「個人的な復讐《ふくしゅう》だろう。我々への」

なにを言われているのかわからない。そんな顔をしたソアラだが、侯爵《こうしゃく》は続ける。

「いままでのことを、やり返しているのだな。我々が陰口《かげぐち》を言っていたから」

それを聞いて、ソアラはため息をこぼし、目をつむった。

「……そうきましたか」

「長い間、我々があなたに恥《はじ》をかかせたと思っているんだろう。いま言われたようなことをされていたと思ってるんだ。だがそれは、逆恨《さかうら》みというものですな。尊敬を集めたければ、それなりの振《ふ》る舞《ま》いをするべきだ。

こんなふうに仕返しをするなど——まったく、馬鹿《ばか》げている！」

ソアラがゆっくりと目を開いた。ウィスカー侯爵《こうしゃく》を見つめる。

「…………」

「…………」

沈黙《ちんもく》したまま少しだけ見つめ合ってから、姫《ひめ》は静かにうなずいた。

「そうまで仰《おっしゃ》るなら、個人的な理由を取り除いてあげます。……何度も負け続ける指揮官は、必要ありません。ウィスカー侯爵《こうしゃく》、あなたはご隠居《いんきょ》なさってください」

「——は？」

「聞こえませんでしたか？　亡《な》き父と旧知の間柄《あいだがら》であることで、敗北者の汚名《おめい》を着せずにいました。しかし、もうあなたを庇っていられません。爵位《しゃくい》を返上して一線から退くことを命じます」

「…………な――」

しばらく目を見開いて震《ふる》えていたウィスカー侯爵《こうしゃく》だが、やがて歯を剥《む》いて机を蹴《け》り飛ばした。

「――ん、だと、この素人《しろうと》どもがぁっあああ!!」

上に載っていた水差しやらなにやらがけたたましい破砕《はさい》音を立てる。

そして、ソアラを振《ふ》り返《かえ》って、言った。

「――魔術《まじゅつ》などでは勝てない。それで負ければ、王の座を奪《うば》われるだけで済むとは思わないことだ。なぶりものにされて首を晒《さら》される。天上の国王陛下に会うことなく、地獄《じごく》へ落とされるだろうよ」

「……敗残の将は、世のすべてを呪《のろ》うと聞きました。そのとおりのようですね。失礼します」

耳を貸さずに、王女殿下《でんか》はさっさと退室してしまった。

「おい」

慌《あわ》ててソアラを追いかけようとした僕《ぼく》に、ウィスカー侯爵《こうしゃく》がそう声をかけてくる。

無視して背中から切りかかってきたらいやだし振《ふ》り返《かえ》るしかなかった。侯爵《こうしゃく》はじっと僕《ぼく》を睨《にら》みつけて、問《と》い質《ただ》してくる。

「……あれは姫《ひめ》の暴走か？　それとも、貴様も、私が悪いと思ってるのか」

息をゆっくり吸う。舌をもつれさせないように、鷹揚《おうよう》に答えた。

「もちろん、あんたが悪い」

「………失《う》せろ」

「じゃあ、これで」

喜んで退室した。緊張《きんちょう》から解放されて、廊下《ろうか》で待っていたソアラと一緒《いっしょ》に歩きだす。

数学的な視点から見て、侯爵《こうしゃく》がいないほうが勝率は上がる。そう信じているなら、あそこでイエスと答えるしかなかった。

しばらく足を進めてから、ソアラがつぶやいた。

「……ナオキさんは、わたしの味方をしてくださるのですね」

「僕《ぼく》は単純に、自分の信条に従ってるだけだ」

「ナオキさん」

「なんですかソアラさん」

思わず敬語である。先ほどの緊張《きんちょう》感をまだ引きずっているソアラはちょっと威圧《いあつ》感マシマシなので。

「わたしが直接、軍を率いて戦います。徴募《ちょうぼ》兵と騎兵隊《きへいたい》はわたしの配下です。直接指揮します。あなたは副将として、傭兵《ようへい》隊を率いてください」

「僕《ぼく》が兵隊を⁉」

「はい、お任せします」

輜重《しちょう》隊副長から、さらに大出世させられてしまった。


「あーあー、どうするかなぁ……」

僕《ぼく》はアルマ市街を囲む市壁《しへき》の塔《とう》の上にいた。

十数人ほどの兵士と一緒《いっしょ》に街を出て行くウィスカー侯爵《こうしゃく》の姿を見下ろして、ひとりごとをつぶやく。

「将軍なんて僕《ぼく》にできるもんなのか？」

というか実際になにをすればいいのか、想像が難しい。

なので、仕事のやりかたを教えてくれそうな人物を呼んでいた。

「よォウ、待たせたな。あんたが新しい大将かい？」

どことなくうさんくさい雰囲気《ふんいき》の少し禿《は》げた男が現れる。剣《けん》と外套《がいとう》を身に着けた士官らしい恰好《かっこう》をしている、三十後半くらいの人物だ。

うちの――ファヴェール王国の雇《やと》った傭兵隊長《ようへいたいちょう》である。たぶん。呼んだのは隊長さんのはず。

「成り行きで将軍になったんだ。初めまして。そっちは、傭兵隊長《ようへいたいちょう》で間違《まちが》いない？」

うさんくさいんだが。

「もちろんそうだ。でなけりゃァこんなところまで男に会いに来るもんか。で、新しい大将が来て侯爵殿《こうしゃくどの》が隠居《いんきょ》させられたってェのは、本当なのか」

「順番が逆だ。侯爵《こうしゃく》が隠居《いんきょ》したから、代わりが僕《ぼく》だ。ほら、侯爵《こうしゃく》はいま出ていってる」

「……言うとおりみてェだな」

塔《とう》の胸壁《きようへき》に肘《ひじ》をついて下を確認《かくにん》した男が、こちらに顔を向けて言う。

「なァ、戦争は終わっちまったのか？」

「まさか。まだ始まったばかりだ。明日からも戦ってもらわないと」

「ああそうかい。そりゃ良かった」

安心した、みたいな言いかたをする。

これはあれなのだろうか。ウィスカーさんの言ったとおり、命をかけて戦いまくるのが生きがいですし戦士、みたいな考えを持ってるんだろうか。

「やっぱり傭兵《ようへい》はみんな戦いたいのか？」

「あン？　なんでそんなことを訊《き》く？」

不思議そうに聞き返される。

「教えてあげよう。僕《ぼく》は傭兵《ようへい》に詳《くわ》しくない。それに戦争も初めてだ。注意しておかないといけないことはいまのうちにはっきり教えてくれないと、かんちがいしたまま命令するぞ」

隊長は複雑そうな顔をした。

「ふン……？　まっ、雇《やと》い主《ぬし》だしな。わかったはっきり言っとく」

意を決したふうにそうつぶやいてから、首を横に振《ふ》る。

「俺《おれ》たちは給料が欲《ほ》しいだけだ。戦《いくさ》が終わったら仕事が無くなる。戦争は続いてほしいが戦いは避《さ》けたい。だらだら続くのがいちばんいい」

意外な意見だった。

「もっとこう、蛮族魂《ばんぞくたましい》に溢《あふ》れてるかと思ってたよ。日ごろ命がけじゃないと飢《う》えが満たされないぜー、みたいなの」

「『小市民のみじめな生活を捨てて、いますぐ傭兵《ようへい》になろう！　自由な戦士として戦い、冒険《ぼうけん》の見返りに大金を手にするのだ！』ってか？　そういう謳《うた》い文句《もんく》をする傭兵《ようへい》隊もあるし、俺《おれ》たちも若いのを誘《さそ》う時は武勇伝のひとつふたつ聞かせるさ。

でもな、血に飢《う》えたようなのは最初の戦闘《せんとう》で死んじまう。生き残るのはひねくれた野郎《やろう》かずる賢《かしこ》い野郎《やろう》だけさ」

「ふうん……ちなみに、あんたはどっちだ？」

「いまのは最前線のやつらの話だ。俺《おれ》は落ちぶれても貴族だぜ？　両方に決まってるだろ」

傭兵《ようへい》隊を率いるのは数百人もの兵隊を集める資本と地位を持ってる人間、つまり領地を持たなくても爵位《しゃくい》を持つ貴族ばかり。という話は聞いていたが、まるでそう見えなかったので忘れていた。

「なるほど。賢《かしこ》いあんたにもうひとつ、正直な意見を聞きたい。指揮官がだれでもいいか？　僕《ぼく》みたいなのでも」

「へたな戦いかたでなけりゃア、誰《だれ》だっていい。指揮官のやることなんて簡単さ。どこで戦うかと、攻《せ》めるか守るか。それだけ決めてくれりゃ、あとは俺《おれ》たちが創意工夫《そういくふう》する。あんたはどしーっと構えてればいい」

「……それは遠回しに『余計なことすんなよ』ってことでいいかな」

「大将にそんな言いかたはしねェよ」

両手を広げて笑う隊長だが、否定しない。つまり内容はそういうことで合ってるらしい。そんな傭兵《ようへい》の話に、僕《ぼく》はだんだんと希望を見出《みいだ》していた。

「じゃあ、あとは敵の戦いかたについても教えてもらおうか」

「なア、話が長くなるなら、どっかあったけえところに行かないか？　外で突《つ》っ立《た》ったままじゃなくてもいいだろ。だいたい、なんでこんなところに呼び出したんだ」

「ふたりきりのほうが正直な話《ぶっちゃけトーク》がしやすいからさ。大勢の前で『僕《ぼく》は素人《しろうと》なんですどうすればいいですか』なんて言ったら変な噂《うわさ》が広まるし、そっちだって『戦いたくない』って直接的な言いかたは避《さ》けただろ。それじゃ効率が悪い。僕《ぼく》は効率的なことが好きなんだ」

その説明に、傭兵隊長《ようへいたいちょう》が口《くち》の端《は》を吊《つ》り上《あ》げて笑った。

「あんたなら生き残れるクチだ。兵隊になりたかったらおれのところに来いよ。歓迎《かんげい》するぜェ？」

「あー……両手で槍《やり》を持てる男を見たら、誰にでもそう言って勧誘《かんゆう》すればいいんだな？」

僕《ぼく》だけにそんな誘《さそ》い文句をしてるわけじゃあるまい。

傭兵隊長《ようへいたいちょう》はにやりと笑った。

「そういうことさ。楽な仕事だろ」

戦場は傭兵《ようへい》だらけってことは、若者を騙《だま》してその気にさせる悪党だらけってことらしい。困ったもんだ。

――ちょっと楽しくなってきた。

「侯爵《こうしゃく》を見送ってきたよ。やれやれ、これで本当に僕《ぼく》らが直接戦わないとならないな」

「まったく、ゆゆしき事態です」

市庁舎に戻《もど》った僕《ぼく》に答えたのは、蒼《あお》い胸甲鎧《きょうこうよろい》を着てホイールロックガンを構えるソアラだった。乗馬用の裾《すそ》の長い外套《がいとう》などを着て、武装完了《かんりょう》している。

「やる気まんまんかよ！」

背中には長銃《じゅう》を腰《こし》には短銃《たんじゅう》を吊《つ》っていて、さらに机の上には馬の鞍《くら》に装着するタイプがさらに2つほど置いてある。あと火薬壺《つぼ》や弾丸《だんがん》も。

「おい弾《たま》入れてないよなその銃《じゅう》？」

「剣《けん》は使えませんが、これなら扱《あつか》えます。馬上槍《やり》より遠くから攻撃《こうげき》できますから、騎兵《きへい》を率いても戦えます」

「弾《たま》は？」

「できるなら騎兵隊《きへいたい》の全員に装備させたいくらいです。護身銃《じゅう》は高価で数が少なくて、全員分を揃《そろ》えるのは無理でした」

「……ぜったいトリガー引かないでくれよ」

妥協《だきょう》してしまった。だって目が本気なんだもの。

まあ、ここまで銃《じゅう》で武装していれば近寄りたくはなくなるか。

「銃《じゅう》もいいけど、傭兵隊長《ようへいたいちょう》に話を聞いてきたから、具体的な行動について話をしないか？」

そう言うと、ソアラはきょとんとした目で振《ふ》り向《む》いた。

「ナオキさんは、戦《いくさ》について詳《くわ》しいのですか？」

「ぜんぜん。だけどきみが指揮官やれって言ったんだろ。やりかたくらい調べてくるよ」

「それでは、できるのですか？」

「そこが問題だ。任命したのはきみだ。やれと言われればやるが、僕なりにやることになる。

——つまり、数学を使うしかない」

「……銃《じゅう》ではなく数字で戦うのですか？　ナオキさんのぶんの銃《じゅう》も用意しましたよ？」

鉄と油の匂《にお》いがぷんぷんする銃《じゅう》を差し出される。

だが、首を横に振《ふ》ってそれを断っておく。

「銃《じゅう》は置いといてくれ。戦ってる間は腰《こし》に飾《かざ》っておく。けど、まずはこっちだ」

周辺の地図を取り出して机の上に広げる。

四隅《よすみ》をピンで刺《さ》して留《と》めながら、銃《じゅう》をどかして紙と羽ペンと石筆と炭と、それに道具をいくつか用意する。

「さて、敵は僕《ぼく》たちの最終防衛ライン手前まで軍を進めてきた。進軍を急いだせいで、支配地域は少しいびつだ。アルマ市街と海側にあるアルマ要塞《ようさい》を囲んでどう攻《せ》めるにしろ、問題は補給だ。残してきた砦《とりで》のうち、どこかひとつが機能しなくなれば補給線が断《た》たれる。一方、こっちには備蓄《びちく》も海上補給路もまだ残ってる。この状況《じょうきょう》でやるべきことは？」

「方針は変わっていません。防衛あるのみです。敵の部隊を長く食い止めて、戦いに負担をかけます」

「いいとも。それが戦略。僕《ぼく》たちの基本方針だ。そしてここからは戦術の話をしよう。どうやって方針どおりの結果を取ってくるか、だ」

「どうするのですか？」

銃《じゆう》から地図へと意識を移しつつあるソアラに、僕《ぼく》は答える。

「簡単さ。この街から出撃《しゆつげき》して、敵を撃破《げきは》する。つまり、逆襲《ぎやくしゆう》に出るんだ」

「それは無理だという話で大将をすげ替《か》えましたよね⁉」

ソアラがびっくりして声をあげた。

どうも話を急ぎすぎたらしい。

「言いかたが悪かったな。出撃《しゆつげき》するけど、戦いはしない」

「……どういうことですか？　最初から、ゆっくり説明してください」

「つまりだ。まず部隊を分ける。防衛部隊と出撃部隊《しゆつげき》だ。難しいこと考えずにとにかく防衛するだけなら、アルマ要塞《ようさい》にいる評議会の貴族にもできる。だからアルマ市の防衛は彼《かれ》らに託《たく》す。しかし、きみと僕《ぼく》は土地に慣れてて詳《くわ》しい徴募《ちようぼ》兵と騎《き》兵《へい》を率いて、進軍する敵の本隊を迂《う》回《かい》して側面の砦《とりで》に進駐《しんちゆう》する」

机の上にあった筆台を兵隊に見立てて、街の上に置く。そこからすすすと移動して横の砦《とりで》に陣取《じんど》った。

「このまま敵がアルマ市を攻撃《こうげき》し始めたら、横腹を突《つ》くことができる。敵にとってそれはいやだ。だから、先にこちらを潰《つぶ》しにかかる」

火薬壺《つぼ》を北上させてアルマ市壁《しへき》へ攻勢《こうせい》に出る。そこへ筆台が側面を叩《たた》いた。火薬壺《つぼ》は方向を変えて側面の砦《とりで》へ向かう。

「もし敵が僕《ぼく》たちを攻撃《こうげき》するために移動したら、こちらもさらに移動する。できれば国境方面に向かうのがいいな。敵が追ってくるなら、防衛するべきアルマ市街からは後退する形になる。そうすれば、戦わずに移動するだけで敵軍が退いていくことになる」

　筝台が国境方面へ行くと、火薬壺《つぼ》はそれを追ってどんどんアルマ市から遠ざかっていった。

「どうかな？」

　顔を上げてソアラを見ると、王女はぱちぱちと目をまばたかせて、小さな顎《あご》に指を当てて考《かんが》え込《こ》んでいた。

「兵数に劣《おと》るわたしたちが別働隊を作って、どうするのかと思いましたが……敵を引き回そうということですね。妙案《みょうあん》です」

「ふはは、敵はきみという国家最高権力者を追って、無駄《むだ》な時間を過ごすことになるぞ」

「……あの、それはもしわたしが捕《つか》まったらどうなりますか」

「敵の勝ちなので捕《つか》まらないように」

　無駄《むだ》どころか最短で負けが確定する。あっさり言い切った僕《ぼく》に、ソアラが困った顔をした。

「仰《おっしゃ》ることがめちゃくちゃです」

「やめとくか？」

「いいえ。この状況《じょうきょう》では最良の策です。もちろん、実行するのはかまいません。ですが……敵に追いつかれないようにするのは、ひと苦労ですね」

「そうでもないさ。こっちもあっちも徒歩の輜重《しちょう》隊に合わせて動いてる。ということは、基本的に騎兵《きへい》以外は移動速度は同じだ。気をつけるのは道を間違《まちが》えないことと、偵察《ていさつ》隊の配置だけだよ」

「どのくらいで敵がこちらに来るかを把握《はあく》するのは、経験の浅いわたしたちでは難しくありませんか？」

「それなんだけどさ、傭兵隊長《ようへいたいちょう》に聞いたときも不思議なことを言っていた。いや、僕にとっては不思議なこと、かな。かんたんな問題を解いてくれないか。

人の移動速度は歩きで1時間に4㎞。砦《とりで》までは40㎞。さて、何時間かかる？」

ごく簡単な問題だ。それこそ、現代日本なら小学生でもわかるだろう。

しかし、

「速度、が、1時間に4㎞……？　速度……？　『メートル』とは長さの単位でしたよね？」

ソアラは首を傾《かし》げる。思った通りだった。

「それだ。そういう反応で思い出した。数学史的に距離と時間の関係は、新しいんだよな。やり始めたのが落下時間と速度について研究したガリレオ・ガリレイ。速度と加速度を摑《つか》む物理学の道具として数学を積極的に取《と》り込《こ》んだのは、アイザック・ニュートン。幸運なことに、敵《てき》や周辺国に歴史に名を残す大天才はまだ生まれてないらしい。もし生まれてても、ニュートンってコミュ障で引きこもりだったから、まだ知られてないのかな。人類史上トップクラスの数学者のくせに『プリンキピア《論文》』を発表したのが理論を発見してから二〇年後の四〇代後半だ。頭おかしいと思う」

「あの？」

きょとんとした姫《ひめ》の眼差《まなざ》しに気づいて、話を戻《もど》す。

「あー、ごめん。とにかく、きみが言ったとおり向こうは経験から得た〝感覚〟でやるわけだ。軍の移動にはこれくらいの時間がかかる。これくらい離《はな》れた場所に村がある。どこそこに向かうなら何日間かかる。しかし、僕《ぼく》らは〝計算〟で同じことをする。――する方法があるんだ」

いつしかソアラは身を乗り出して食い入るように僕《ぼく》を見つめていた。

顔が近い。

「この戦《いくさ》は〝感覚〟で敵の攻勢《こうせい》に対処をするのではなく、〝計算〟で有利な未来を選び続ける。――そのような戦いかたをする、ということですね？」

「そうだ。騎士《きし》とか将軍とか、戦《いくさ》を生《い》き抜《ぬ》いた人間には直感で最善を選び取れるんだろう。でもな、逆に言えば直感が必要なんだ。直感をもたらすものはなんだ？　――目にするもの、耳にするもの、つまり感覚的な刺激《しげき》であり〝いまそこにある世界〟だ。僕《ぼく》らは彼《かれ》らよりひとつ先の〝いずれそうなる世界〟を計算する」

「理性的な認識《にんしき》で世界を見る……でしたね」

ソアラがそうつぶやいた。どうやら、初めて会った時のことを思い出したらしい。

「そうだ。――数学は、時を超《こ》える。明日の敵がどこにいるのか、計算するんだ」

「……計算なら、わたしだって血船王にも負けませんっ」

握《にぎ》りこぶしを作って意気込《いきご》むソアラ。

「その意気だ。というわけで、はいこれ」

僕《ぼく》は地図と一緒《いっしょ》に持ってきた道具をソアラに差し出した。

「コンパスと、分度器……？」

ちなみに磁石じゃなくて円を描《えが》くためのコンパスだ。

「地図を使うならそれが定番だろ？　僕《ぼく》は幾何学《きかがく》は専門じゃないけどね。移動可能な範囲《はんい》を円で、移動するべき方角を分度器で測れる。

そういう道具を使えば自分がどこにいるか、行ったことのない場所でも地図上で把握《はあく》できる。

……まあ、これは地図がきちんとした縮尺でできていればの話だけど」

「ここは貿易港ですから、沿岸部だけなら貿易商たちが正確な海図を作成していたと思います」

「そいつはいいね。取り寄せよう。まずは地図の作成。そして計算の確立。定式化する数値を決める。敵がこちらへ進軍してくるまでに、できるかぎり精度を上げよう。移動しながら距離《きょり》を測ってさらに細かくしていく。その作業が進めば進むほど楽になるはずだ。

――僕《ぼく》らは戦って勝つんじゃない。紙の上で、負けないところから始めるんだ」

「『勝つ者は勝ってから戦いを求め、負ける者は戦ってから勝ちを求める』ということですね？」

「なんだそれ？」

ソアラが口にしたことわざっぽい言葉に首を傾《かし》げる。姫《ひめ》は銃《じゅう》を置いてペンを手に取り、微笑《ほほえ》んだ。

「兵法書《へいほう》で読んだ一節です。——戦争は始まる前までが、、、、勝敗を分ける。そんな意味の言葉でした。武具を持つ前にペンを取る。それがわたしたちのやりかたでしたね。忘れかけていました」

「ひどいな。忘れないでくれよ」

「気をつけます。それでは、お手伝いしますから、まずは時間と距離《きょり》と速度の求めかたから教えてください」

椅子《いす》に座《すわ》って一礼したソアラ。ようやく、いつもの光景に戻《もど》った気分である。

さて、必要になりそうなのはまず三角関数、sin《サイン》,cos《コサイン》,tan《タンジエント》。それに『速さ＝距離《きょり》÷時間』の公式からか。

「『はじきの法則』か。……懐《なつ》かしい」

ふと、隣《となり》に置かれたホイールロックガンを見てしまう。銃《ハジキ》——うん、ダメだな。ウケそうにはない。口に出すのはやめておこう。

「銃《ハジキ》の法則……？」

「僕《ぼく》は思いとどまったのに姫《ひめ》が！」

ということで、僕《ぼく》らの戦争はやはり机の上から始まり——そして、あっという間に開戦した。

徴募兵《ちょうぼへい》2000。傭兵《ようへい》1000。騎兵《きへい》500。さらに輜重《しちょう》隊が1000人ほどで、合計約4500人もの人間がぞろぞろと街道《かいどう》を歩いて進む。

もちろん僕《ぼく》もその集団の中にいる。いちおう大将扱《あつか》いなので歩きではなく馬をもらって、数mほど高い視点でそれを見ていた。

「うおお……」

「落ち着いて。背筋を伸《の》ばして、足の力をもっと抜《ぬ》いてください。腰《こし》の骨を鞍《くら》に合わせるようにして……そう、骨です。手綱《たづな》を馬の頭の動きに合わせて、柔《やわ》らかく……お上手ですよ」

「がが頑張《がんば》ってるからな！」

「力を入れるとバテてしまいますよ。今日は一日ずっと乗るんですから」

ちなみにいまめちゃくちゃ必死である。馬に乗ったことなんて無いからな！

口取り付きで小一時間ほど歩かせて乗るのに慣れてから、自分で手綱《たづな》を取って歩かせている。

なぜか？　王女様命令だよ。「ひとりで乗れるようになってくださいね」とか笑顔《えがお》で言われた。可愛《かわい》い顔してこういうところ容赦無《ようしゃな》い。

「戦争がこんなにもつらいものだとは……!!」

「そのセリフは早くねェかい大将。まだ戦ってもいないぜ」

速歩で後ろから追いついてきた傭兵隊長《ようへいたいちょう》のおっさんが話しかけてくる。もちろん向こうも馬に乗っていた。

「うるさいよ。僕《ぼく》のことより、言ったとおりの仕事をしてくれ」

「ちゃんと部下にやらせてる。なんなんだあの妙《みょう》なやつらは」

「エイルンラントの王立科学アカデミーの人たちだ。海図を見せてくれって海運組合にお願いしたら、なぜか海図と一緒《いっしょ》に研究員がついてきた。土地の測量をしたいらしい」

「戦争中に国境付近でか？」

「国境付近でやりたかっただけで、戦争中にやりたかったわけじゃないと思うけどね。ともあれ、砦《とりで》の尖塔《せんとう》とかに立ち入る許可だけで僕《ぼく》の仕事を手伝ってくれるって言うんだ。護衛くらいしてあげたくもなる」

行軍しながらなので大急ぎでやることになるが、街道《かいどう》の長さを測りながら進むにはどうしても人手が欲《ほ》しかった。それが思わぬところで手に入ったのである。傭兵《ようへい》たちに護衛させて、あちこちの道や丘《おか》の上に送《おく》り込《こ》んでいる。

「普通《ふつう》はそういう場所はスパイが来る。だからいれねェんだよ。エイルンラントが攻《せ》めて来る時に、その地図が使われるぞ。測量とやらも、てきとうな数字だったらどうすんだ？」

「向こうが使ってる地図がわかるなら、こっちにとっても便利だろ。それにてきとうな数字だったらてきとうだってわかるよ。人間はランダムな数字を選べないからね。必ず不自然な数値になる。そうしたら職務怠慢《たいまん》だってケツを蹴《け》ってやればいい」

おっさんは変な顔になった。

「数字が偽物かどうかわかる、だァ？　……あいつらも妙《みょう》なやつらだが、うちの大将もたいがいだなこりゃァ」

「おっと、上司の悪口を言ったら査定に響《ひび》くぞ？」

「ウチの田舎《いなか》じゃァ、歳下《としした》の上司は悪く言うのが流行《はや》ってってなァ」

「そんなのは僕《ぼく》の田舎《いなか》だけでじゅうぶんだ」

「ヘッ。じゃあなァ、大将」

ドッドッドッ、と馬の足音を速歩のリズムにして傭兵隊長《ようへいたいちょう》が去っていく。

「……ずいぶん、親しくなったのですね」

意外そうにソアラが言ってくるので、僕《ぼく》は肩《かた》をすくめた。

「僕《ぼく》の基本方針は戦いを長引かせることだ。細く長く戦いたい傭兵《ようへい》たちとは利害が一致《いっち》してる。だから方針転換《てんかん》されないように、多少の頼《たの》みごとを聞いてくれるってだけだよ」

「そのまま聞き続けてくれるようにしたいところです」

「まったくだ」

「大将、敵軍がこっちに向かってきてるって報告があったぜ。どうする？」

砦《とりで》に到着《とうちゃく》して4日後、さっそくそんなことを言われた。

ソアラと一緒《いっしょ》に地図を作り直す手を休めずに答える。

「前の報告どおりに船でやってきた先陣《せんじん》の歩兵だけなら、攻城《こうじょう》兵器どころか騎兵《きへい》もいない。砦《とりで》を攻略《こうりゃく》する手立ては少ない。門の監視《かんし》と偵察《ていさつ》の強化に気をつけてくればいい。あと、防御《ぼうぎょ》陣地《じんち》の構築な。しっかり監督《かんとく》しておいてくれ」

「この砦《とりで》は、最後には捨てるんだろ？　そんなに力入れる必要あるのかよ」

「それは最後の話だよ。こっちには素人《しろうと》のほうが多いんだ。土塁《どるい》とか柵《さく》とか、人に頼《たよ》るより防《ぼう》御壁《ぎょへき》に頼《たよ》ったほうがずっと頼《たの》もしい」

「そうか。わかった」

「ああそうだ、土木作業が嫌《いや》がられてるって話な。土木当番には輜重《しちょう》隊で通用する酒の配給券を配ることにした。それと、土木仕事を悪く言った兵を注意するように。もし懲《こ》りずに陰口《かげぐち》が多かったら給料を減らすから、伝えておいてくれ」

「うわ、アメとムチかよ。いよいよ大将らしくなってきたじゃねェか」

「僕《ぼく》は権力を積極的に使うタイプなんだ。よろしくー」

「へぇへぇ」

傭兵隊長《ようへいたいちょう》を見送ってから、地図に目を戻《もど》す。

思ったよりも地図は正確だった。せいぜい地形を書き足して街道《かいどう》の形を整えるくらいだ。

「ふうむ……これなら、もっといろいろ計算ができるかな」

口から悪巧《わるだく》みが漏《も》れ出てくると、ソアラがきらりと視線を投げてきた。

「次はなにをなさるのですか？」

なんかわくわくしてませんか王女殿下《でんか》。

「大したことじゃない。嫌《いや》がらせだよ。もしも敵軍がこの砦《とりで》を攻略《こうりゃく》するために布陣《ふじん》するなら、近くの村で略奪《りゃくだつ》をするはずだ。移動可能な範囲《はんい》を割り出して、他から孤立《こりつ》するような場所に行く部隊の通り道に先回りしておけば」

「略奪《りゃくだつ》部隊を殲滅《せんめつ》できますね」

ぽん、と手を打ってソアラが僕《ぼく》の言いたいことを先回りした。うなずいて同意する。

「略奪《りゃくだつ》部隊は１００もいないはずだ。それなら、騎兵《きへい》を分けて襲《おそ》わせてもまだ余裕《よゆう》で勝てる」

「はっはァ、大漁だぜ大将！　やつら酒保商人と一緒《いっしょ》に来てやがった！　総取りだ！」

出撃《しゅつげき》から帰ってきた傭兵隊長《ようへいたいちょう》のおっさんを迎《むか》えると、血で鎧《よろい》を汚《よご》したまめちゃくちゃいい笑顔《えがお》をされた。目の前まで来て馬を降りて、後ろからぞろぞろとついてくる荷物満載《まんさい》の馬車を指差す。

「見てくれよアレ！　酒保商人の中によ、おれたちが負けそうだからって向こうに寝返《ねがえ》った野郎《や》《ろう》がいたんだ！　強欲《ごうよく》な奴《やつ》で、分捕品《ぶんどりひん》をいの一番に取引するためにくっついてやがった。そこに、ドーン！　おれたちの登場だァ！　全部巻き上げてやったぜェ‼」

「わかったわかった。血生臭《ちなまぐさ》いよ」

機嫌《きげん》良く肩《かた》を叩《たた》いてくるおっさんを振《ふ》り払《はら》って、荷車のほうを見る。

行きは人を載《の》せて素早《すばや》く移動させ、帰りはこうして物資満載《まんさい》で帰ってくる。何度か見た光景だ。読みが外れた時は人を移動させただけ無駄《むだ》になるが、

「2つめも当たりか。3つめが空振《からぶ》りでも元は取れるな」

「3回目もあるのか？　また稼《かせ》がせてくれるなら大歓迎《だいかんげい》だぜィ」

にやにやしながら横に立つおっさん。

僕《ぼく》は肩《かた》をすくめた。

「ここで粘《ねば》りすぎると敵の本隊が追いついてきてぐるっと囲まれる。この砦《とりで》でぎりぎりまで戦っても、まだ目標の時間まで稼《かせ》げない。あとはもともといた守備兵に任せたいね。分捕品《ぶんどりひん》を全

部置いて、糧食《りょうしょく》が無くなるまで粘《ねば》ってもらう」

「ンだよ、慎重《しんちょう》だな大将。それに全部置いてくのか？　もったいなくねェのかい？」

「ぜんぜん。ここで欲をかくと負ける。そのほうが大損だ」

「じゃあいま言ってた〝3つめ〟ってのは？」

「ここを離《はな》れても同じことをするってことさ。敵が略奪《りゃくだつ》部隊を遠くに回したら、確実に潰《つぶ》す。2回やって2回とも当たりだった。的中率が50％以下ならこうはならないはずだ。その修正をしてるところだよ。

3回目どころか、戦争が続いてチャンスがある限り、10でも20でもあるってことだ」

「ふゥん……まあいいさ。ついてくぜ、大将。稼《かせ》がせてくれるんだろ？」

「できるだけな」

拳《こぶし》を持ち上げて差し出してきたので、しかたなく僕《ぼく》も拳《こぶし》を作って打ち合わせる。——って力強いな!?

「期待してるぜェ！」

笑いながら立ち去っていくおっさん。

まったくこの時代は本当に怖《こわ》い。

敵から奪《うば》った分捕品《ぶんどりひん》に群がる商人たちの中に、普通《ふつう》に女子供——酒保商人たちの中についてきた傭兵《ようへい》たちの妻子とかがいる。

女たちがわらわら寄ってきて、きゃあきゃあ言いながら商品を目利《めき》きし、この荷車の権利は誰《だれ》それだとか言い争ったり、子どもたちは嬉《うれ》しげに母親に渡《わた》される物を受け取る。まるで市場だ。いや、すでに傭兵《ようへい》と酒保商人と王室輜《し》重《ちょう》隊が入り乱れて競《せ》りをしたりしてるので本物の市場になってるのかもしれない。

いつの間にか隣《となり》にいたソアラがそんなことをつぶやいた。僕《ぼく》は少し呆《あき》れつつ言う。

「あら、盛況《せいきょう》ですね」

「やってることは合法的な強盗《ごうとう》団なわけだけどね」

「酒保商人の輜《し》重《ちょう》隊から奪《うば》ったものだそうですから、普通《ふつう》なら強盗《ごうとう》です。合っていると思いますよ」

「普通《ふつう》じゃないのが戦争か」

〝略奪《りゃくだつ》していい〟という大義名分があれば戦争ができる。

ファヴェールがオルデンボーに襲《おそ》われて、他の国が弱ったこの国をさらに攻《せ》めようとしないのは、大義名分が無いからだ。

酒保商人についても、傭兵《ようへい》隊という荒《あら》くれどもと契約《けいやく》を結んでいるから、襲《おそ》われない。契約《けいやく》を破って裏切った商人には、略奪《りゃくだつ》をしても傭兵《ようへい》たちはなにも罪に問われない。だから襲《おそ》った。

人間全てが奪《うば》い合《あ》いに参加したくてうずうずしてるんじゃないかと疑いたくなってくる。

「戦争っていうのは、つくづく嫌《いや》なもんだな。長引かせたくないっていう気持ちもなんかわかってきたよ。……あの騒《さわ》ぎを見る限り、そう思ってるのは僕《ぼく》だけかもしれないけど」

「勝っている時にそう思える人は、あまりいませんから」

王室輜《し》重《ちょう》隊に雇《やと》われた商人たちや傭《よう》兵《へい》の酒保商人たちは、略《りゃく》奪《だつ》品の荷《に》解《ほど》きに喜々として取《と》り掛《か》かっている。

僕《ぼく》は戦争を特別なものだと思っていた。だが、ちがった。戦争はこの時代では生活の一部なのだ。だからそこに経済が生まれるし、略《りゃく》奪《だつ》にも正当性が問われ、契《けい》約《やく》を破った酒保証人はああして裏切られた傭《よう》兵《へい》に出くわして制裁をくらったりする。

そこにためらいはない。

僕《ぼく》はといえば、おっさんの手を汚《よご》していた血が僕《ぼく》の指にも移ってきたことに、少し怯《ひる》んでいたり。あの荷物もこの血も、だれかのところからやってきたのだと思うと罪悪感が。

「……大《だい》丈《じょう》夫《ぶ》ですか？」

「ソアラ」

震《ふる》える指先が乾《かわ》いた紙に包まれ、ていねいに拭《ふ》き取《と》られる。

ソアラがきれいな紙とその細い指で、くしくしと血を拭《ぬぐ》い取《と》ってくれていた。

「戦争というのは、災害のようなものです。いつか、必ずどこかを襲《おそ》う災《さい》厄《やく》です。このあたりの村は慣れています。略《りゃく》奪《だつ》品は腹いせで家を焼かれない程度に残し、財産を街に手《て》際《ぎわ》良く運んで避《ひ》難《なん》しているでしょう。

そして——敵とは、戦う以外に選択肢《せんたくし》がありません。わたしがそう命じていますから」

諭《さと》すように手《て》の甲《こう》をそっと叩《たた》いて、大きな瞳《ひとみ》が見上げてくる。

言外に「つらかったら、わたしのせいにしていいですよ」と、そう言われているような気がした。

どうも気を遣《つか》わせたらしい。

「……心外だな。僕が暗殺者を撃《う》ち殺《ころ》してきみを助けたのを忘れたのか？　あのときと同じで、いまはやらないとやられるだけだ」

目の前で銃《じゅう》を向けてきた相手に引き金は引けても、見えないところで行われる戦いに人間的になりたがっているだけだ。実際は、距離《きょり》があるだけであの時と変わっていない。

撃《う》ち込《こ》まれたのは別の弾《たま》でも、引き金を引いたのは僕《ぼく》の指。僕《ぼく》の意志だ。

「そうでしたね。ナオキさんはいつも頼《たの》もしい人です。差し出がましくてすみませんでした」

無理やり笑う僕《ぼく》の強がりを、ソアラはうなずいて認めてくれた。

手が離《はな》れていく。

「しまった。もう少し落ちこんだふりしとくべきだったか」

指をわきわき動かしつつ言うと、ソアラが眉《まゆ》を上げた。

「あら、もっと慰《なぐさ》めたほうがよろしいですか？　どうぞ」

腕《うで》をぱっと広げて微笑《ほほえ》まれる。完全な受《う》け容《い》れ体勢だった。

「……恥《は》ずかしいからやめておきます」

さっきからちらちらご婦人がたの視線が飛んでくるわけですよ。

「ふふふ、チキンゲームならわたしの勝ちですね」

勝者の笑《え》みを浮《う》かべる姫《ひめ》様だった。


移動する。待《ま》ち伏《ぶ》せする。略奪《りゃくだつ》する。たまに逆襲《ぎゃくしゅう》までする。

そのすべてを机の上で計算して、寝《ね》る直前まで——いや、起きた直後に新しい視点での考えが思《おも》い浮《う》かんでいるのだから、寝《ね》てるときさすら考えてるかもしれない。

それくらい、僕《ぼく》は敵軍と自軍との距離《きょり》を計ることに神経を尖《とが》らせていた。

敵がアルマ市に向けて進軍すれば前進して、こちらへ反転してくるなら後退する。

やがて敵は沿岸部へと移動し始めた。船なら陸の移動よりずっと速いし、なにより、略奪《りゃくだつ》品を横から奪《うば》われる危険が少なくなる。

それはつまり、こちらは内陸では自由に動き回るだけの支配地域を取《と》り戻《もど》したということだった。

敵の船の移動速度は、徒歩の兵隊に合わせないといけないこちらよりずっと速い。しかし、帆船《はんせん》は動力船とは違《ちが》って、いつでも好きなように動かせるというわけではない。特に沿岸部で夜中に帆走《はんそう》すれば、すぐに座礁《ざしょう》してしまうのだという。そんなに自由な移動方法でもない。

では、報告される敵の位置と予想される移動範囲《はんい》。攻撃《こうげき》可能なのはどこまでなのか。

考え続けては答えを出して、戦い続けていた。

とはいえ、だんだんと楽になっている。理由は簡単。傭兵《ようへい》たちは稼《かせ》がせてくれる相手には素《す》直《なお》になるし、馬に乗るのも毎日毎日やっていれば慣れてくる。

そして、ソアラがめきめきと数学的な理解を深めていくからだ。

「わたしたちはミニマックス戦略でまず点数をつけます。つまり〝想定される最大の被害《ひがい》が最小になる〟ほうが点数が高くなるのですね。成功したときのことを考えるのはそれからです。それから期待値を求めます。最後に相手側にとっての利益と損失も計算して、それをペイオフマトリクスにまとめます。

どうですか、考えかたとしては簡単ですよね？」

「すみませんが、なに言ってるかわからねェです。訊《き》いたおれがマズっちまいました」

おっさんがあとずさりしていく。自分たちが戦う場所を決める方法を教えてほしいと言われてソアラが答えたのだが、途中《とちゅう》から目が泳いでいた。

「王女殿下《でんか》はきちんと考えて成果を出してるってことだ。わかったら、この前教えた整列と行進の練習を続けてくれ。きみら兵隊のくせに〝前へならえ〟もできないって、驚《おどろ》いたよ」

行軍を早くするためのいくつかの工夫《くふう》を兵隊たちに覚えてもらっていた。

兵隊がみんな団子になってぞろぞろ歩きするので、ちゃんと列を作って歩けるように団体行動のための号令を取り決めたのだ。と言っても、日本人にはおなじみの〝全体集合〟〝小さく前へならえ〟〝二列行進〟とかである。

「あァ、あれね。おかげで歩きやすくなってますぜ、大将」

「戦闘《せんとう》待機と土木当番と訓練待機。ちゃんと全部見回ってくれよ、現場指揮官殿《どの》」

「へいへい。了解《りょうかい》しゃァしたァー」

おっさんはすごすごと退散した。

部屋にふたりきりに戻《もど》ってから、僕《ぼく》は肩《かた》をすくめる。

「ソアラは優秀《ゆうしゅう》だな。どんどん教えられることが少なくなっていきそうだ」

「そんなことはありません。わたしは最近、どうして平面である地図に描《えが》いたものが、実際世界の土地に当てはめられるのか、という基本的なことをたまに疑問に思いますから」

「……って言うと？」

「地図を見るときに、わたしたちは縦軸《たてじく》と横軸《よこじく》のXY座標で点を求めますよね？　しかし、そもそもXとYはただの直線であるはずです。地図上のどこでもX点とY点に対応するのであれば、長さの異なる線分上に同じ数の点があるということになりませんか？」

「……わお」

長い線分Xと短い線分Yがあるとして、その線分上にある無限個の実数は一対一対応であり、線分Xと線分Yの点の数は等しい。

　これは数学においても19世紀にドイツ人数学者ゲオルク・カントールが提唱した『連続体仮説』につながる考えである。これを証明した数学者はフィールズ賞を取ったくらいの、数学的な発見だ。

「やっぱり、変な考えですよね？」

「そんなことない。そのとおりなんだ。ソアラは本当に優秀《ゆうしゅう》だよ。集合論とか純粋《じゅんすい》数学をやるべきなのかもな。僕《ぼく》は応用数学のほうに傾《かたむ》いてるけど」

「……変なことでは、ないんですか？」

「もちろんだ。きみはすごいよ。集合論に興味があるなら、この戦争が終わったら僕《ぼく》が知ってるかぎりのことを教えてあげたいね」

「ええっと……そうですね。興味はあります。ただ、わたしはやっぱり、こうやって分析《ぶんせき》したり予測したりが好きですけれど」

「情報数学か……パソコンがあればな。いろいろすごいことができたのに」

　いまや関数電卓《でんたく》が最大にして唯一《ゆいいつ》の計算機である。

　僕《ぼく》のベイズ推定エクセルファイルコレクションとか見せて喜んでくれる奇特《きとく》な女子に会えたのかもしれないのに。

「ふふ、良《い》いじゃないですか。やることはたくさんあります。ひとつひとつ片付けましょう」

「……ま、地道にやるしかないよな」

「戦争を終わらせるのが楽しみになってきました。わからないことがあって嬉《うれ》しいだなんて、初めてです」

そう言って笑うソアラに、僕《ぼく》は照れくさくて正直には言えなかった。「話していてこんなにも楽しい相手は、きみが初めてだ」とは。とてもとても。


——楽しんでいる間に、口にしておけば良かった。


「大将、殿下《でんか》……伝令が、ありますぜ」

見せたことのない神妙《しんみょう》な表情で、傭兵《ようへい》のおっさんがその日に告げたことは。

「イェーセン河口のエーゼンブルグ要塞《ようさい》が、陥落《おと》されました」

決定的に、それまでの努力を無に帰す報《しら》せだった。

「待てよ……イェーセン河口だって？　それはたしか、ずっと東のほうじゃなかったか⁉」

それも、戦略的にかなり重要な地域だったはずだ。なぜなら、

「そうです。ファヴェールの唯一《ゆいいつ》の、外洋への貿易ルートです……一年だけでもそこを塞《ふさ》がれれば、ファヴェールの経済は破綻《はたん》してしまう……！」

「あそこが陥落《かんらく》したら、ここでどんなに戦っても負けるぞ！」

顔色を失って青ざめるソアラは、報告書を読みながら信じられないという表情をしていた。

「なんでだ⁉　敵はこのアルマ地方に兵隊主力を送《おく》り込《こ》んでいたはずだ！　難攻不落《なんこうふらく》の要塞《ようさい》を、短期間で攻《せ》め落《お》とせるほどの増員があったのか⁉」

計算外の出来事だった。敵軍の規模からして、これ以上の援軍《えんぐん》や増員は無いはずだった。

イェーセンはたしかに戦略的に重要な場所で、警戒《けいかい》はしていた。だが、アルマ地方に侵攻《しんこう》してきた敵兵力からすれば、別の地域を同時に攻略《こうりゃく》するほどの兵はいないはずだったのだ。

「……オルデンボーの兵隊は、1000程度であったそうです」

ソアラは沈痛《ちんつう》な顔をして、そう言った。僕《ぼく》を見て、

「ウィスカー侯爵《こうしゃく》が……彼《かれ》が……敵に寝返《ねがえ》って、要塞《ようさい》の門を開いた……そうです……。要塞《ようさい》に1500人の兵隊を連れて、援軍《えんぐん》だと言って内部に入《はい》り込《こ》んで……」

「まさか、こんなことになるなんて……」

苦しそうに、そう言った。

「……くっ、そっ、があっ！」

椅子《いす》を摑《つか》んで壁《かべ》に向かって投げつける。八つ当たりだ。

へし折れた椅子《いす》の脚《あし》ががらがらと床《ゆか》に転がる。

怒《いか》りのあまりやってしまった所業を咎《とが》めることもなく、ソアラが僕《ぼく》に言った。

「急いで王宮に戻《もど》り、評議会を招集します。……敗戦処理のために」

「敗戦……負けたのか、僕《ぼく》たちは」

口に出して気分の良《い》いものとは、けっして言えなかった。

歯を食いしばりつつ現実を言葉にした僕《ぼく》に、ソアラは静かに言う。

「はい。世界は……変えられませんでした……」

つかつかと歩いていき、地図を両手で摑《つか》んで。

「――――っ！！！」

姫《ひめ》は全力でそれを引《ひ》き裂《さ》いた。

○第四章　世界の求めかた

「……どうしますか、殿下《でんか》」

「イエーセンのエーゼンブルグ要塞《ようさい》が陥《お》ちた。敵はじりじりと支配地を広げている。アルマ要《よう》塞《さい》もいまは持《も》ち堪《こた》えているが、いつまで戦えるかは……」

「戦《いくさ》を長引かせればそれだけ戦費が増える。イエーセンは我《わ》が国《くに》の経済を支える鉱山の輸送路でした。ここを押《お》さえられたまま傭兵《ようへい》たちを働かせ続ければ——いいえ、傭兵《ようへい》がいなくとも、国庫の破綻《はたん》は避《さ》けられませぬ」

「早急《さっきゅう》に和睦《わぼく》するしかないな。決まっている」「賠償《ばいしょう》金を求められるぞ。いや、それ以前に相手に引く気があるかもわからん」「交渉《こうしょう》に応じず、奪《うば》い尽《つ》くしてから、さらに賠償《ばいしょう》金をふっかけられるか」「それでは我々は終わりだ」「どうするのだ」「どこか別の国に仲介《ちゅうかい》役を頼《たの》むのはどうだ？」「そんな人脈があるか？」「見返りを求められるぞ。貿易優先権を求められたらどうする。関税を吊り上《あ》げられてしまう」「あれは合法的な搾取《さくしゅ》だ」

「どうする」

「どうする？」

「………デュケナン大司教です」

「は？」

わたしの言ったことに、ものすごく意外そうな顔をした評議会のかたがたが振《ふ》り返《かえ》ります。

つい力の無いため息を吐《は》き、できることを話します。

「デュケナン大司教を頼《たよ》るより他はありません。生前の国王陛下と彼《かれ》は親しくしていました。そして、オルデンボーの領内にも、彼《かれ》の教区があります。血船王とも面識があるはずです。……誠《まこと》に不本意ですが、彼《かれ》に仲介《ちゅうかい》を頼《たの》み、どうにか和睦《わぼく》のための協議をオルデンボーに持ちかけるより他はありません」

「おお」

「なるほど、そのとおりですな」

「それでは、殿下《でんか》、さっそく彼《かれ》に連絡《れんらく》を――」

「それには及《およ》びません。すでに書状を送りました。教会はすぐに対応してくれるでしょう」

彼《かれ》らの反応はわかりきったものでした。わたしがやりたくないことほど、賛成されるのです。ですから、もはや王宮に戻《もど》るよりも先に手は回しておきました。

「平和条約がどのような条件になるか、おそらく、そうとう分の悪いものになります。戦時賠《ばい》償《しょう》金をまかなうためには、特別債券《さいけん》の発行に貨幣《かへい》の切り下げ、割当税の強制徴収《ちょうしゅう》……どの程度なら支払《しはら》えるか、準備と算定をお願いします」

おそらく、彼《かれ》らのはじき出す金額よりかなり高くなると思います。

「デュケナン大司教が和睦交渉《わぼくこうしょう》を向こうに伝えるまで、どれくらいかかるかわかりません。引き続き、アルマ要塞《ようさい》の防衛を続けるには……」

話している途中《とちゅう》で、扉《とびら》が開きました。使用人が小走りにわたしのところに来て、告げます。

「デュケナン大司教がお越《こ》しです。お通ししてよろしいでしょうか？」

まるで見計らったかのようなタイミングに胸騒《むなさわ》ぎを覚えながら、わたしはうなずきました。

「わかりました。どうぞお通ししてください」


「ようこそお越《こ》しくださいました、デュケナン大司教」

「この老骨がお役に立つとあるならば、いつでも馳《は》せ参《さん》じますとも。殿下《でんか》」

いつものようににこやかに、その老人は現れました。

「それで、さっそくですが、オルデンボーとの和議は可能なのでしょうか？」

「ええ、その件ですな。お耳にしてございます。私めの身に余る大役なれど、名高き血船王に心を尽《つ》くしてお話をしたところ、どうにか和睦《わぼく》を受け容《い》れていただくことができました。——

四年間の休戦協定を約定していただけましたとも」

それを聞いて、評議会は色めき立ちます。

「それはありがたい！」「さすがは大司教殿《どの》だ」「休戦をはねのけられるかとひやひやした」

しかし、わたしはそれだけではまったく安心できませんでした。

「では、和睦《わぼく》の条件はいったいなんでしょうか？」

重ねて問《と》い質《ただ》すと、デュケナン大司教はすっと目を細めて、告げます。

「エーゼンブルグ要塞《ようさい》とイェーセンの割譲《かつじょう》。そして、戦時賠償《ばいしょう》金としてフィセター銀貨40万枚、だそうでございます」

「よ——40万枚⁉」「イェーセンの割譲《かつじょう》だと⁉」

その金額と条件は、このまま最後までファヴェールが戦《たたか》い抜《ぬ》き、ぎりぎりでアルマ地方を守《まも》り抜《ぬ》いた時に失うものと、ほぼ同じでした。

イェーセンを出口とする貿易が王室にもたらす利益は、鉱物資源だけでも年間でフィセター銀貨5万枚です。それを失ったうえに40万枚など、どう考えたところで支払《しはら》いきれるものではありません。

「そのような要求、とても呑めるものではありません。もう少し、条件を緩《ゆる》めてはいただけませんか？」

わたしの質問に、デュケナン大司教は髭《ひげ》を撫《な》でつけながら困ったような顔をします。

まるで、子どものわがままを聞いた、とでもいうように。

「さて……私めにはこれが精一杯《せいいっぱい》であり申します。……ですが、それで兵を退いてくださる、と申されておりますゆえ。エーゼンブルグが陥落《かんらく》し、アルマ要塞《ようさい》も失うは時間の問題と、私めの遠くなった耳にも聞こえてきています。このままいたずらに時を過ごされては、略奪《りゃくだつ》が横行し、国土が痛めつけられるだけでしょう」

「それは……」「ううむ……」

うなり声のような評議会員たちの悩《なや》む声が満ちていきます。負けを認めて賠償《ばいしょう》金を払《はら》うのか、最後まで戦《たたか》い抜《ぬ》いて損害を未知数にしてしまうのか。

それを天秤《てんびん》にかけねばならないほど、状況《じょうきょう》は悪くなっているからです。

「しかし——救いを求める民《たみ》が増えることは、私めも本意ではありませせぬ。せめて……せめて、そうですな、イエーセンからの撤退《てったい》および賠償《ばいしょう》金の減額を、この年寄りから懇請《こんせい》いたしましようか」

「お、おお！」「まことでありますか!?」

にわかに緩和《かんわ》された条件に、議会は飛び上がらんばかりに喜色を浮《う》かべます。デュケナン大司教は、男たちの視線に鷹揚《おうよう》に答えました。

「あちらとて、最初から満額払《はら》われるとは思っていないでしょう。これは値段交渉《こうしょう》の駆《か》け引《ひ》きと、まだ戦い続けたい血船王の意向を汲《く》んだ、オルデンボー議会の提示額ですからな。

どうにか礼を尽《つ》くして説得しますれば、15、よくすれば20万枚の減額は、けして不可能ではありませぬ。ただ……そうまでするのでしたら、私めら教会にも、ファヴェールからの誠意を見せていただきとうございます」

「……誠意、とはなんですか？」

仲介料《ちゅうかい》を求められているのです。値引き額の3分の1など、条件をつけるのでしょう。

デュケナン大司教は、わたしを見て、告げました。

「ファヴェール王家に召《め》し上《あ》げられました司教領を、お返しいただきとうございます」

「――――」

甘《あま》い考えでした。

父上が教会から取《と》り込《こ》んだ特権と領地の返還《へんかん》。これでは――教会からの侵攻《しんこう》を受けているも同然です。

「そ、それは、無茶な……」

さすがに評議会からもそんな意見が出てきます。

しかし、デュケナン大司教は彼《かれ》らに向けて慈悲深《じひぶか》い笑《え》みを差し向けました。

「教会領は国の領土とは別でございます。ファヴェールに動乱の炎《ほのお》が燃え広がる時には、救いもたらす光として、あらゆるかたがたに主の恩寵《おんちょう》を分《わ》け与《あた》えましょう。神殿騎士《しんでんきし》らは、日頃《ひごろ》より鍛錬《たんれん》を積んで、動乱にも備えておりますゆえ」

「む、う……」「それは……」「いやしかし」

いかにも敬虔《けいけん》な言葉で飾《かざ》っていましたが、暗に〝司教領があればファヴェールで反乱が起きた時に貴族の逃《に》げ込《こ》む土地になる〟と──大司教は、そうほのめかしていました。

頼《たよ》りにならない王室ではなく、教会の味方になるように、ということです。王室だけを攻めることで議会に内応させる、巧妙《こうみよう》な手でした。

もはや黙《だま》りこくる評議会から視線を切って、デュケナン大司教はいかにも沈痛《ちんつう》そうな目をわたしに向けました。

「私めのできる、精一杯《せいいつぱい》の平和への架《か》け橋《はし》でございます。殿下《でんか》、どうぞご決断くださりませ。天上の国におわす我らが父のため。どうかその身を冥府の底へ投げ込むがごとき行いはしませぬことです」

その、言葉を聞いて。

わたしの脳裏《のうり》に、父上の声が蘇《よみがえ》りました。

『お前は父を天上の国ではなく、冥府《めいふ》の底へ投《な》げ込《こ》もうとしているのだぞ！』

天上の国。地獄《じごく》。

ウィスカー侯爵《こうしやく》は、そう言っていたのに、父上は──〝地獄《じごく》〟とは言わず、そう対比していました。

『デュケナン殿が教えてくださった。やつは、とんでもないことをしております！』

商人を集めたあの日、そう憤慨《ふんがい》していたウィスカー侯爵《こうしゃく》。

彼《かれ》が裏切るためには、オルデンボーと打ち合わせが必要なのに——こんなにも短期間で、裏切りを決意させるほど確実な約束を取り付けられるのは。

父上の死期をどうしてオルデンボーが悟《さと》っていたのか。彼《かれ》らと通じる人脈を持つのは。

絶えずわたしを監視《かんし》していたのは、監視《かんし》できたのは、誰《だれ》であったのか。

それは——

「——あなたはッ！」

思わず机を叩《たた》いて立ち上がったわたしを、大司教と貴族たちの冷ややかな目が突《つ》き刺《さ》します。

「……どうしましたかな？」

大司教が、とぼけた顔でそう聞き返してきます。

ホルスターからおもむろに銃《じゅう》を抜《ぬ》いて、その顔へと向けて引き金を引く——

「……『冥府《めいふ》の底へ投《な》げ込《こ》む』とは、ずいぶん怖《おそ》ろしい言葉です」

——そんな夢想が、一瞬《いっしゅん》だけ頭をよぎりました。

もちろん、ここは戦場ではありません。銃《じゅう》を持っていませんし、持っていたとして、いきなり銃弾《じゅうだん》を浴びせることなど、許されないことです。

ただし、

「わたしは最近、同じ言葉を言われたことを思い出しました」

鉛《なまり》のように重く粘《ねば》ついた事実を、彼《かれ》に告げました。

「あれは、あなたから聞いたのでしょうか？」

——その一瞬《いっしゅん》だけ、デュケナンは表情を消しました。

針のように細くなった目が、わずかな間を置いて穏《おだ》やかさを取《と》り戻《もど》します。ですが——わたしには、その一瞬《いっしゅん》だけ見たものでじゅうぶんでした。

「さようでしたか。大変失礼しました、どうやら老境の口が過ぎたようですな。歳《とし》を取るとついあれこれ言いたくなってしまう。……ご気分を害されましたら、お許しくだされ」

慇懃《いんぎん》に頭を下げてすら見せるデュケナンに、わたしもまた、感情を抑《おさ》えて告げます。

「……いまはあまり聞きたくありません。用件が終わりましたら、お下がりください。それとも、なおも我《わ》が国《くに》を切り取らんとする要求がおありですか？」

「いいえ、いま述べたもので全てでございますとも。……姫君《ひめぎみ》はどうやらご機嫌《きげん》を害されたご様子。今度こそ、失礼いたします」

「大司教」「大司教閣下」「デュケナン殿《どの》、お待ちを」

貴族たちが雀《すずめ》のようにわめく声を無視して、僧服《そうふく》の老人は評議会の部屋から出ていきました。

「………………」

あとに残されたのは、貴族たちの気まずそうな沈黙《ちんもく》だけ。

「……姫様《ひめ》」

「なんですか？」

「和睦《わぼく》を受け容《う》れ《い》るしかありません。我々が生き残るには、デュケナン大司教の言うとおりにするより他にはない」

いかにも親切そうな声で、彼《かれ》はそう言いました。

ひとりが言い出せば、またべつのかたが言います。

「姫様《ひめ》。まずは生き延びることを考えましょうぞ。世の中には生まれた地を逐《お》われても他国にて生き延び、機を見て故国を奪還《だっかん》した王もおります。我ら一同も、尽力《じんりょく》いたしますゆえ」

「そうです」

「姫様《ひめ》」「殿下《でんか》」「ご決断を」「王女殿下《でんか》」

さざめく会議場で、わたしは指をひとつ立てました。

彼《かれ》らが静まります。

「……まだ、和睦《わぼく》はいたしません」

告げた内容に、爆発《ばくはつ》するような叫《さけ》びが上がりました。

「「「──姫《ひめ》様!!」」」

「今日はこれまでです。もう一度、今日のことを練り直したら、会議を開きます。その時に決定するとしましょう」

いまにも摑《つか》みかかられそうな雰囲気《ふんいき》だったので、わたしは急いで議会を解散にしました。

……そうできるのも、もう最後になるでしょう。

小走りに王宮の廊下《ろうか》を抜《ぬ》けて、脇《わき》の小部屋に入り、扉《とびら》を閉めてから──大きく、息を吐《は》き出《だ》しました。

「もう、終わり……ですね……」

すべてが、そう示していました。

○

この国は負けた。

それを認めるだけの計算は、とっくに終わっていた。

なにをどうやったところで逆転など望めない。久しぶりに家に帰ってきて壁《かべ》の地図に数字やピンをびすびす差《さ》し込《こ》みまくった僕《ぼく》は、もはやそれを認めざるをえなかった。

始めて1時間と経《た》たずにその結論が出ていたのに、昼をすぎてしまうまで僕《ぼく》はそれを見つめたままでいた。考え尽《つ》くして、頭が真っ白になって、もうなにも絞《しぼ》り出《だ》せなくなって……それでようやく、盛大《せいだい》なため息を吐《は》くことができた。

諦《あきら》めたのだ。未練がましく策を考えることを。

つい、ひとりごとをつぶやく。

「結局、僕《ぼく》はこの世界でも……役立たずだったか」

それを認めたくなくて、悪あがきのように計算していたのだ。しかし、事実っていうのはいつでも残酷《ざんこく》だ。地図を見て、もう一度ため息をつく。

「勝ちたかったなぁ……」

無念に思いつつそうつぶやく。それぐらいしかやれることが無いからだ。姫《ひめ》からはもうなにも仕事を振《ふ》られていないし、会議にも出なくていいと言われてしまった。

ソファにどっかり座《すわ》り込《こ》んで力を抜《ぬ》くと、ここ最近の疲《つか》れがどっと押《お》し寄《よ》せてきた。

やがてぬかるみにはまりこんでいくかのように、ずぶずぶと眠《ねむ》りの中に意識が沈《しず》んでいった。

「ナオキさん……ナオキさん……」

さわさわ、と、なにかが頬《ほお》を撫《な》でている。それにこの声。

僕《ぼく》を訪ねてきたソアラが起こそうとしているのだろう。触《ふ》れる指先の感触《かんしょく》が優《やさ》しすぎてくすぐったい。

「う、わかったよ……起きるから……って——あれ、暗いな？」

目を覚ました僕《ぼく》だが、予想に反して部屋の中は暗かった。てっきり、朝だと思ったのだ。なぜなら、

「まだ、夜更《よふ》けですから」

そう言って微笑《ほほえ》むソアラが、ここにいるからだ。

暗殺者に襲《おそ》われた彼女《かのじょ》である。夜道を帰らせるのはたとえ護衛がいても危ないし、ぎりぎりにでも日暮れ前に帰すようにしていた。

そのソアラが、夜でもこの家にいる。

……ああ、そうか。戦争が終わってるんだから、暗殺の危険はもう低いのか。

「こんばんわ。ソアラ。……こんな時間に、どうしたんだ？」

「こんばんわ、です。……ええ、その、少し、ナオキさんとお話したいことがあって、来ちゃいました。その……わたし、ひとりで」

「ひとりで？　夜中にひとりで出歩いたら危ないだろ」

「いえ、明るいうちに来ましたよ？」

「そうか、それなら……って、ちょっと待ってくれ。つまり、暗くなるのをわざわざ待ってから、僕《ぼく》を起こしたのか？」

「よくお眠《ねむ》りでしたし……その、暗くなってからのほうが、いいかな、って思ったのです」

「？　そうか」

目をそらしながら変なことを言うソアラ。

立ち上がるために力を入れたところで、掛《か》け布が体を包んでいたことに気づく。どうやらソアラが寝《ね》かせておいてくれたというのは、本当らしい。

ということは、もうとっくに評議会は終わっているのだろう。

僕《ぼく》はソアラに訊《たず》ねてみた。

「それで結局、敗戦処理をどうするのか、決まったのか？」

「……それは、とても残念な結果に終わりました」

表情を曇《くも》らせてそう答えたソアラ。思わず釣《つ》られて眉根《まゆね》が寄ってしまう。

敗戦は僕《ぼく》に関わりの無い話ではない。僕《ぼく》だっていちおうは大将で、前線を右に左に歩き回っていたのだ。しかも、決定的な要因であるウィスカー侯爵《こうしゃく》の離反《りはん》――その未来を予測することすらせずに、隠居《いんきょ》命令を支持した。

もしもあそこで「姫《ひめ》の決定だから従う」とでも言っていれば、侯爵《こうしゃく》は王女殿下《でんか》が魔術士《まじゅつし》に操《あやつ》られているとは思わなかったのではないだろうか。

いまさら遅《おそ》いことだが。

「じゃあ、和睦交渉《わぼくこうしょう》は失敗したのか？」

「いいえ、条件付きで和睦《わぼく》は可能です。ただし……今日は本当に、ひどいことがわかったんです。聞いてください」

「聞かせてくれ」

そしてソアラは説明してくれた。

オルデンボーの議会は血船王の意向を尊重し、銀貨40万枚という無理難題を吹《ふ》っかけてきたこと。

それを支払《しはら》う手立てがまったく皆無《かいむ》であること。

そして——国王陛下の病状にぴったり合わせた侵攻《しんこう》や、侯爵《こうしゃく》が裏切るのにどの人脈が使われたのか、という謎《なぞ》がすべて解けたことを。

「大司教が……まさかそんなことをしてるとはな。目的は教会領を奪《うば》い返《かえ》すことか。こうまで用意周到《しゅうとう》っていうことは、ずっと準備してたんだろうな」

「父上にわたしやナオキさんの行いを『神に背《そむ》く邪悪《じゃあく》な魔術《まじゅつ》』だ、と吹《ふ》き込《こ》み続けたのでしょうね。過去を後悔《こうかい》していた父上の心を乱して……卑劣《ひれつ》な輩《やから》です」

「それで、どうする？　銀貨40万って言ったら、王室の年間予算の5分の1だろ。払《はら》ったら財政破綻《はたん》するし、領地を返還《へんかん》したら収入が減ってやっぱり王室が破産する」

すでに借金をして回している状態の王室予算に、40万枚の上乗せをすればトドメにしかならない。

賠償《ばいしょう》金を払《はら》って平和条約を結んでも、商人たちから高利で借りた借金を返すために重税を課すことになる。しかも、イェーセンが割譲《かつじょう》されれば、貿易ルートの半分が潰《つぶ》されて王室の収入は激減してしまう。そんな負担を補塡《ほてん》し続けられるわけもなく、平和条約が終わるころには国内はぼろぼろになっているだろう。

もしかすれば、その頃《ころ》には戦争どころか反乱を扇動《せんどう》するだけでファヴェールという国を潰《つぶ》すことさえできるような状態かもしれない。

「そのことですが……実は、もう決めてあるのです。フィセター銀貨200枚を持ってきました」

「ふむ、それで？」

なにをするんだろうか。

そう思った僕《ぼく》に、ソアラは言った。無念そうに。

「お支払《しはら》いをお約束した報酬《ほうしゅう》の残りです。……ナオキさん、それを持って、今夜中にこの国から逃《に》げてください」

一瞬《いっしゅん》、なにを言われたのかわからなかった。

「……なんだって？」

「戦《いくさ》に負けて、家臣たちの心は離《はな》れています。それだけではなくて――王室を教会に攻撃《こうげき》されてしまいました。……もう、どうしようもありません。それは、ナオキさんもわかっているのですよね？　だって、新しい策をご提案されませんから」

「……そうだよ。手詰《てづ》まりだ。なにも思いつかない」

思いついてたらもう言ってる。ソアラもそれをわかっているのだろう。

「わたしは負けてしまいました。近いうちに諸侯《しょこう》がわたしへ反旗《ひるがえ》を翻すこともあるでしょう。わたしは王座を奪《うば》われて処刑《しょけい》されるか、無理やりに和睦《わぼく》案を呑まされるか……。どちらにせよ、そうなった時にナオキさんを庇《かば》い立《だ》てすることができません。ですから、逃《に》げてください」

反論できなかった。

名目上とはいえ将軍扱《あつか》いでいた僕《ぼく》だ。敗戦処理の中で「あの魔術士《まじゅつし》に責任を取らせろ」という事態になった時は、敗残者として処刑《しょけい》されてもおかしくない。というより、すでにその話題が上がっていないことがおかしいくらいだ。

「……戦争にかまけ過ぎた僕《ぼく》のせいだな。あの戦争が負ける公算が高いことはわかってた。だから時間稼《じかんかせ》ぎをしてた。

僕《ぼく》はその稼《かせ》いだ時間で、負けた時にどうするか、ということも考えるべきだったんだ」

未来というのは都合の良《い》いことからではなく、可能性が高いことから起きる。

それをわかっていたのに、僕《ぼく》は負けた時にどうするべきかという当たり前の想定をせずにいた。だから、いざ負けてどうするのか、それを計算する時間が無くなっている。

ソアラは薄《うす》く微笑《ほほえ》んで首を横に振《ふ》った。

「わたしたちのどちらのせいかなど、それはいいのです。ナオキさんがいなければ、わたしはどのように戦うか見当もつきませんでした。……ご自分を責めないでください」

それは、諦《あきら》めた微笑《ほほえ》みだった。

……そういうものを見たくなくて、やっていたのに。

「この世界の、悪いところばかりお見せして、お別れしてしまうのは残念ですが……わたしの力不足です。すみません。せめてどうか、無事でいてくださいね」

姫《ひめ》の言葉が、ふと気になった。

「……なあ、きみが見た景色はちがったのか？」

「え？」

「この世界に、きみはなにを見ていたんだ？」

「なにを……と言われても……どういう意味ですか？」

不思議そうに聞き返されて、僕《ぼく》は深く言葉を探す。

「……僕《ぼく》がいた世界はここよりずっと平和だった。だけど、争いがあって、他人から奪《うば》うことに罪悪感の無い人間は大勢いた。人は誰とも分かり合えないって、つくづく思っていた。

それは、この世界でも変わらないことだっただろ。きみはただ数学をやっていただけで蔑《さげす》まれてた。実の父親にまで、ひどいことを言われたんだ」

悲しげな目で、ソアラは僕《ぼく》を見ていた。

心が痛んだが、あえて言う。

「こんな世界が醜いと――そんな風に思ったことは、ないのか？」

誰《だれ》とも分かり合えず、人は傷つけ合う。

せめて人助けくらいは邪魔《じゃま》せずにいてほしいと思っても、自分の思《おも》い込《こ》みを押《お》し付《つ》けるためなら裏切りだって平気でする。

そんな世界が嫌《いや》だ、と――なぜ、そう言わずにいられるのだろう。

僕《ぼく》の言葉に、ソアラは銀貨を置いた。

「難しい質問ですね。……世界が醜《みにく》い。……そう思ったことは、ありますよ。もちろん」

「本当に？」

「ええ、本当です。

父上には片時も理解していただけません。諸侯《しょこう》は内緒《ないしょ》で陰口《かげぐち》を言います。不運ばかりがわたしの周囲に満ちています。そんな心の弱った時――ふっと、悪魔《あくま》がそう囁《ささや》きました。この世界は、醜《みにく》いものなのだと」

壁《かべ》に貼《は》られた世界地図に手をついて、そう言ったソアラ。

「………ああ」

たとえ王女であっても、ひとりの人間なのだ。そう思わせる、実感のこもった言葉だった。

しかし、振《ふ》り返《かえ》ったその顔は、悲しみでも怒《いか》りでもなく、ただ、少し困ったように微笑《ほほえ》んでいた。

「だけど……世界って、ずるいんです。こんなにも苦しくて、こんなにも思うとおりにいかないのに――たまに、すごく好きな一面が……ふっと見えるんです」

その瞳《ひとみ》が見せるのは、恨《うら》みに歪《ゆが》む暗い光ではなく、慈《いつく》しむような柔《やわ》らかい光だった。

「普段《ふだん》はとってもわかりにくくても、ある瞬間《しゅんかん》に、世界が美しくなる瞬間《しゅんかん》があります。それはわたしの心の真ん中をきぃんと震《ふる》わせて、息すらできないほど綺麗《きれい》な音色を残して、余韻《よいん》に浸《ひた》るうちにするりと消えてしまう……。

そんな――〝感動の一瞬《いっしゅん》〟があるから、世界を嫌《きら》いになれません」

姫《ひめ》は、そう言った。

「どんなに苦しいことがあっても、人は、なにかに感動している瞬間《しゅんかん》、それをすべて忘れて世界を愛してしまう。

……わたしも、そのひとりです。いつも綺麗な世界でなくとも、いつか見た世界の美しさが忘れられない。――ただ、それだけです」

「――――感動、か」

心を動かされた時。

美しいものを見た時。

どんなに嫌《きら》いな世界の中にいても、感動した自分から目をそらさないでいるのだ、ソアラは。

それがどんなに難しいことなのか、僕《ぼく》にはわかる。

僕《ぼく》を感動させてくれた祖父を、僕《ぼく》はあとから人に言われたくらいで疑った。

なのに、ソアラは。

彼女《かのじょ》は、それでも、と。いつも綺麗《きれい》でなくとも——と、許しているのだ。

……まったく。

本当に。

なぜ、こんな純粋《じゅんすい》な少女が。

こんな理不尽《りふじん》な戦争や不理解で、失われなければならないんだろう。

「なあ、ソアラ。……どうせなら一緒《いっしょ》に逃《に》げないか？　この国にいたらどうなるか、わかってるんだろう？」

負けた国の負けた王の末路は、悲惨《ひさん》なものになる。

そうわかっているのに、ソアラは僕《ぼく》だけを逃《に》がそうとしているのだ。

しかし、彼女《かのじょ》は首を横に振《ふ》った。

「わたしは、王女ですから。まだ政略結婚《けっこん》や王権の譲位《じょうい》といった手札は残っています。最期《さいご》までこの国で粘《ねば》ってみせます。でも……お気持ちは嬉《うれ》しいです。ありがとうございます」

予想はしていたが、やはり断られてしまう。

僕《ぼく》は苦笑いした。

「政略結婚《けっこん》か。きみは美人だから大変だな。男たちで奪《うば》い合《あ》って決闘《けっとう》して、死者が出るぞ」

その冗談《じょうだん》に、王女はくすりと笑って乗ってきた。

「傾国《けいこく》の美女、というやつですね。どうせなら、敵国を粉砕《ふんさい》するくらいの器量が欲《ほ》しいです」

「きみなら余裕《よゆう》だ」

「——それでは、その……確かめてみてくださいませんか？」

「へっ？」

すー。はー。と、大きく呼吸をしてから、ソアラがすすすと部屋の扉《とびら》へと後退していった。

「す、少し、待っていてくださいね？」

パタン。と、どこかへ行ってしまう。

なんだろうか。待っていろ、ということは戻《もど》ってくるんだろうが。

……ただ待っているのも芸が無い。

「最後の仕事だ。待ってる間に『オタサーの姫《ひめ》方程式』でも作るか」

傾国《けいこく》の美女の方程式、と言ったほうがいいかもしれないが。自分という利得を最大限利用して奪《うば》い合《あ》いをもたらす。クレオパトラみたいなものだ。

天才数学者のジョン・ナッシュが提唱したナッシュ均衡《きんこう》は、ナンパ男たちの美女の争奪《そうだつ》戦でたとえられることで有名だ。

奪《うば》い合《あ》う、というのはゼロサムゲームがそこに発生するということ。限られた最大の賞品《Prize》：Pを得るために、プレイヤーAがプレイヤーBの利得を奪《うば》う。

男と女が複数人いる場合、いちばんの美女に男全員が群がれば、男は牽制《けんせい》し合って美女を得られず、女も嫉妬《しっと》して美女を渡《わた》さない。プレイヤー全員がだれも得をせずに終わる。

オタサーの姫《ひめ》はそれを意図的に作り出すのだ。

「この場合、ソアラに言い寄るのはだれだろうな……国内の貴族か？　あるいは、他の国から求婚《きゅうこん》されるのか？」

壁《かべ》にかけた地図を見て考えてみる。

それはソアラが作り上げた勢力図。国内で繰《く》り広《ひろ》げられる戦争で追いかけっこをするために見ていたものより、大きな世界地図だ。

古語で『光の出づる国』と意味をつけて名づけられたファヴェール王国。それを取り巻く暗雲たる敵国たち。

オルデンボー王国。海運交易商人ギルド連合。エイルンラント王国。ベネルクス連合王国。モスコヴィヤ帝国《ていこく》。ピエルフシュ共和国。マイセンブルク帝国《ていこく》。南部通商金融会《きんゆう》。

これらのどこから言い寄られるか？

「……あるいは、この全員が言い寄ってきたら……ナッシュ均衡《きんこう》は……」

プレイヤーが増えれば、計算は複雑になる。敵の戦略も変わる。奪《うば》い合《あ》いが発生すれば、男同士の牽制《けんせい》が始まる。

「……奪《うば》い合わせる？」

いい、それだ、と、脳の奥《おく》でなにかがつながった。

「お、お待たせしました」

その声に振《ふ》り向《む》く。

——そこには、天使がいた。

ろうそくの明かりですら、生地《きじ》の向こうにある肌《はだ》が透《す》けて見えそうな薄絹《うすぎぬ》のドレス。幽玄《ゆうげん》な意匠《いしょう》を施《ほどこ》されたレースが裾《すそ》を優雅《ゆうが》に彩《いろど》っている。

雪の結晶《けっしょう》のように儚《はかな》げなその服は、しかし女性がまとえば印象が変わる。大きく開いた胸元《むなもと》は深い谷間を晒《さら》して隠《かく》さず、華奢《きゃしゃ》な肩《かた》から二《に》の腕《うで》まで真っ白な肌《はだ》を覆《おお》うものがない。

計算され尽《つ》くして作られた砂糖細工のように、儚《はかな》げながらも——どこか、手を触《ふ》れずにいられない蠱惑《こわく》的な雰囲気《ふんいき》があった。

いったいなにがどうなってるんだ……そう思いつつも目を離《はな》せないでいると、ほっそりした腕《うで》が胸のあたりを隠《かく》すように押《お》さえた。

「……目が、えっちです」

「いやだってきみそれそんな格好でかわいくて仕方ないだろ⁉」

自分から着てきたくせに理不尽《りふじん》な！

「かわいい……かわいい、ですか？　傾国《けいこく》の美女になれますか？」

「正直に言うと最高」

「……ナオキさんでも、傾《かたむ》いてしまいますか？」

「他のプレイヤーからころしてでもうばいとる」

「え、えへへ。そう、ですか……勇気を出したかいがあります……」

白いソックスと短い裾《すそ》で絶対領域を作った長い脚《あし》をもじもじとさせながら、はにかむソアラ。きわどいところまで露《あら》わになった腰《こし》からお尻《しり》の曲線が、細さと豊かさの相反する要素を信じられないレベルで両立している。

この子を手に入れるためなら僕《ぼく》でも決闘《けっとう》するわ。うん。

ゆっくり歩いて部屋に入ってきたソアラが、壁《かべ》の地図に手を置いて、ぽつりと言った。

「ここ、ファヴェールがわたしです。他の国に奪《うば》い合《あ》いをさせて、ぜんぶ、滅《ほろ》ぼしちゃいますよー」

「そ、そうだな。男同士を争わせて、だれも手に入れられない状態に――」

その瞬間《しゅんかん》、カチリ、と歯車が嚙《か》み合《あ》った。

閃《ひらめ》き。

それは一瞬《いっしゅん》で通り過ぎる幸運だ。

しかし、摑《つか》み取《と》ることさえできれば、思考の歯車ががっちりと嚙《か》み合《あ》わさり、加速する。

「……その、それで、ですね。あの、今後のために、わたしは男の人を怖《こわ》がりたくないなーって思うのです。……なので、なので、あくまで今後のためなのですけれど、その、ちょっと経験があった方が、動揺《どうよう》が無いのかなって思うんです」

なにか言われているが、いま重要なのはそこではない。

ソアラに歩み寄っていき、その背中にある地図をよく見る。

「オルデンボー……外洋……イェーセンがここで……貿易航路はこっちだろ……」

周辺には8つ以上の国がある。そのどれもがいま、弱肉強食というルールに支配されている。

つまり——弱肉強食というルールにおいて、〝奪《うば》い取《と》る〟という戦略を表明しているのだ。

「いえその前から興味があったとかいうわけではないのですけれどでもどうせ一生の別れになってしまいますし——」

であるならば、顔を合わせたら必ず〝戦う〟という戦略を全員が選択《せんたく》する。

だ、だ、だ、だとするなら、

「……そうか！」

だん！　と思い切り地図に両手を突《つ》いた。

「はぅっ！」

壁《かべ》と僕《ぼく》の間に挟《はさ》まれたソアラが小さな悲鳴をあげたが、いまは後回しだ。

「よし、よし……いける！　これならやれる！」

「そ、そんなはっきり言わなくてもっ」

「ソアラ！」

「うぅっ――ど、どうぞっ……！」

救うべき姫《ひめ》を見下ろすと、顔を真っ赤にしながら少し顎《あご》を持ち上げ、目をつむっていた。

なんだこれキス顔みたいじゃないか可愛《かわい》い。しかし、いまはそれより重要なことがある。

「これで勝てる――いや、うまく負けられるぞ！」

会心の逆転を告げる、その言葉に、

「……………えっ？」

「えっ」

なんか反応が鈍《にぶ》かった。

ソアラはおそるおそる、という様子で尋《たず》ねてくる。

「ナオキさん……わたしの話、聞いてましたか？」

「なんか言ってたのか？　すまん、地図を見て考えてたから、気づかなくて……」

「…………ふ」

ソアラは、にこり、と笑って。

地図に爪《つめ》を立てて思い切り引《ひ》き裂《さ》いた。

なにこれこわい。

○

「これはこれは王女殿下《でんか》。ようやく決定が降りましたようですな」

「ええ、お待たせいたしましたデュケナン大司教」

評議会でデュケナン大司教が和睦《わぼく》案を出してから、2週間ほどが経《た》っていました。

ちなみに今日彼《かれ》をお待たせしたのはわたしのせいではありません。会談を申《もう》し込《こ》んだところ、指定した待ち合わせ時間よりずっと早く来訪されたのです。

意気揚々《いきようよう》と、デュケナンは語ります。

「それで、どうしますかな？　最近は戦況《せんきょう》もさらに悪化して、ファヴェールはアルマ地方一帯の砦《とりで》から兵を引き上げたと聞《き》き及《およ》んでおります。残るは要塞《ようさい》と市街だけで……ああ、現地では勝《か》ち戦《いくさ》に乗ろうとする傭兵《ようへい》がオルデンボーに参加し、さらに兵が増えておるそうですな」

「そうですね」

「お心は決まりましたかな？　私めも歳《とし》が歳《とし》ですので、オルデンボーまでの船旅をするのであれば、寒くなる前にお聞きしたいと思うておりますが……なにも、以前の司教領すべてを返還《へんかん》してもらおうというわけではありませぬ。どうしても返せない土地などありましたら、もちろんご相談させていただきますが、いかがですかな？」

滔々《とうとう》と語られるすべてを聞き終えて、わたしは食《く》い違《ちが》いがあることに気づきました。

「あら、あらあら。どうやら勘違《かんちが》いさせてしまったようですね、デュケナン大司教閣下。今日、あなたをお呼びいたしましたのは、仲介《ちゅうかい》を頼《たの》むためではありませんよ」

そうであるなら、評議会に呼んでいます。

いま部屋の中にいるのは、わたしと、デュケナン大司教だけです。

「なんと……それでは、戦い続けることを選ぶ、と？」

驚《おどろ》いたように大司教が言います。わたしは〝はい〟とも〝いいえ〟とも答えられず、あいまいに答えるだけです。

「それもまたひとつの道ですね」

デュケナン大司教はそれを〝はい〟と受け取ったようです。とても大げさに天を仰《あお》いで、呆《あき》れたような息を吐《は》きます。

「やれやれ、嘆《なげ》かわしい道をお選びになられた。この国の民《たみ》の血が流れ、大地が荒《あ》らされていくのをわかっておられないのですか？　それでも戦いを選ばれるなど、ただ意固地に戦って華々《はなばな》しく死することを望まれているようです。神はそれをお喜びになられないでしょうとも。統治者としての自覚を持って……王女殿下《でんか》？」

途中《とちゅう》から、聞いていませんでした。

それでなくても忙《いそが》しくて、無駄《むだ》な話を聞いている時間がもったいなかったのです。小さなメモ帳にやらないといけない計算を書き付けていました。

ふと、話し声が止まっていることに気づいて顔を上げます。

「あ、終わりましたか？　このところ忙《いそが》しくて、あまり意味の無いお話をしている暇《ひま》が無いのです」

デュケナン大司教は、目を見開いて怒《いか》りを露《あら》わにされました。

「な、なんと無礼なことをおっしゃいますか。まあ、年寄りの――」

「あなたの条件はもう聞きました。司教区の返還《へんかん》がお望みと」

口上を遮《さえぎ》って、わたしは結論をお訊《たず》ねしました。大司教はうなずきます。

「え、ええ」

お返事がそれだけでしたので、わたしは重ねてお訊《たず》ねします。

「それでは、わたしが提示した条件はご存知でしょうか？」

「……は？」

間の抜《ぬ》けたお返事が帰ってきました。

なんでもかんでも知っているような自信のある態度でしたので、てっきり、わたしの動向にも気を配っているものと思いました。

しかし、そのお顔を見るにつけ、どうもそうではないようです。もしや、完全勝利と思《おも》い込《こ》んで情報収集をさぼっていらしたのではないかと邪推《じゃすい》します。

しかたないので、きちんとお訊《たず》ねしてみます。

「ついに本当にお耳が遠くなられましたか？　わたしは直接、オルデンボーに和睦《わぼく》をもちかけたのです。その際に提示した条件をご存知なのか、そう聞いているのです」

そう口に出すと、大司教は激しく声を荒《あら》らげました。

「直接交渉《こうしょう》なされたですと⁉　ああ、なんてことをやっておられるのですか。それでは、オルデンボーはますます強気な条件を出されたでしょう。私めであっても、いま以上の譲歩《じょうほ》を引き出すのは厳しくなりましょうぞ！」

その口上を聞いて確信します。やはり、彼《かれ》は何も知らないようです。

「譲歩《じょうほ》などと、そのようなお願いはしていません。わたしはまったく違《ちが》う、新しい和睦《わぼく》の条件をオルデンボー議会に持ちかけたのです」

「新しい条件、ですと……？」

「ええ、議会からは色好《いろよ》い返事が返ってきました。あちらもこの条件であれば、五年間の平和条約を締結《ていけつ》しても良い、とのことです」

「なっ、そんな⁉　いや、ありえない！　オルデンボーは勝っているのですぞ⁉」

信じられない、というお顔をする大司教です。

「敗戦国が、なんの後《うし》ろ盾《だて》も無しにいったい、どうやって譲歩《じょうほ》を引き出せようか！」

　わたしは一から説明をします。

「ですから譲歩《じょうほ》など持ちかけておりません。わたしから打診《だしん》した戦時賠償《ばいしょう》金は、フィセター銀貨にして100万枚でしたから」

「……は?」

　デュケナン大司教の勢いが、するりと抜《ぬ》け落《お》ちます。

　それはそうでしょう。王室予算の半分もの金額を口にするのは、わたしとてあまりに少ないことですから。

　しかし、いまは特別でした。

「大銀貨100万枚です。その巨額《きょがく》の戦時賠償《ばいしょう》金をもって、五年間の休戦協定を結びます。そう伝えたら、オルデンボーの議会はすぐに色良い返事をしてくれました」

「そっ、そんなことがあるはずがない」

　重ねて告げても、彼《かれ》は信じられないようです。

「奇妙《きみょう》なことをおっしゃいますね、デュケナン大司教。なぜ、そう言い切れるのですか?」

「仲介役《ちゅうかい》も無しに、そのような約定を結ぶことができるわけない! それにフィセター銀貨100万枚など! 払《はら》えるはずもない金額を提示して、了承《りょうしょう》を得られるはずはありませぬ!

たとえ払《はら》えたにしろ、それでは私の条件の方が軽いはず。諸侯《しょこう》が納得《なっとく》しませんぞ!」

「つまり、その問題さえ解決してしまえば、ファヴェールからオルデンボーの軍勢は引き上げる、ということです。

　であれば、わたしは解決するためにいくらでも尽力《じんりよく》いたしますし、実際に、それを乗《の》り越《こ》えた。──そうは思わないのですか？」

「い、いったい、どうやって……？」

「かんたんなことです。まずは仲介役《ちゆうかいやく》。これは教会ではなく、べつの組織に頼《たの》んだのです」

「そのような無茶な条件を、いったい誰《だれ》がとりまとめられると仰《おつしや》られるか。教会のような巨大《きよだい》な後《うし》ろ盾《だて》が無い限り、不可能です」

「さて、そうですね。外洋の覇者《はしや》エイルンラント王国。軍事商人ベネルクス連合王国。あの二国の大使であれば、けして大司教に見劣《みおと》りするものではありません。そう思いませんか？」

　ぎょっとした顔で、デュケナン大司教はうろたえます。

「あの大国を動かした、ですと……？　い、いったい、どうやって……かの国にファヴェールとのつながりは無いはずでは……」

「この世の誰《だれ》もが最初は知らぬ者同士です。それでも、言葉を尽《つ》くして理解を深めれば、お願い事に耳を傾《かたむ》けてくれないほど無情な世ではありません。

　幸い、王室輜《し》重《ちよう》隊には諸国の商人がいました。彼《かれ》らのつてをたどって両国の大使に手紙を読んでいただくくらい、苦労はありませんでした」

　ナオキさんが語った『エルデシュ数』についての説明は省きました。

「そうか……諸国の商人を集めたのは、外交の顔つなぎをするためだったのですな⁉」

「いいえ、違《ちが》います。ですが、結果的にはそうなってしまいましたね」

そのような下心で外国人を多く受《う》け容《い》れていたのではありません。

しかし、大司教には信じていただけなかったようです。

「そのような小細工で繋《つな》がった縁《えん》など、人脈とは呼べない！　仲介《ちゅうかい》のための条件は、私めよりよほど高額になったはずでは――」

「両国への条件を知りたいですか？　隠《かく》すほどのことではありません。いずれわかりますが――仲介《ちゅうかい》していただいた折りには、ファヴェールより産出する銅や鉄について貿易優先権をお渡《わた》しすることです。どちらの国も、快く引き受けてくれました」

「交易の優先権など渡《わた》したら、関税で毟《むし》り取《と》られますぞ！　そのような簡単な話も知りませんだか！」

そこは大司教の言うとおりでした。戦争に必要な鉄と銅という鉱物資源は、どの国もいくらでも欲《ほ》しい輸出品でした。その資源について優先権を提示されて、断る国などいません。

しかし優先的に物を渡《わた》すお約束をしてしまえば、関税が取り放題です。交易優先権とは、戦争に参加する大義名分が無い国に、こちらから合法的な略奪《りゃくだつ》方法を差し上げてしまうようなものです。

「そのとおりですね」

普通《ふつう》ならば、そうなってしまうでしょう。

しかし、わたしはそのことについて、なにも心配していませんでした。

「とはいえ、エイルンラントとネーデルラントの、両国とも、に引き受けていただけましたから、関税の安いほうに多く輸出するつもりです。あなたのご心配には及《およ》びません」

その理由をお教えすると、彼《かれ》は息を呑《の》んで目まぐるしく視線を飛ばし、やがて理解を得て視線を戻《もど》してきます。

「二国同時に持ちかけ、両方ともと優先権と仲介《ちゅうかい》の約定を取り付けたのですか!? そんな手があったとは……！」

お互《たが》いに覇権《はけん》を争う軍事力に優《すぐ》れた国家です。プレイヤー同士で利益を分け合うことは、ありえません。相手に出《だ》し抜《ぬ》かれないためには、ファヴェールに譲歩《じょうほ》するしかありません。

囚人《しゅうじん》のジレンマは、いつだって生み出したゲームメイカーが最大の利益を得るのです。

「相手に奪う権利を与えて尽くす義務を生む、など……これでは、まるで何かの魔術《まじゅつ》ではないか！」

「わたしが雇《やと》った……いいえ、わたしが信頼《しんらい》している者のあだ名を、お忘れですか？　あなたが貶《おとし》めようとした人の、本当の真価を言い表しています」

「――魔術士！　そうか、奴《やつ》めが、こんなまねを……！」

「ファヴェールから奪《うば》いたいプレイヤーは大勢いることに気がついたのです。参加するには大義名分が必要なので、こちらでご用意してさしあげた。それだけです」

○

「ゲーム理論の問題だ。いいか？　タカハトゲームというルールがある。
・得られる最大のえさ（利得）を10とする。
・プレイヤーはタカ戦略とハト戦略を選び、えさを奪《うば》い合《あ》う。
・タカ派なら攻撃《こうげき》して奪《うば》い取《と》り、ハト派なら譲歩《じょうほ》してえさを譲《ゆず》る。
このような条件で、タカとハトの利得表はこのようになる」

【P.286利得表⑤を参照】


「ハトとタカならタカが勝つ。しかし、タカ派同士が出会えば、えさは半分でしかも傷つく。ハトは争わないからタカと出会えばなにも得られない」

「つまり、わたしたちはハトだと？」

「譲歩《じょうほ》をするなら、そういうことだ。タカに会えば奪《うば》われるしかない」

「生き残るには、ハトと出会うしかない。けれど、この世界のどこを向いてもタカばかりです。

わたしたちは羽をむしられて飛べなくなるのを、ただ黙《だま》って受け容《い》れろということになってしまいます」

「まったくそのとおりだ。タカに会えば毟《むし》られるだけ。かといってハトの姿はまったく見えない。僕《ぼく》たちの周りには強いやつばかり、この状況《じょうきょう》ならだれもがタカになる。——だけど、だ。だからこそ僕《ぼく》らが生き残るんだよ」

「どういうことですか?」

「いいか? ハトとタカがそれぞれ1羽《わ》しかいないなら、タカが全てを奪《うば》っていく。しかし、プレイヤーが増えたらどうなる? タカハトそれぞれ2羽《わ》なら、タカはハトから20奪《うば》う。しかし、タカ同士で傷つけあう時も増える。しかしハトの取り分は一羽《わ》だけだった時より、5増える。

もしもタカだけが増えたら? 3羽なら? 4羽《わ》なら? ——タカが増え続けても取り分は、マイナスにならないのか?」

「……タカが多すぎれば、マイナスが増えてタカは生き残れません。ハトだけが生き残ります!」

「そのとおり。この国の周りは敵だらけだ。だけど嬉《うれ》しいことに、敵同士もまた敵対関係にある。進化ゲーム理論によれば、タカ戦略ばかりのプレイヤーというわけだ。では、その中で最大の適応度を得るには——ハト戦略を取ってしまえばいい。

ナオキの よくわかる！解説 その4

5.

	ハトB	タカB
ハトA	ハトA ハトB 5、5	ハトA タカB 0、10
タカA	タカA ハトB 10、0	タカA タカB -5、-5

※ハト＝穏健派。今回の場合は奪われる側。タカ＝好戦派。今回の場合は奪う側。両者が1度に取り合うえさの総量を10とする。

これを分かり易い図にすると……？

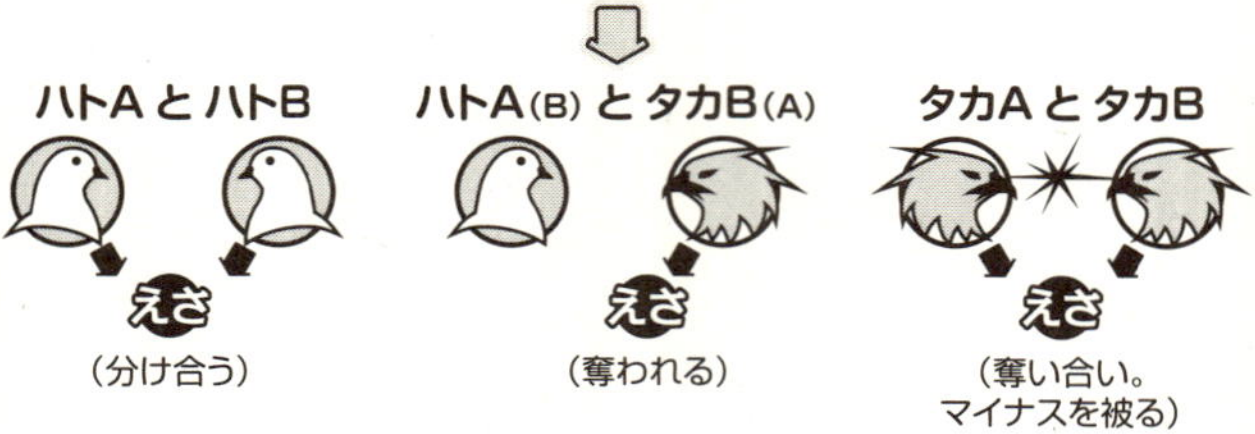

もしタカ“のみ”が増えるとしたら……？

僕《ぼく》たちは相手と戦わない。えさを奪《うば》い合わせて、タカ同士で戦ってもらう。つまり、タカでもハトでもなく、必要なのはゲームの席とえさだけだ」

「具体的には、何をするのですか？」

「20万や40万じゃない。やつらに、100万フィセターくれてやるのさ。だってそうだろ？　オルデンボーの議会はふっかけたつもりでいる。だから血船王の意向がどうでも、ふっかけた以上の額を見せたら喜んで食いつきに来るさ」

○

進化ゲーム理論による適応度。それが交渉《こうしょう》をがらりと変えた理論でした。

「い、いや、だとしても、100万は払《はら》えるはずが……」

デュケナン司教が苦しげに言います。わたしはうなずきました。

「ええ、まったくそのとおりです。心苦しいことでしたが、フィセター銀貨100万枚をぽんと払《はら》える財力はファヴェールにありません。

ですから、分割《ぶんかつ》で、とお願いしました。休戦協定の間、一年間に20万ずつお支払《しはら》いする、という条件でもオルデンボーの議会は承知してくれました」

これは、わたしがナオキさんに提案したお給料の話と同じことです。ただ、規模が大きいだけで。

「！　……そうか、あえて増やすことで分割《ぶんかつ》を認めさせたのですな」

「かわりに、イエーセンからもアルマ地方からも、オルデンボーには兵を退《ひ》いてもらいました。領地割譲《かつじょう》を諦《あきら》めていただくのは少し難航したようですが、仲介役《ちゅうかい》のエイルンラントとベネルクス連合の両国は、オルデンボーの貿易を封鎖《ふうさ》することまでほのめかしてくださったとかで」

「完全に大国の脅迫《きょうはく》ではないか！」

「まったく、怖《おそ》ろしいものです。仲介《ちゅうかい》を頼《たの》んだとはいえ、わたしが大国のやりように口を挟《はさ》めるはずもないのですが……もう少し、穏《おだ》やかに進められるようになりたいものです」

オルデンボーの議会は、脅《おど》されないと動かなかったそうです。しかたありません。

無念に思うわたしの前で、デュケナン大司教が机の上に出した手を強く握《にぎ》り、ぶるぶると震《ふる》えるほど力を込《こ》めています。

「……アルマ地方から兵を引き上げたのは、このためですな⁉　勢いづいて戦線を拡大した血船王は、さらに傭兵《ようへい》をお雇《やと》いになられた。戦争につぎこむ予算をさらに無心してきたことに、議会は難色を示して……ここへ来てあの大国に貿易を差し止められては、戦いどころか財政の破綻《はたん》を招いてしまう！」

「さすがは老練な知識をお持ちです。ファヴェールの評議会にも、すぐにそうと理解してくださるかたは多くはありませんでした」

「し、しかし、分割《ぶんかつ》とはいえ、フィセター銀貨20万枚を払《はら》い続けるあてなど、ファヴェールにはないはず……魔術士《まじゅつし》に騙《だま》されるものか！　いまからでもそんな約束に飛びつくようなまねをやめるように言えば――」

「人を詐欺《さぎ》師みたいに言うな。ちゃんと払《はら》うもんは払《はら》うよ」

パタンと扉《とびら》を開けて、ナオキさんが部屋へと入ってきました。デュケナン大司教がぎょっとして立ち上がります。

「ま、魔術士《まじゅつし》……！」

老僧《ろうそう》と対峙《たいじ》して、ナオキさんはいつもの悠々《ゆうゆう》とした態度で告げました。

「そんな怖《こわ》がるなよ。魔術士《まじゅつし》なんてただのあだ名だ」

大司教の反応を不満げに咎《とが》めたナオキさんの言葉に、老爺《ろうや》の顔が怒《いか》りに赤くなります。

「わ、私めがお前など怖《おそ》れるか！」

「じゃあ落ち着いて聞けよ。いいか？　プレイヤーはみんな自分の利益優先で動く。まずエイルンラントとベネルクスが、貿易のために外洋でファヴェールの味方になる。そしてオルデンボーの私掠船《しりゃくせん》だが、貿易の邪魔《じゃま》をすれば賠償《ばいしょう》金が支払《しはら》われない。だからこれからはファヴェールを襲《おそ》えないだろう。

ということは、これまで貿易の妨《さまた》げになっていた私掠船《しりゃくせん》問題の大半が片付くことになる。では、どうなると思う？」

「ど、どうなる、と言うのだ……？」

「輸送船団のうち、軍船の数を減らして輸送船を増やせる。直近のオルデンボーを無視できるなら、輸送力はいまの1．5倍以上になる。なにせ周辺海域の危険がぐっと減るんだ」

わたしたちの概算《がいさん》では、軍船として配備されていた船の半分以上は輸送船にしてしまえます。

その計算に、大司教が息を呑《の》んで聞き入っていました。

「なんと……！」

「ファヴェールの鉱物資源による収入はいまは年間でフィセター銀貨5万枚くらいだ。これが4ヶ月で8万枚まで増やせるメドがたってる。

そのあとは、私掠船《しりゃくせん》や関税について不安の無い貿易だ。どんどん設備投資をして、輸送量と生産力を高めれば、毎月4％くらいは増産が可能と試算できてる。毎月4％の複利計算だと、8万枚が20万枚になるのにかかる時間は、わかるか？」

「4％……あ、ええっと……1年で48％……」

デュケナンの答えに、ナオキさんは首を横に振《ふ》りました。

「それは単利計算だ。言っただろ？　複利計算で増える。1ヶ月後は104％だが、2ヶ月後には108．16％になる。

およそ2年で、20万を超《こ》える。5年もかからない。3年目には32万を超《こ》える。20万を引いても、いまの5万の倍以上の収入が入るようになるってことだ。4年目で52万以上。5年もすれば84万だ。

もちろんその間、鉱山や輸送業で働く人間には給料を払《はら》って、ぐーるぐる経済を回してもらいながら、という状態でな」

「な……!?」

最後の頼《たの》みの綱《つな》をあっさりと断《た》ち切《き》られて、デュケナン大司教は顔じゅうを歪めます。

「戦争前より敗戦後のほうが収入を上回る、だと……!?　そんな、そんなことがありうるものか！　これでは、まるでファヴェールの勝《か》ち戦《いくさ》ではないか！　ふざけている！」

「あんたがやってくれたことほどふざけちゃいないだろ。歳《とし》を取り過ぎて、カッとなりやすくなってないか？」

「無礼なことを言うな！　私は大司教なるぞ!?」

その取り乱す姿を見て、わたしはほっと息を吐《は》きます。

「ああ……ようやく年寄りぶって非礼をごまかすことをやめてくださったようですね」

「なっ……！」

デュケナンが、絶句してわたしを見ています。ちょうどいいので、用件を告げることにしました。

「あなたの仲介《ちゅうかい》はもはや必要ありません。いまだ水面下の話ではありますが、もうすでにこの戦争は話がついています。

今後は、あなたが王宮に出入りすることを禁じます。あなたは司教領の返還《へんかん》を求めた。我《わ》が国《くに》の領地に野心あるような人物がここに立ち入ることを、わたしは許しません。

今日あなたを呼んだのは、それをお伝えするためです」

告げられた内容に、目を剝《む》いた老爺《ろうや》が吼《ほ》えます。

「わ、私を追い出すつもりか⁉」

「そのとおりです。本来なら、今日こうしてあなたに会うことも遠慮《えんりょ》したかったほどです。ただ、ひとつだけ、訊《たず》ねておきたいことがありましたので、最後に目通りを許したのです」

「なにが……訊《き》きたいと？」

まるでそれが最後に残された希望であるかのように、生唾《なまつば》を飲《の》み込《こ》んでおそるおそる訊《たず》ねてきます。

とんだ誤解です。

「わたしがあなたに訊《き》きたいのは、ひとつだけ。――あ、あなたが父を惑わしたのですか？」

ただ単に、憶測《おくそく》ではなく事実としてそうなのか、ということを白状してほしいだけでした。

しばらく、沈黙《ちんもく》の時間が過ぎます。

やがて、デュケナンが笑《え》みを浮《う》かべました。

「……びょ、病床《びょうしょう》の陛下に、取り入ろうとしたのは事実です……。し、しかし、私めは、陛下の悋気《りんき》に触《ふ》れることが恐《おそ》ろしくて、ただ姫《ひめ》と陛下の間に立てればと……！」

それは、とても卑屈《ひくつ》な笑《え》みでした。

部屋に入ってきた時の、自信満々で溌剌《はつらつ》とした様子はどこかへ消し飛んでしまったようです。

「そうですか。……それでは、もう結構です」

ナオキさんを見ると、彼《かれ》はうなずいて部屋の出入り口のほうを振《ふ》り返《かえ》ります。

「もういいぞー」

その呼びかけで、がちゃりと金属質な足音を立てて入ってきたのは、壮麗《そうれい》な装飾《そうしょく》に彩《いろど》られた甲冑《かっちゅう》をまとう騎士《きし》たちです。

「神殿騎士《しんでんきし》団……な、なぜ魔術士《まじゅつし》が神殿騎士《しんでんきし》を呼んでおるのだ？」

うろたえるデュケナンに、ナオキさんが悪い笑《え》みを浮《う》かべました。

「僕《ぼく》は数字を扱《あつか》うのが得意でね。亡《な》くなられた陛下の使用人たちから帳簿《ちょうぼ》を預かって、あんた関連の収支だけをまとめたんだ。

それを教会本部に少し問い合わせたら、とても興味を持っていたよ。どうやらあんたが教会に報告していた金額と大きく食《く》い違《ちが》うらしくてね。なんでも、教会法では横領は死罪に値《あたい》するって決まっているらしいんだが……あんたはどう思う？」

「ご、誤解だ！」

すがるように手を伸《の》ばして駆《か》け寄《よ》ってくるデュケナンを、ナオキさんがさっと避《よ》けました。

宙を泳いだ老人の腕《うで》をつかんだのは、神殿騎士《しんでんきし》たちの無骨な手でした。

「僕《ぼく》じゃなくて、その彼《かれ》らを派遣《はけん》した本部の人に言ってくれ。──ああ、そうだ。ついでに言っておくと、あんたがここにいる間にあんたの部屋をひっくり返して裏帳簿《ちょうぼ》っぽいものを見つけたそうだ。それについても言い訳を考えておいたほうがいい」

がしり、と両脇《りょうわき》から騎士《きし》たちに腕《うで》を掴《つか》まれたデュケナン大司教が、ナオキさんの言葉に恐怖《きょうふ》の表情を浮《う》かべました。

「な、なにをする。放せっ、放せぇ!!　おっ、王女殿下《でんか》、誤解なのです！　私めは本当に前王陛下とあなたの仲立ちを──」

「いい加減、黙れ」

暴れだす老爺《ろうや》の顔をのぞき込《こ》んで、ナオキさんが冷たく言い放ちました。……背筋が凍《こお》るような、初めて聞くお声でした。

「──数学は、時を超《こ》える。

この国の未来を計算してみせたように。あんたの過去も数字が見せてくれた。……裏帳簿《ちょうぼ》をざっと見た。銃《じゅう》を2つ買って余るくらいの出費が、僕《ぼく》がこの国に来る少し前にあったぞ。ソアラを襲《おそ》った暗殺者が同じ数の銃《じゅう》を持ってた。──あれはお前だろ」

「──ひ」

いったい、ナオキさんはどのようなお顔をされたのでしょうか。

喉《のど》がひきつけを起こしたかのように奇異《きい》な音を口から漏《も》らしたデュケナンは目を見開いて、

それ以上なにも喋《しゃべ》らなくなりました。

神殿騎士《しんでんきし》たちによって、僧服《そうふく》の老人がずるずると引きずられるように連れて行かれ、姿を消します。

わたしはそれを黙《だま》って眺《なが》めるのみでした。

ふたりだけになってから、ナオキさんがわたしを振《ふ》り返《かえ》ります。

そのお顔は、いつもどおりのひょうひょうとした悪い笑《え》みでした。ほっとしたような、残念なような気分です。

「……僕《ぼく》はきみに言われたとおり帳簿《ちょうぼ》にまとめただけで、ずいぶん前から教会関係の支出はわかりやすくまとめてあった。前から、あの大司教を調べてただろ」

そのように指摘《してき》されてしまいました。わたしはうなずきます。

「ご明察です。さすがナオキさんですね」

「どうして最初からそれを使わなかったんだ？」

「こう言ってはなんですが……結局、教会本部も彼《かれ》が失敗したからこそ、内務調査に出てくれたのだと思います。彼《かれ》がお金と力を蓄《たくわ》えているかぎり、大司教の行いを咎《とが》めることは無かったと思います。もしもファヴェールを陥《おとしい》れるために裏工作をしていて、お金を使い、なおかつ、それが失敗した直後であるなら——と、そう思っていまそれを使ってみたのです」

「なるほど。つまり——切り札は、最後の最後まで伏《ふ》せておくものってことか」

「死期の近い父上を不安にさせたこと、彼《かれ》にはしっかりと後悔《こうかい》していただきましょう」

「怖《こわ》い怖《こわ》い。きみを怒《おこ》らせないようにしよう」

「……勝負下着で一晩中真面目な計算をさせたナオキさんほど怒《おこ》らせてくれたかたはいませ
ん」

「？　なにか言ったか？」

「いいえ、なにも」

聞こえないように言ったので、ナオキさんはなにも気づいていません。

苦笑いしながらナオキさんが歩み寄ってきました。そして、ぽふんと頭を撫《な》でながら、言う
のです。

「よく頑張《がんば》ったな。仇討《あだう》ちはできた。きみは立派な娘だよ」

わたしの欲《ほ》しい言葉を、しっかりと贈《おく》ってくださいました。

……こういうところ、ずるいです。

「ありがとうございます」

わたしの欲《ほ》しいものを教えてくれて、そのままのわたしを認めてくれて、わたしの苦しい時
を支えてくれて、わたしに弱さを見せてくれて——そして、わたしのために怒《おこ》ってくれて。

そんなふうにされたら、わたしは——決断してしまいます。

○終章

「ソアラ、なんだそのでかいのは？」

いつものようにうちにやってきた王女殿下《でんか》が、丸めた絨毯《じゅうたん》みたいなものを両手で持っていた。

「あ、新しい地図です。前のは、破れてしまったので」

「わかったわかった。僕《ぼく》が持つよ」

「ありがとうございます、ナオキさん」

２ｍ以上の大きさがあるので、重さと長さで王女は振《ふ》り回《まわ》されている。駆《か》け寄《よ》ってその手から地図を受け取り、男の意地で重くないふりをしながら頑張《がんば》れ僕《ぼく》の上腕《じょうわん》二頭筋！

ちなみに前のは「破れた」っていうか「破いた」と言ったほうが正しいが、あれについて話すとソアラがめちゃくちゃ不機嫌《ふきげん》になるので僕《ぼく》は地図に関わる発言はしない。

ともあれ、なんとか運んで以前の地図があった壁《かべ》の前に転がす。

「じゃあ貼《は》るか。椅子《いす》取ってくるよ」

「今日届いたばかりなんです。新しい地図は前のより丈夫《じょうぶ》ですし、書き込《こ》みやピン留めもしやすくなっているんですよ」

「それはいいけど、使用人とかに持たせて来ればよかったのに。重かっただろ」

地図を縛《しば》る紐《ひも》をほどきながら言うソアラに、当然の疑問を投げる。

「そんなことをしたら、ばれてしまうじゃないですか」

「なにが？」

「だって数学をしていると……ばれてしまって……あぅ……」

言いながらだんだん目を泳がせ始めるソアラの様子を見て、僕《ぼく》は悟《さと》る。

「もうばれてもいいのを忘れてたんだな？」

「……えっと……その……」

数学を秘密にしていたころのくせで使用人に運ばせなかったのだ。

王女は顔をそらして髪《かみ》の向こうに表情を隠《かく》したが、耳が赤く染まっているのでバレバレである。

微妙《びみょう》な沈黙《ちんもく》のあと、ソアラが小さな声でいいわけした。

「……つい」

「不憫《ふびん》な子だな……」

「かわいそがらないでくださいっ」

　そんなことがあったものの、新しい地図をふたりで貼《は》り付《つ》け終えてからは、いつもどおり今日もふたりで仕事を始める。

「よし、各国の大使たちの書状が揃《そろ》ったぞ。こちらの条件を全部認めてくれるとさ。停戦協定、交易優先権、あとは調印式をするために会いに行くだけだ」

　最後の調整を終えたことを僕《ぼく》はソアラに報告した。

　届いた手紙を全部差し出すと、姫《ひめ》は嬉《うれ》しげに笑う。

「お疲《つか》れ様《さま》でした。さすがはナオキさんです。魔術《まじゅつ》士《し》の異名は、もはや本物ですね」

　ソアラにそう労《ねぎら》われたものの、僕《ぼく》はそれについて苦言を口にしないといけなかった。

「あー、褒《ほ》めてくれて嬉《うれ》しいが、実は、ちょっと問題が発生したんだ」

「なんでしょうか？」

「それが、相手側からの要求で僕《ぼく》がただの『魔術士《まじゅつし》』じゃダメだって言われたんだよ。国同士の条約を決めるときに、その案の作成者が責任の無い雇《やと》われ学者じゃダメだってさ。なんかこう……格式？　が必要だそうだ。男爵《だんしゃく》とかなんかとにかく貴族にしてくれってさ」

　慣例的に、条約締結《ていけつ》に関わっている者は貴族でなくては――みたいな意識があるらしい。僕《ぼく》個人は変な話だと思うが、全員から言われたらさすがにこっちで対処しようかと思いもする。

それを伝えると、ソアラは明るい顔をした。

「あら、それなら問題ありません。今日、ナオキさんにこれをお渡《わた》ししようと思っていましたから。むしろちょうどいい機会です」

渡《わた》りに船、という好反応である。そして、立派な装飾《そうしょく》の薄《うす》い箱を僕《ぼく》に差し出した。

「はい、どうぞ。叙任証《じょにんしょう》です。これでナオキさんも、ファヴェール王国の官僚《かんりょう》ですよ」

そんなことを言われた。

叙任証《じょにんしょう》──ということは、僕《ぼく》に正式な地位を与《あた》えるということだ。

「つまり内定通知書か。良《い》い役職をくれたんだろうな？」

雇《やと》われの魔術士《まじゅつし》とか呼ばれる日々からおさらばだ。セリザワ男爵《サー・セリザワ》とか呼ばれちゃったりするんだろうか？

そう思いつつ箱を受け取ると、ソアラがにっこりと微笑《ほほえ》んだ。

「ええ、できるかぎり最高の地位です」

「そりゃすごい。さっそく開けよう」

自信ありげな姫《ひめ》から受け取った証書を取り出し、読んでみる。

目にも鮮《あざ》やかな公文書だった。水牛の皮を使った最高級の仔牛皮紙《こうし》に、ステンドグラスみたいな色鮮《あざ》やかな幾何学模様《きかがくもよう》とファヴェール王国の紋章《もんしょう》がどーんと描《えが》かれている。

色の数は多いほど良《い》いとされているので、これは相当なものだ。しかも仕事が細かい。もはや文書というより絵だな。

　書かれていることで前書きとかをすっとばして、重要そうな部分を読み上げる。

「えーっと……『ナオキ・セリザワをファヴェール王国宰相《さいしょう》に任命します』か。つまり僕《ぼく》が宰《さい》相《しょう》ってことだな。うん、宰相《さいしょう》なら向こうも文句無いだろ」

「そうですよね。それでは、就任していただけるのですね？」

　…………待てこら。

「僕《ぼく》が宰相!?　これは本物かソアラ!?」

「やっぱり、偽物《にせもの》に見えてしまいますか？　実はもっと美しい叙任《じょにん》証を作りたかったのですが、時間が無くて」

「いやいやいや、そういうことじゃなくて。宰相《さいしょう》だぞ、この国のナンバーツーの地位だ。きみの次に偉《えら》いってレベルの！　アメリカで言えば副大統領！　映画で真っ先に死ぬあの役目！」

「……あの、お嫌《いや》なのですか？」

「そうじゃなくて。経験豊富で功績がある貴族たちが大勢いるだろ？　それを押《お》しのけて僕《ぼく》が宰相《さいしょう》って、いったい誰《だれ》が納得《なっとく》するんだ」

　そんな僕《ぼく》の動揺《どうよう》に、姫《ひめ》は淡々《たんたん》と答えた。

「わたしが納得《なっとく》します。宰相《さいしょう》とは王を助ける者であり、王の求めに応えられる者です。わたしが王として働き始めてから、老臣たちの中では誰《だれ》ひとりとして経験や功績でわたしに貢献《こうけん》してくれた者などおりませんでした。

あなただけが、わたしの願いに応え、わたしを救ってくれました。ファヴェールの未来を、自由を、守ってくれました」

「いやそれは……僕《ぼく》は、自分の得意なことをしただけで」

「あなたがなにをなしえたのか、分かりませんか？　人は剣《けん》を取り、争い、奪《うば》い合《あ》う者だけが強者《きょうしゃ》と信じて憧《あこが》れる。それを、そのルールを――世界を変えたのです。今回のわたしたちの〝敗北〟には、それほどの価値があります」

こんこんと、熱意を込《こ》めてそう語られて、腹の奥《おく》でじんわりと熱いものが湧《わ》き上《あ》がる。

嬉《うれ》しさと、誇《ほこ》り、だ。

「……ひとりじゃできなかった。きみがいた」

僕《ぼく》の答えに、ソアラはふっと微笑《ほほえ》みを浮《う》かべてうなずいた。

「わたしもそうです。ひとりではできませんでした。あなたがいてくれたからできました。――で、あるならば、わたしたちがずっとふたりでいれば、世界中を変えてやれます。もはや強者《きょうしゃ》だけが強者《きょうしゃ》たりえることはない。弱者ですら、明日には多くを得ることができるのだと、希望を持って生きていけるようになります」

世界中、とはまた。さすが王族。野望が大きい。

ついつい感心してしまった僕《ぼく》に、ソアラは目の前に立って、強い目を真《ま》っ直《す》ぐに向けてくる。

「ですから、あなたに我《わ》が王権をもって、重ねて命じましょう。――ナオキ・セリザワ。光出ずる我《わ》が国《くに》、ファヴェール王国の宰相《さいしょう》に任命します。引き受けてください」

どうするべきか。迷う。

だって宰相《さいしょう》だし。責任重大だし。僕《ぼく》の肩《かた》に多くの命とソアラの未来までもがのしかかってくるだろう。他にもあれこれ、怯《ひる》む理由はいくらでもある。

「………」

だけどその時、彼女《かのじょ》の背中には数字が書《か》き込《こ》まれた大きな地図が――僕《ぼく》たちが数学で作り上げた世界があって。

そんな世界を愛してくれる人が、目の前にいるわけで。

『数学を愛してくれる人は、少ない』

――だったら、僕《ぼく》は、

「わかったよ。この不才の身には過分な大役ながら、宰相《さいしょう》の御《お》役目を務めさせていただきます。ソアラ・エステル・ロートリンデ陛下」

数少ないそんな人を、大事にしたい。

僕《ぼく》の答えに、ソアラはぱあっと笑顔《えがお》になって近寄ってきた。

「ありがとうございます！　これからわたしの未来、わたしの運命、この生涯《しょうがい》とこの国は、あなたと共にあります。――ナオキさん、よろしくお願いしますね」

「……きみけっこう怖《こわ》いこと言うな」

「うふふ、怖《こわ》がっても、もう離《はな》してあげませんからね？」

面白《おもしろ》がるように言ってから、ソアラはふわりと、まるで世界中を抱《だ》くように大きく両手を広げて、宣言した。

「さあ——世界を、変えてやりましょう！」

あとがき

お買い上げありがとうございます。長田信織《ながたのぶおり》です。

突然《とつぜん》ですが、私は計算が嫌《きら》いです。

めんどくさいからです。消費税と源泉徴収《ちょうしゅう》とあれやらこれやら掛《か》け率がどうやら。パーセンテージを実数に直して100分の1はいくつで、とか暗算するとうんざりします。

そんな私がなぜ数学で国の財政や戦略を語るような本を作ったのか。

それは数学という概念《がいねん》が好きだからです。

矛盾《むじゅん》しているように聞こえますが、個人的にはそうは思いません。

数学とは〝言語〟のようなもので、一見すると意味のわからない難しい公式も、読みかたを覚えるとなにが書いてあるのかわかるようになってくる。

外国語で書かれたポエムみたいなものです。理解するのは難しいけど、読んでみるとけっこう面白《おもしろ》そうなことが書いてあったり、自分では気づかなかったことがそこにある。

「あっはあ。そうだったのか」

とか、にやついてしまったり。

しかし残念ながら数学は好きでも計算は嫌《きら》いなので数学を深く学ぶことはしませんでした。

公式とかもすっかり忘れていまの私の数学力は中学生以下です。

ただ、言語は読むのも書くのも嫌《きら》いではなかったのでこうして作家になりました。文学者のはしくれです。とか言ってたらそんな私がすっかり忘れていた数学をもう一度勉強して本を書いたというのは、なんとも変な話です。

ということで数学に感じるロマンを込《こ》めたのがこの一冊です。私が数学に感じている魅力《みりょく》を伝えられたでしょうか。

お楽しみいただけたら幸いです。


ここから謝辞など。

紅緒《べにお》様。ヒロイン総勢一名。男多数ジジイ率高めの拙作《せっさく》をお引き受けくださりありがとうございます。ほんとすみません最初は可愛《かわい》い子いっぱい出す予定だったんですけど気づいたらこんなことに。

担当編集ほか製本流通販売《はんばい》にいたるまでご関係者の皆様《みなさま》がた。お世話になります。

みかみてれんさん。執筆《しっぴつ》中に話を聞いてくれてありがとうございます。

そしてこれを読んでくださった読者様。あなたに届け感謝の念。どうもありがとう！

それでは、またお会いできることを願っております。

あと念ついでに数学ネタについてなにか知識をお持ちでしたらぜひ教えてくださいとも念を送っておきます。

そんなところで。

長田《ながた》信織《のぶおり》

◉長田信織著作リスト

「ガンズ・アンド・マジック　―黒き鎧と幼き女王―」（電撃文庫）
「ガンズ・アンド・マジックⅡ　―黒き鎧と魔科学の徒―」（同）
「東京ドラゴンストライク」（同）
「数字で救う！　弱小国家
電卓で戦争する方法を求めよ。ただし敵は剣と火薬で武装しているものとする。」（同）

本書に対するご意見、ご感想をお寄せください。

電撃文庫公式ホームページ 読者アンケートフォーム
http://dengekibunko.jp/
※メニューの「読者アンケート」よりお進みください。

ファンレターあて先
〒 102-8584　東京都千代田区富士見 1-8-19
アスキー・メディアワークス電撃文庫編集部
「長田信織先生」係
「紅緒先生」係

本書は書き下ろしです。

電撃文庫

数字《すうじ》で救《すく》う！　弱小国家《じゃくしょうこっか》

電卓《でんたく》で戦争《せんそう》する方法《ほうほう》を求《もと》めよ。ただし敵《てき》は剣《けん》と火薬《かやく》で武装《ぶそう》しているものとする。

長田《ながた》信織《のぶおり》

2017年8月10日　初版発行

発行者　塚田正晃
発行　株式会社KADOKAWA
〒102-8177　東京都千代田区富士見2-13-3
プロデュース　アスキー・メディアワークス
〒102-8584　東京都千代田区富士見1-8-19
03-5216-8399（編集）
03-3238-1854（営業）
装丁者　荻窪裕司 (META＋MANIERA)
印刷　株式会社暁印刷
製本　株式会社ビルディング・ブックセンター

ISBN978-4-04-893271-4　C0193　Printed in Japan

電撃文庫　http://dengekibunko.jp/
株式会社 KADOKAWA　http://www.kadokawa.co.jp/

電撃文庫創刊に際して

文庫は、我が国にとどまらず、世界の書籍の流れのなかで〝小さな巨人〟としての地位を築いてきた。古今東西の名著を、廉価で手に入りやすい形で提供してきたからこそ、人は文庫を自分の師として、また青春の想い出として、語りついできたのである。

その源を、文化的にはドイツのレクラム文庫に求めるにせよ、規模の上でイギリスのペンギンブックスに求めるにせよ、いま文庫は知識人の層の多様化に従って、ますますその意義を大きくしていると言ってよい。

文庫出版の意味するものは、激動の現代のみならず将来にわたって、大きくなることはあっても、小さくなることはないだろう。

「電撃文庫」は、そのように多様化した対象に応え、歴史に耐えうる作品を収録するのはもちろん、新しい世紀を迎えるにあたって、既成の枠をこえる新鮮で強烈なアイ・オープナーたりたい。

その特異さ故に、この存在は、かつて文庫がはじめて出版世界に登場したときと、同じ戸惑いを読書人に与えるかもしれない。

しかし、〈Changing Times,Changing Publishing〉時代は変わって、出版も変わる。時を重ねるなかで、精神の糧として、心の一隅を占めるものとして、次なる文化の担い手の若者たちに確かな評価を得られると信じて、ここに「電撃文庫」を出版する。

1993年6月10日
角川歴彦